Un Voyage Audacieux

A Daring Journey

La Série Dare Ménage (The Dare Ménage Series)
Tome 6

Jeanne St. James

Traduction par
Literary Queens

Crédits :
Couverture: April Martinez
Traduction de l'anglais au français: Literary Queens

---

www.jeannestjames.com

Inscrivez-vous à ma lettre d'information pour recevoir des informations privilégiées, des nouvelles d'auteurs et des nouveautés: www.jeannestjames. com/newslettersignup

La Série Dare Ménage
The Dare Ménage Series

Chapitre Un

Mac soupira doucement et appuya sa tête contre son siège. Fermant les yeux, elle laissa les paroles décousues de sa meilleure amie et ancienne colocataire à l'université entrer par une oreille et sortir par l'autre.

Elle aimait Gia à mort, mais parfois la femme parlait trop.

Pas parfois.

La plupart du temps.

Maintenant, après avoir passé la dernière semaine avec elle dans sa maison en Arizona, elle était prête à retrouver un peu de paix et de tranquillité. Ce qui n'était pas près d'arriver.

Non. Parce qu'elle était coincée dans un avion, assise juste à côté d'elle.

Elle adorait Gia.

J'aime Gia comme une dingue.

Mais pour le moment, elle voulait « affectueusement » lui mettre un coup de massue.

Malheureusement, comme elles étaient dans un avion en direction de Boston, elle n'en avait pas à portée de main. À vrai dire, la sécurité des transports désapprouvait le port d'armes dans la cabine d'un avion.

Même en première classe. Où se trouvaient actuellement leurs petits culs.

Elle devrait peut-être commander un autre verre. Après tout, ils étaient gratuits, et cela calmerait ses nerfs.

Elle n'avait jamais été une grande fan de l'avion et était heureuse de ne pas être seule, mais quand même...

Elle était fortement tentée par un troisième martini.

Gia l'accompagnait à Boston uniquement parce que l'un de ses frères avait récemment eu des jumeaux. Curieusement, Gia s'était portée volontaire pour venir, pendant un petit moment, aider la famille élargie de Gray. Cette décision avait surpris Mac au plus haut point.

Apparemment, la mère des jumeaux était un peu dépassée.

C'est à attendre avec des jumeaux, supposa-t-elle.

— Elle ne voulait même pas d'enfants au départ, dit Gia.

— Qui ? s'enquit Mac en levant une paupière.

— Paige. Elle n'était pas pressée d'avoir des enfants. Quand elle est tombée enceinte, elle a paniqué en découvrant qu'elle allait avoir des jumeaux.

— C'est de famille ?

— Laquelle ?

Mac ouvrit son autre œil et haussa une épaule en regardant Gia.

— La sienne. La tienne.

— Pas dans la nôtre. Je ne suis pas sûre pour la sienne. Mais je ne suis pas certaine non plus pour celle de Connor.

— Connor ? demanda Mac en secouant la tête.

— Oui, je te l'ai *dit*. Mes deux frères sont dans des relations polyamoureuses.

Oh, oui, en effet. Bizarre, non ?

Les deux frères aînés de Gia, Gray et Gryff, étaient « mariés » à un autre couple. Ou peu importe la dynamique de ces relations.

Était-ce légal, au moins ?

Elle s'en moquait. Ce n'était pas ses affaires.

— Tu te souviens ? Gray est avec Paige et Connor, expliqua Gia en se penchant vers Mac, et elle continua en chuchotant. Connor est un beau morceau de viande australienne. *Fiou* !

Son amie leva un doigt bien manucuré.

— *Et* il a encore son accent. Chaque fois que je l'entends, j'ai envie de sortir mon sextoy, puisque Gray ne veut pas me le prêter.

Mac tourna la tête et fixa son amie.

— Pourquoi ton frère partagerait-il son mari avec sa sœur, bon sang ? s'exclama Mac en plissant le nez. Berk !

— Ce n'est pas comme si j'avais un lien de parenté avec lui, rétorqua Gia en souriant, ses yeux bruns pétillant.

— Est-ce qu'ils sont dans une relation libre ?

— Non.

— Alors... je ne reproche pas à Gray de ne pas t'avoir laissé « emprunter » son mari, dit Mac en levant les mains et les yeux au ciel. Attends ! Ils sont officiellement unis maintenant ?

— Ils sont mariés, mais je ne pense pas que ce soit légalement contraignant. Paige et Connor étaient déjà mariés quand ils ont rencontré Gray.

— Ce n'était pas bizarre ?

— Pas pour eux, je suppose, répondit Gia en haussant les épaules. Pas pour moi non plus. Ça fonctionne entre eux. Honnêtement, je suis tellement jalouse. Je veux ce qu'ils ont. Je veux aussi ce qu'a Gryff.

Ah, oui. Gryff. Lorsque Mac avait rencontré Gray et

Gryff à l'université, elle avait fantasmé d'innombrables fois sur les deux frères de Gia. Mais elle ne l'avait jamais révélé à son amie parce que ces fantasmes étaient si obscènes qu'elle finissait par être excitée rien qu'en y pensant. À certains moments, elle imaginait être avec les deux en même temps.

Oui, elle pouvait comprendre la fascination de Gia pour les plans à trois. Les frères de celle-ci étaient ténébreux et mystérieux, et tellement sexy.

Ils étaient aussi tous les deux de super mâles alpha.

Miam !

Cependant, ces hommes étaient parfaits pour le sexe, mais difficiles à vivre, comme Mac l'avait découvert.

Elle serra ses cuisses et expira lentement. S'exciter à neuf mille mètres d'altitude ne lui apporterait rien de bon. D'autant plus qu'elle ne pourrait rien y faire.

Il s'était avéré que Gryff et Gray étaient bisexuels, tous les deux, ce qui rendait les fantasmes qu'elle avait eus encore plus palpitants. Non pas qu'elle ait récemment pensé à eux.

D'accord, c'était peut-être le cas. Mais elle ne l'avouerait pas à Gia.

Bien qu'elle n'ait jamais rencontré Connor, elle avait vu Trey Holloway, le mari ou petit ami ou amant de Gryff — *peu importe* — à la télévision à de multiples reprises. Il avait remporté le Super Bowl, après tout. Si elle se souvenait bien, Trey avait pris sa retraite du football quelques années plus tôt. Maintenant, il était avocat dans le cabinet renommé de Gryff.

Elle s'essuya le coin de la bouche.

Elle devrait peut-être aussi ajouter Trey à son harem imaginaire...

Oh, mon Dieu, elle devait s'envoyer en l'air. Cela faisait trop longtemps. Elle devait arrêter ses fantasmes sur les hommes de la famille de Gia, telle une nympho en manque de sexe.

Argh. Honnêtement, elle avait juste besoin de baiser pour se détendre.

Elle se rendit compte que Gia était toujours en train de parler.

Évidemment.

— Un de ces jours, je vais trouver les deux bons mecs et nos parents flipperont quand je les ramènerai à la maison pour Thanksgiving.

— Pourquoi ?

— Parce que, imagine, trois de tes quatre enfants sont dans des ménages à trois ? Tu commencerais probablement à te demander où t'as merdé.

Ça pouvait paraître un peu étrange, supposa-t-elle. Mais en fin de compte, les relations à trois n'étaient-elles pas curieuses de manière générale ? Bien qu'elle en ait fantasmé, elle n'en avait jamais vécu une dans la réalité.

— Ou ce que t'as fait de bien, suggéra Mac. Et Gayle ?

— Gayle n'arrive pas à trouver un seul homme qui veuille bien supporter son cul de *bourge*.

— Toi, t'y parviens ? rétorqua Mac en se retenant de pouffer.

— Je suis exigeante, répliqua Gia, dont les lèvres sombres et charnues s'aplatirent.

Un soupir échappa à Mac.

— Je ne suis pas mieux placée pour parler. Après tout, l'autre soir, on a été le rencard l'une de l'autre à la réunion de l'université. Je suis dans le même bateau. *Où* sont tous les bons numéros ?

Mac sursauta de surprise et se plaqua dans son fauteuil lorsqu'elle aperçut des pupilles qui regardaient entre les deux sièges devant elles.

Les yeux bleus clignèrent. La bouche du visage sourit.

— Bonjour, mesdames. Je n'ai pas pu m'empêcher d'entendre votre conversation. Si vous cherchez un volontaire pour votre plan à trois...

Il agita ses sourcils blonds et touffus.

— Être avec deux femmes a toujours été un de mes fantasmes.

Gia fixa le type, se tourna vers Mac, haussa un sourcil noir sculpté, puis leva les yeux au ciel.

— C'est le fantasme de la plupart des hommes. Ce ne sera jamais leur réalité, l'informa Gia.

Soudain, le gars se percha sur ses genoux et se pencha au-dessus du dossier de son siège. L'inconnu baissa la voix, presque à la manière de Barry White.

— Mais vous, mesdames, vous pouvez le concrétiser.

Non, Mac se trompait, c'était plutôt Barry Manilow.

Pensait-il cette approche séduisante et irrésistible ? Si c'était le cas, il avait tout faux.

Le menton de Gia se releva brusquement et elle leva un doigt. Encore une fois. Mais cette fois, le sens était totalement différent.

Oh, merde. Mac savait exactement ce que cela signifiait. Gia était sur le point de passer aux choses sérieuses. La plupart des gens sains d'esprit n'avaient aucunement envie de recevoir ce qu'elle allait envoyer.

— Tourne-toi et pose ton cul.

— Je veux juste offrir mes services.

— J'ai bégayé ? Pose. Ton. Cul.

— Je suis assis, souffla-t-il.

— Si ton cul n'est pas collé au siège, tu n'es pas assis, répliqua Gia en tournant son redoutable doigt dans l'air.

— Tourne-toi, imbécile.

— Eh bien, si... commença-t-il en fronçant les sourcils.

— Blah blah blah ! le coupa Gia, à deux doigts de lui plaquer son index sur ses lèvres. Ne m'oblige pas à demander au marshal de taser ton cul. Tourne. Toi.

L'homme fit une moue et s'enfonça dans son siège avec un grognement.

— Le mec pense qu'il peut nous gérer toutes les deux. Steuplaiiit. Et en même temps.

Elle secoua la tête.

— Oh, oh, oh, gloussa-t-elle.

Mac étouffa un rire avec sa main.

Gia leva le bras et appuya sur le bouton pour appeler l'hôtesse de l'air, qui apparut si rapidement près du coude de Mac qu'elle sursauta de surprise.

— Madame ?

— On a besoin de deux autres martinis bien chargés, demanda Gia en adressant un sourire doucereux à la femme. L'homme devant moi voudrait un mouchoir en papier pour sécher ses larmes et un coussin pour ses fesses douloureuses.

Cette fois-ci, Mac ne prit pas la peine d'étouffer son rire.

Quelques minutes plus tard, l'hôtesse était de retour avec leurs martinis et un paquet de mouchoirs en format voyage pour l'homme contrarié.

Deux heures plus tard, elles quittaient enfin l'avion en traînant les pieds. Mac avait hâte de sortir et se dégourdir les jambes. Bien qu'elle ait été en première classe, elle savait que c'était pire pour les personnes entassées en classe économique. D'ailleurs, c'était exactement où elle se serait trouvée si Gia n'avait pas surclassé son billet pour qu'elles puissent être assises l'une à côté de l'autre.

Alors qu'elles atteignaient l'avant de la cabine où une hôtesse et un des pilotes attendaient debout pour remercier les passagers sortant de l'avion, Gia s'arrêta net. Mac la percuta, expulsant l'air de ses poumons.

Avant que Mac puisse la réprimander de s'être stoppée si brusquement, elle entendit son amie roucouler.

— Oooh. Regarde ce morceau de viande d'homme délicieusement brun, ronronna Gia.

Où ?!?

Gia était grande. Mac ne l'était pas. Tout ce qu'elle parvenait à voir, c'était le dos de son amie. Gia passa rapidement une main sur sa coupe pour s'assurer que ses cheveux courts étaient parfaits.

Ils l'étaient. Les cheveux de Gia étaient toujours impeccablement coiffés. Contrairement à ceux de Mac, dont les cheveux roux étaient toujours indisciplinés. Elle devait utiliser cinq mille lotions et un fer à lisser pour ne pas ressembler à un clown maléfique lorsqu'ils frisaient.

Mais tout cela ne servait à rien si le temps était quelque peu humide. *Pouf.*

Son maquillage n'était jamais aussi parfait que celui de Gia, parce que... eh bien, elle s'en fichait. Ou qu'elle n'avait pas ce genre de talent.

Elle ne se négligeait pas. Elle était soignée et bien habillée. Mais comme elle passait du temps sur ses cheveux tous les matins, elle était trop épuisée pour mettre autre chose que du fard à joues. En plus, elle ne le faisait que pour ne pas ressembler à un mort-vivant.

Elle avait passé la majeure partie de son adolescence à recouvrir ses taches de rousseur avec du fond de teint. Mais elle n'en avait plus rien à faire. Si quelqu'un n'aimait pas ses taches de rousseur, c'était leur problème, pas le sien.

Les gens supposaient qu'elle était d'origine irlandaise, à cause de la couleur de ses cheveux et de ses yeux bleus. La plupart du temps, elle ne les corrigeait pas. Et...

Ses pensées furent interrompues lorsque Gia s'avança

suffisamment pour qu'elle puisse voir pourquoi la femme s'était arrêtée.

Oh, oui.

Maintenant, elle comprenait parfaitement.

Bien sûr, c'était à cause d'un homme.

Mais pas n'importe lequel.

UN. HOMME.

En uniforme.

Grand. Sombre. Un homme qui avait le potentiel de faire fondre les femmes.

La partie foncée ne s'arrêtait pas à ses cheveux. Bien qu'ils soient noirs et bien coupés sur sa tête, elle parlait de son teint. Il était presque aussi sombre que celui de Gia.

Presque, mais pas tout à fait.

Il portait un uniforme de pilote et un sourire chaleureux entouré d'une barbichette bien taillée, tandis qu'il remerciait les passagers quittant l'avion. Gia était la suivante.

Ne le touche pas, ma fille. Ne le touche pas. Je ne veux pas te voir neutralisée par un marshal de l'air et devoir demander à Gryff de te sortir du pétrin.

Range tes pieds et tes mains. Ta langue aussi.

Ne lèche pas le pilote, s'il te plaît.

Attendez. Mettait-elle en garde Gia ou elle-même ?

Son amie s'arrêta devant l'homme, procédant à un examen évident et minutieux des pieds à la tête. Le pilote sourit, le coin de ses yeux marron foncé se plissant.

— Merci d'avoir volé avec nous, lui déclara-t-il d'une voix grave et exquise.

Manifestement, Gia trembla sur ses bottes à talons, très inappropriées pour un voyage en avion.

Après quelques secondes pendant lesquelles son amie resta figée, le pilote leva ses sourcils sombres et son sourire s'effaça.

Mac put presque comprendre l'air apeuré que l'homme essayait visiblement de masquer. Gia le regardait probablement comme s'il était un fondant au chocolat et qu'elle suivait un régime strict sans sucre.

— Gia ! insista Mac d'une voix sifflante pour la secouer.

Son amie ignora Mac d'un geste de la main par-dessus son épaule.

Cependant, Mac avait attiré l'attention du pilote en prononçant le nom de la jeune femme. *Oups.*

— J'espère que vous reviendrez voler avec nous, lança l'homme à Gia pour la congédier, tout en fixant Mac.

Les lèvres foncées, charnues et séduisantes du pilote s'élargirent en un grand sourire. Son expression était remarquable, semblait sincère, et était si lumineuse que Mac faillit lever une main pour protéger ses yeux.

Bon sang !

— Bien sûr, grommela Gia en tirant violemment son bagage à main hors de l'avion, puis sur la rampe d'embarquement avec un juron. Ces satanées taches de rousseur.

Tandis que Mac avançait, les yeux rivés sur ceux de l'homme, elle observa avec fascination les mots qui commençaient à franchir ces lèvres charnues.

— Merci pour...

Elle poussa un cri lorsqu'elle fut percutée dans le dos et projetée vers l'avant. Le pilote la rattrapa avant qu'elle tombe accidentellement sur lui.

— Allez, on avance ! J'ai un vol à prendre, se plaignit l'homme derrière elle.

Une main sur le coude de Mac et la deuxième sur la poignée de son bagage, le pilote la décala sur le côté pour que l'homme impatient puisse passer. C'était tellement étroit à cet endroit que Mac se sentit obligée de rentrer son ventre pour s'insérer.

— Ça va ?

Nom d'un chien, cette voix. Grave, intense, suave comme de la mélasse. *Celle-ci* pouvait être comparée à celle de Barry White.

Une chaleur la traversa...

— Vous voulez voir mon cockpit ?

... puis explosa en son centre.

— Écartons-nous du chemin, proposa-t-il.

La bouche de Mac s'ouvrit, et avant qu'elle puisse répondre, elle fut entraînée dans le cockpit avec son bagage. Il y avait à peine plus de place là-dedans. Surtout après qu'il eut refermé la porte derrière elle.

En fait, ils étaient presque poitrine contre torse. Sauf que ce n'était pas tout à fait vrai, car il était beaucoup plus grand qu'elle. Bien plus grand. C'était plutôt poitrine contre ventre. Il avait des épaules sacrément larges pour travailler dans un endroit aussi confiné.

Il se racla la gorge, incitant Mac à lever les yeux, qui se posèrent juste au-dessus du col du pilote, sur sa pomme d'Adam saillante.

— Laissez-moi me présenter, dit-il, ce qui fit bouger la boule. Je suis Damon Brooks.

Mac ferma la bouche et déglutit.

— Mac, répondit-elle à l'attention de sa gorge sexy.

— Mac ?

Elle ferma les yeux une seconde et secoua la tête, essayant de reprendre ses esprits.

— MacKenzie Donovan.

Finalement, elle leva les yeux pour voir non seulement son sourire, mais aussi l'amusement qui scintillait dans ses yeux marron foncé.

— Le nom vous va bien, murmura-t-il.

— Le vôtre aussi, répondit-elle en penchant la tête pour lui rendre son sourire.

Les lèvres du pilote tressaillirent.

— Touché.

Il l'étudia un long moment, puis ses sourcils se froncèrent.

— Vous me semblez familière.

Il ne s'agissait pas d'une technique de drague, il avait l'air sérieux.

— J'ai peut-être un sosie quelque part. Vous devez voir des milliers de gens chaque année avec ce boulot.

Néanmoins, elle espérait que son sosie était beaucoup mieux coiffé.

— Mmh. Non, dit-il lentement en se concentrant davantage sur son visage, lui donnant envie de se tortiller. Non, je vous ai déjà vue quelque part. Pas comme passagère. Vous habitez à Boston ?

Devait-elle répondre à cette question ? Combien de pilotes étaient tueurs en série ? Elle devrait demander à Google, juste pour vérifier.

— Dans la région, oui. Et vous ?

— Oui. Je vous ai peut-être déjà vue en ville.

— J'essaie d'éviter la ville.

Ce qui était vrai.

— Moi aussi. Je préfère le calme quand je ne travaille pas.

Il posa sa main sur sa mâchoire et tapota du doigt ses alléchantes lèvres charnues. Surtout celle du bas.

Bon sang ! Elle aimerait bien la tirer avec ses dents. Après l'avoir sucé, bien sûr.

— Maintenant, je m'en souviens ! s'exclama-t-il en relevant la tête et écarquillant les yeux. Je vous ai envoyé un message et n'ai jamais eu de réponse.

— Euh... Vous m'avez envoyé un message ?

De quoi parlait-il ?

— Vous n'êtes pas sur l'application Boston Singles ?

Oh, merde. Devrait-elle nier ?

— Je... euh...

Ses délicieuses lèvres s'aplatirent tandis qu'il sortait quelque chose de sa poche arrière. Merde. Son téléphone portable.

Le cœur de Mac s'emballa en contemplant les longs doigts manucurés du pilote pianoter sur l'écran. Après avoir fait défiler plusieurs fois vers le haut, puis la droite, *voilà* ! Son propre visage la regardait. Elle voyait sa photo de profil sur Boston Singles.

Grillée.

Au moins, cette photo avait été prise un jour où ses cheveux étaient bien coiffés. Cependant, chaque tache de rousseur sur son visage luisait comme une balise.

— Euh...

— C'est toi. Et à ce stade, aussi bien laisser tomber les formalités.

Son ton était chargé de reproches.

— Euh...

Merde.

— Je ne voulais pas être sur l'application, dit-elle rapidement. Ma meilleure amie m'y a forcée. Ça n'a rien à voir avec toi, je n'ai répondu à personne. Ce n'était pas personnel.

— Alors, tu te rappelles de mon message.

Merde. Elle ne s'en souvenait pas. Elle avait rejeté l'idée de s'inscrire sur une application pour célibataires. Gia l'avait forcée à le faire il y a plus d'un an. Après que le dernier enfoiré de mec dominant avec lequel elle sortait l'eut larguée.

Elle s'était inscrite pour la faire taire. Bien qu'elle ait lu certains des messages, la plupart étant incroyablement inappropriés, elle n'avait jamais répondu à qui que ce soit. Même aux beaux mecs qui avaient un profil décent. Elle ne pensait tout simplement pas qu'ils étaient réels. Sinon, pourquoi auraient-ils besoin d'être sur une application pour célibataires ? Si leur profil n'était pas bidon, une femme ne leur aurait-elle pas déjà sauté dessus ?

Bien sûr que si. Du moins, c'était ce qu'elle s'était dit pour repousser sa culpabilité après avoir ignoré ses trois cents messages privés. Enfin, c'était le nombre qu'elle avait reçu la dernière fois qu'elle avait regardé. Ce qui remontait à plusieurs mois.

Après avoir fait défiler plusieurs trucs sur l'écran, il lui tendit son téléphone. Elle le prit à contrecœur et lut le message qu'il lui avait envoyé.

Le texte était bien écrit, poli et n'était pas accompagné d'une photo de sa bite. Chose rare.

La grammaire et l'orthographe étaient parfaites. Une autre rareté.

Sans le regarder, elle cliqua sur son profil et le parcourut rapidement. Ah, ouais. Encore un profil qu'elle trouvait trop beau pour être vrai.

Je veux dire, allons, un pilote sexy et célibataire ? Pfff.

Elle releva la tête et lui rendit son téléphone. Les longs doigts de l'homme effleurèrent les siens, envoyant un frisson le long de sa colonne vertébrale.

— T'as retenu mon attention. Il y a tellement de faux profils...

Minable.

— Puis j'ai remarqué sur ton profil que t'étais bi et ouvert sur le sujet.

Elle se souvenait *bien* de ce détail. C'était ce qu'elle avait relevé dans sa description.

Il arqua un sourcil.

— T'es contre le fait qu'un homme soit ouvert sexuellement ?

— Non, mais il y a suffisamment de femmes contre lesquelles je dois me mesurer, je n'ai pas besoin d'y ajouter le reste de la population. En sortant avec un homme bisexuel, j'aurais un désavantage, puisque tu me comparerais aux deux sexes.

Pendant une seconde, il fut bouche bée. Puis il renversa la tête en arrière et éclata de rire.

Mac se lécha les lèvres alors qu'elle scrutait la gorge du pilote se courber, ses larges épaules agitées par le gloussement de sa voix grave et sexy.

— C'est ce que tu penses ? demanda-t-il, une fois qu'il eut fini.

Elle haussa les épaules et lui adressa un petit sourire.

— C'est ce que croit ma névrose. Comme je ne suis jamais sortie avec quelqu'un de bi, je ne peux pas confirmer cette idée.

— Tu n'es jamais sortie avec quelqu'un de bi, *à ta connaissance.*

C'était un bon point.

— C'est vrai. Tu m'as eu sur ce point.

Elle fit rapidement l'inventaire mental des hommes avec lesquels elle était sortie depuis le collège. L'un d'entre eux était-il bi ? *Mmmh.*

À nouveau, il jeta un coup d'œil à son portable.

— Désolé de couper court à cette conversation instructive, mais j'ai bientôt un autre vol auquel je dois me préparer.

Il rangea son téléphone dans la poche arrière de son pantalon d'uniforme bien ajusté. Celui qui épousait ce qui semblait être de puissantes cuisses.

Des cuisses qu'elle ne verrait, qu'elle ne toucherait ou qu'elle ne chevaucherait jamais. *Zut !*

Elle voulut se retourner, mais il lui attrapa l'épaule, la maintenant en place.

— J'aimerais terminer cette conversation plus tard, déclara-t-il alors que ses doigts la pressaient légèrement.

Ce n'était pas une question, mais plutôt une demande. Mais qu'y avait-il à poursuivre ?

— Peut-être autour d'un café, proposa-t-il, les coins de ses yeux se plissant. Ou autour d'un martini bien chargé.

Comment avait-il su ?

— En ce qui concerne les martinis, je préfère normalement des gouttes de citron. C'est Gia qui les aime bien chargés.

Mac grimaça en entendant ce qu'elle venait de dire.

— Avec des gouttes de citron, alors, rectifia-t-il en baissant la tête, toujours amusé.

— Je sais pas. Peut-être.

— J'ai besoin de ton numéro.

Encore une fois, ce n'était pas une demande, mais une exigence. Cependant, elle voulut lui demander pourquoi ? Pourquoi s'intéressait-il à elle ? Elle était ennuyeuse. En plus, elle était loin d'être aussi belle ou exotique que Gia. Pourquoi avait-il porté son attention sur elle plutôt que sur son amie ? C'était plutôt Gia qui était sans cesse à la recherche d'un homme. Ou *d'hommes*, à vrai dire, puisqu'elle était déterminée à en trouver non pas un, mais deux.

— Tu peux m'envoyer un message sur l'application, proposa-t-elle.

— L'application sur laquelle tu ne réponds pas aux messages ? rétorqua-t-il platement.

Oui, c'était bien la même.

— Je vais activer les notifications pour ton profil afin de ne pas manquer les tiens.

Il ne la croyait manifestement pas.

— Promis ? demanda-t-il, confirmant l'impression qu'elle avait.

Non.

— Oui, je te le promets.

— Ton ami doit s'inquiéter pour toi, dit-il alors que ses yeux déviaient vers la porte fermée.

Pas inquiète, mais impatiente. Probablement avec son téléphone collé à l'oreille, tapotant avec agacement le bout de sa botte en cuir à talons hauts. Ou bien Gia pouvait tout aussi bien flirter avec n'importe quel beau gosse dans les parages.

Avec elle, les deux étaient possibles.

Damon — c'était agréable de l'appeler autrement que « le pilote » — passa devant elle et déverrouilla la porte du cockpit, l'ouvrant pour elle.

Elle remarqua la traction exercée sur sa chemise d'uniforme par ce qui semblait être des muscles bien développés. Son attention retint notamment la façon dont le tissu de crêpe blanc mettait en valeur le teint foncé de sa peau. Elle perdit le fil de ses pensées.

Jusqu'au moment où il recommença à sourire d'un air amusé.

Merde.

— J'ai été ravie de te rencontrer, lâcha-t-elle en secouant mentalement sa tête. Merci d'avoir fait atterrir l'avion en toute sécurité.

Ses lèvres remuèrent

— Quand tu veux, répondit-il en levant la main.

Mac la fixa stupidement tandis qu'elle restait tendue entre eux. Qu'est-ce que... *Oh.*

Mon Dieu, elle perdait la tête. Elle saisit sa main, et les doigts du pilote recouvrirent les siens avec enthousiasme. Ces longs doigts forts. Au lieu de lui serrer la main, il la pressa avec fermeté.

Quelque chose se contracta aussi au fond d'elle.

Puis il se lança dans son discours, sa voix grave enveloppant Mac.

— Merci d'avoir volé dans les cieux avec nous. Ce fut un plaisir de vous servir et j'espère vous servir à nouveau bientôt.

Ses paroles lui firent serrer les cuisses et ses tétons se durcirent douloureusement.

Attendez.

— Quoi ?

— J'ai dit que j'espérais vous revoir voler avec nous.

Avant qu'elle forme une flaque malaisante à ses pieds, il relâcha sa main, puis présenta la sienne pour l'inviter à sortir du cockpit.

Elle décolla ses semelles et avança après avoir attrapé la poignée de son bagage à main.

— Hé, MacKenzie… l'appela-t-il, alors qu'elle traînait sa valise derrière elle.

Désormais, l'avion était vide à l'exception du personnel de nettoyage qui ramassait les ordures et rangeait les couvertures et les oreillers. Elle tourna la tête pour le regarder.

— J'ai vraiment envie d'apprendre à te connaître.

Même si cela semblait sincère, elle se demandait encore pourquoi. Elle hocha simplement la tête en guise de réponse, incapable d'en faire plus.

— Je veux aussi que t'apprennes à me connaître, ajouta-t-il.

N'était-ce pas comme ça que les choses fonctionnaient ?

— Pour te faciliter la tâche, je vais te donner ce petit détail qui n'est pas dans mon profil.

Oh, le voilà. Il allait lui dire combien de centimètres il avait dans son pantalon. Cette information figurait dans la plupart des messages qu'elle avait reçus sur l'application. Sur les photos que les hommes envoyaient, certains tenaient même une règle à côté de leurs érections pour prouver qu'ils ne mentaient pas.

— Ma couleur préférée est le rouge.

Sa main se porta automatiquement à ses cheveux, mais elle la laissa rapidement retomber lorsqu'elle réalisa ce qu'elle faisait. Une vague de chaleur envahit ses joues.

Merde.

Elle le regarda une dernière fois pour l'ajouter à sa banque de souvenirs pour plus tard.

Gray et Gryff, faites de la place !

Chapitre Deux

Mac ferma sa bouche béante et suivit Gia, qui entra dans une très, très grande bâtisse. Un manoir, pourrait-on dire. Au bord d'un lac. Avec une piscine. Elle était décorée dans un style rétrofuturiste, ce qui était inattendu, mais vraiment remarquable et différent.

Alors qu'elles flânaient dans la vaste maison, elles commencèrent à entendre des voix. Une tonalité très grave et envoûtante, et l'autre moins profonde. Féminine.

La première ressemblait à celle de Gray. La seconde appartenait à la nouvelle maman. La femme ou la partenaire de Gray, peu importe ce qu'elle était.

Mac avait laissé sa voiture dans le parking longue durée de l'aéroport de Boston Logan pendant qu'elle rendait visite à Gia en Arizona. Elle avait donc proposé de déposer Gia chez Gray et passer dire bonjour à son frère qu'elle n'avait pas vu depuis longtemps. Afin de rafraîchir ses fantasmes pour plus tard.

Une fois de plus, Gia s'arrêta net, comme elle l'avait fait dans l'avion, et Mac évita de justesse de la percuter. Avant qu'elle puisse se plaindre, son amie leva une main pour lui intimer silencieusement de se taire.

Mac dressa les oreilles pour tenter d'entendre ce que Gia avait perçu.

— Gia vient nous aider.

Oui, la voix ressemblait bien à celle de Gray, bien que Mac ne l'ait pas entendue depuis longtemps.

— Gia. Ta *plus jeune* sœur Gia ? T'es sûr que c'est bien d'elle que tu parles ?

La femme, qu'elle supposait être Paige, paraissait non seulement épuisée, mais exaspérée.

— Oui, Paige. *Gia.*

Elle avait raison. La voix féminine était celle de la nouvelle maman.

— T'es certain que c'est une bonne idée ? Tu lui fais confiance avec tes nouveau-nés ?

Mac grimaça au nom de Gia, même si la question était pertinente. Elle n'était pas sûre non plus de faire confiance à Gia avec des bébés jumeaux. Bien que l'évolution eut été longue à venir, la femme avait beaucoup mûri au cours des deux dernières années.

D'un pas déterminé, Gia continua vers l'ouverture voûtée de la pièce d'où provenaient les voix.

À nouveau, Mac remarqua le décor rétrofuturiste, et de nombreux corps. Six, en fait.

Gia se racla la gorge, et tous les yeux se tournèrent vers elle.

— Je suppose que t'as entendu, dit Gray en regardant sa petite sœur et fronçant les sourcils.

— Tu crois ? s'emporta Gia. Je suis venue pour aider et c'est comme ça qu'on me remercie.

— On apprécie ton soutien, Gia, assura un homme que Mac ne connaissait pas.

Il tenait un bébé dans ses bras et le berçait de haut en bas.

— Eh bien, ça fait au moins l'un d'entre vous, grommela Gia.

Mac fut totalement déconcertée quand elle vit les deux hommes qui encadraient la femme assise sur une chaise, un deuxième bébé dans les bras.

OK, oui, Gia avait dit que Gray avait eu des jumeaux. Cela faisait donc deux bébés. N'est-ce pas ?

Bon.

Mais...

Quelque chose clochait. Elle cligna des yeux pour dégager sa vision.

Mais alors qu'elle ouvrait la bouche pour poser des questions, Gray s'avança et prit Gia dans ses bras, baisant sa joue.

— On est heureux que tu sois là, sœurette, déclara-t-il, puis il baissa assez la voix pour que Gia et Mac fussent les seules à l'entendre. Elle est débordée. On est dépassés. Toute aide est la bienvenue.

Gia fit un petit bruit circonspect, mais rendit l'étreinte à son frère.

— Hé, Big Mac, ça fait des années, la salua Gray en s'approchant pour l'enlacer.

Oh. Ouiiii. Elle essaya de ne pas battre des paupières, mais en profita pour renifler son odeur discrètement lorsqu'il la serra chaleureusement.

Gray laissa une grande main sur son épaule tout en se tournant vers Connor.

— Voici Connor et notre femme, Paige. Connor porte notre fils Reed. Paige tient notre fille Rylie. Con, Paige, voilà l'ancienne colocataire de Gia à la fac et son amie de longue date, MacKenzie. Plus affectueusement connu sous le nom de Big Mac.

— Seulement dans ta famille, commenta-t-elle en grimaçant. Personne d'autre ne m'appelle comme ça, corrigea-t-elle rapidement.

Paige lui fit un petit signe de la main, car elle allaitait Rylie. Connor s'approcha avec Reed dans les bras, berçant le bébé capricieux.

— Je croyais que Gia avait dit que t'avais des jumeaux ?

Un gloussement retentit à l'autre bout de la pièce, et elle en reconnut la source. Trey Holloway. Ou plutôt Trey Holloway-Ward, d'après ce qui avait été annoncé quelque temps plus tôt dans les médias. Le changement de nom du célèbre quarterback avait fait grand bruit. Non seulement les fans conservateurs des Boston Bulldogs avaient dû se couvrir les oreilles, mais ils avaient aussi dû renier Trey lui-même, brûlant ses maillots, et pire encore. Même s'il avait largement contribué à rapporter le titre du Championnat à Boston. Tout ça avait été vite oublié par ces soi-disant fans.

Connor lui fit un grand sourire de bienvenue et lui tendit la main.

— Oui, ce sont des jumeaux, confirma-t-il à Mac en lui serrant la main.

— Mais... protesta-t-elle en fronçant les sourcils.

Devait-elle souligner l'évidence ?

Les autres personnes présentes dans la pièce avaient sûrement aussi remarqué. Elle n'imaginait pas des choses, si ?

Gryff se décolla du mur contre lequel il était adossé, enlaça Gia et l'embrassa, avant d'étreindre Mac. Bon sang, elle gagnait plus de contacts physiques aujourd'hui qu'elle ne l'avait fait depuis des mois !

Mac finit par lâcher Gryff, mais pas avant d'avoir bien palpé ses muscles. Et comparer son délicieux parfum à celui de son frère aîné.

— Gray a raison. Ça fait des années, Big Mac, lança Gryff en se retournant. Je suis sûr que tu reconnais Trey. Si ce n'est pas le cas, ne lui dis pas. Sinon, il risque de se mettre en boule dans un coin et de brailler comme les jumeaux. Puis, voici notre femme et associée, Rayne.

Mac leva la main pour les saluer. Trey lui adressa un sourire éclatant comme un million de kilowatts. Ce qui lui fit penser au beau pilote, Damon Brooks.

— Je sais qui c'est, murmura Mac.

Oui, définitivement un sujet pour son harem imaginaire. Surtout maintenant qu'elle voyait la star de football en personne. Le fait qu'il soit très charmant et en superbe forme ne nuisait pas non plus.

— Tout le monde sait qui je suis, annonça Trey.

La bombe aux cheveux auburn qui s'appuyait sur Trey leva les yeux au ciel. Elle tapota le bras de l'ancien sportif, qui était planté nonchalamment sur les épaules de la femme, mais de manière possessive.

— Bien sûr, chéri.

Maintenant que les présentations étaient terminées, Mac mourait d'envie de mettre les pieds dans le plat. Pourquoi Gia, dont la bouche ne cessait de s'ouvrir, ne posait-elle pas la question évidente ?

Son regard revint sur le bébé qui se trouvait dans les bras de Connor, puis celui dans ceux de Paige.

— Hum, murmura-t-elle, se demandant si sa question n'était pas un peu impolie.

Mais elle avait besoin d'une réponse. Cela l'agacerait jusqu'à ce qu'elle l'obtienne. Elle se retourna et haussa les sourcils à l'attention de Gia, qui rit devant son dilemme flagrant.

— Mac veut savoir comment vous avez pu vous retrouver avec des jumeaux de deux couleurs différentes.

— Superfécondation, lâcha Paige sans hésiter.

À cette réponse, Mac fut perplexe, ce qui transparut de

toute évidence sur son visage. Paige gloussa et passa une main dans les doux cheveux châtains de sa fille qui tétait.

— Je peux l'expliquer puisque j'ai fait des recherches en sachant qu'on nous poserait constamment la question, intervint Connor en levant un doigt, ce qui attira l'attention de Mac.

— Ou qu'on nous dise que c'est impossible, alors que ça l'est visiblement, ajouta Gray en revenant vers Paige et s'installant sur l'accoudoir du fauteuil dans lequel elle était assise. On en a la preuve. On en est d'ailleurs très heureux et on espère que ça se reproduira.

— Euh, non, répondit Paige en tournant vers Gray, les yeux plissés. Une fois a suffi, merci. On n'était pas censé avoir des jumeaux au premier coup. On n'avait *pas* prévu d'en avoir si tôt.

— Mais c'est arrivé, et on en est ravis, continua Gray, ignorant la contrariété de Paige.

— Parlez pour vous, grommela Paige. Je pensais que *l'un* d'entre vous avait un sperme de superhéros. Il s'avère que c'est le cas pour les *deux*.

— Alors... Superfécondation ? insista Mac pour essayer de reprendre le sujet.

— Oui, répondit Connor avec — oui, Gia avait raison — un accent australien super sexy qui n'était pas trop prononcé, mais assez fort pour faire chavirer le cœur d'une femme.

Entre autres choses.

— La superfécondation, c'est quand la femme a deux ovules dans le même cycle, qui sont fécondés par deux hommes dans le même laps de temps... quand... eh bien...

Connor se racla la gorge.

— Alors on...

— On a fait l'amour ensemble et j'ai été engrossée par les deux, intervint Paige en agitant une main impatiente. Deux ovules distincts, deux spermatozoïdes distincts. Deux pères. Deux bébés. Reed est celui de Gray, Rylie est celle de Connor. C'est tout. Chéri, tu n'as pas besoin d'entrer dans les détails sur le processus. Elle peut utiliser son imagination, comme tous les autres.

— Quelqu'un a besoin d'une sieste, murmura Trey.

— Sans déconner, dit Paige. Je n'ai pas dormi depuis des jours. Une douche me ferait également du bien.

— C'est vrai, chuchota Connor.

Les sourcils de Paige se haussèrent dangereusement. Gray se pencha vite vers elle et l'embrassa sur le front.

— Maintenant que Gia est là, t'auras plus de temps pour toi.

— C'est vrai. Parce qu'apparemment avoir deux maris ne suffit pas. Je me demande comment font les femmes qui n'en ont qu'un ? lâcha-t-elle, son sarcasme flagrant.

— Tu veux le découvrir ? lui proposa Gray, la mâchoire serrée. De toute façon, Reed et Rylie sont à *nous*. On ne va pas distinguer qui appartient à qui. Ce sont *nos* enfants. Un point c'est tout.

— Enfin, c'est un peu difficile à rater, frérot, puisque Reed a la peau si foncée, et que Rylie ne l'a... pas, dit Gia, n'aidant nullement la situation.

Elle se tourna vers Connor.

— Je peux tenir mon neveu ?

Connor lui adressa un sourire tandis que Gia s'avançait. Mais au lieu de lui prendre le bébé, elle passa ses doigts sur les joues potelées de Reed, dans ses cheveux noirs et souples, puis finit par caresser le bras et l'épaule de l'homme, comme s'il s'agissait d'un cocker anglais.

Le sourire de Connor s'effaça lorsque la main s'attarda un peu trop longtemps pour être un simple geste amical.

— Gia, arrête de toucher Connor, dit sèchement Gray, ce qui fit sursauter Mac.

Sa sœur fronça les sourcils.

— Eh bien, tu ne veux pas partager, grommela-t-elle, récupérant finalement Reed des bras de Connor.

— Il y a une raison à cela, dit Gray en serrant les dents.

— Tu peux me toucher, Gee-Bee, proposa Trey en s'éloignant de Rayne et commençant à traverser la pièce.

— Gee-bee ? grogna Gryff. Et non, *Gee-Bee* ne peut pas te toucher non plus.

Avec un regard acéré, il attrapa le bras de Trey et attira son mari vers lui.

Ce dernier rit et passa une main sur la nuque de Gryff.

— J'adore quand tu deviens possessif et que tu fais l'alpha, ronronna pratiquement l'ancienne star de football.

— C'est pour ça que tu me provoques, grommela Gryff, toujours agacé.

Il jeta un regard noir à sa sœur.

— Gia, garde tes mains dans tes poches, à moins que tu ne t'occupes des bébés. Pendant ton séjour, tu ne touches ni à Connor ni à Trey. Putain ! Ne les touche jamais.

— Bon Dieu, Gryff ! T'es pas drôle. Je pensais que ton trouple te débarrasserait du bâton que t'as dans le cul.

— Il s'est un peu assoupli, mais il est toujours bien coincé, répondit Trey, qui embrassa Gryff et lui donna une tape sur les fesses. Tendu, confirma-t-il avec un sourire.

— Il est temps de partir, déclara l'avocat, dont le froncement de sourcils ne s'était pas atténué.

Il se tourna vers Mac.

— C'était bon de te revoir, Big Mac. Gia m'a dit que tu vivais à Boston. Si j'avais su, je t'aurais invité à dîner. On se fera ça à l'avenir. Sœurette, tu sais que la porte est toujours ouverte chez nous. On se reverra avant ton départ dans quelques semaines.

Le grand homme à la peau foncée tendit la main à sa femme.

— Allons-y, bébé.

— Oui, Patron, répondit-elle, un sourire se dessinant sur ses lèvres. Paige, je t'appelle demain.

— T'as une grosse affaire qui arrive, dit Paige.

— Je sais. Sinon, je prendrais des congés pour t'aider. Mais c'est un dossier important. Je prendrai quand même le temps de t'appeler et prendre des nouvelles.

Elle jeta un coup d'œil à Gia, qui câlinait Reed.

— Gia, on se voit bientôt, dit-elle, puis ses yeux verts se posèrent sur Mac. Enchantée, Mac. Gryff a raison, on t'invitera bientôt à dîner. Je suis sûre que Trey serait ravi de te raconter comment il a gagné le Super Bowl.

— Ce serait génial, répondit Trey avec un enthousiasme sincère, passant un bras autour de la taille de sa femme.

Gryff grogna et leva les yeux au ciel alors qu'il les escortait hors de la pièce. Quelques secondes plus tard, ils entendirent la porte d'entrée se refermer.

— Je devrais aussi y aller, car je ne suis pas chez moi depuis plus d'une semaine, songea Mac. Je voulais juste passer dire bonjour et rencontrer les nouveaux membres de la famille Ward.

Elle se tourna vers Gia qui donnait étonnamment l'air d'être à l'aise en tenant un bébé. Cela lui sembla presque inné.

— Tu ne veux pas prendre le bébé ? proposa son amie, dont les yeux sombres croisèrent les siens.

— La prochaine fois. Je suis sûre que je reviendrai te voir pendant ton séjour.

— On organisera un dîner, suggéra Gray. Mais la porte est toujours ouverte. Symboliquement, en tout cas.

Mac lui adressa un sourire et un dernier regard pour l'ajouter au fantasme de harem qu'elle utiliserait plus tard. Elle jeta également un rapide coup d'œil à Connor.

Un raclement de gorge attira son attention vers Paige, qui faisait roter le bébé sur son épaule.

Grillée !

— Je suis sacrément chanceuse, fut tout ce que dit la femme.

Oui, en effet.

Après avoir fait ses adieux, elle se dirigea vers sa voiture. Alors qu'elle s'installait sur le siège conducteur, son téléphone sonna. Ce n'était pas la tonalité normale signalant un message entrant.

Elle sortit l'appareil de son sac à main qu'elle avait posé sur le plancher côté passager, et appuya sur le bouton pour allumer l'écran. C'était une notification de Boston Singles.

Elle fronça les sourcils. Elle n'avait jamais activé les notifications de l'application. Bien qu'elle eût assuré le contraire à Damon Brooks, elle n'avait aucune intention de le faire.

Elle jeta un coup d'œil vers la maison. Gia ! Elle avait dû le faire quand Mac ne regardait pas. Elle n'aurait jamais dû lui parler de la conversation dans le cockpit. Ou laisser son sac à main pour que la jeune femme puisse le fouiller.

Mac pouvait imaginer son amie jubiler et se frotter les mains, telle une entremetteuse diabolique.

Elle devrait ignorer le message. C'était probablement une photo de bite d'un mec inconnu.

Mais... ça faisait longtemps qu'elle n'avait pas vu de bel engin. Elle devrait peut-être au moins jeter un coup d'œil.

Un petit coup d'œil. En gardant un seul œil ouvert.

Elle trouva l'application sur son portable, appuya dessus

et vérifia ses messages privés. Merde. À présent, elle y avait cinq cents messages non lus qui encombraient sa boîte de réception. Il fallait qu'elle supprime son compte et efface l'application de son téléphone. Soit il y avait trop d'hommes désespérés dans ce monde, soit il y avait un tas de bots.

La supprimer serait judicieux. Aucun doute à ce sujet.

Elle le ferait... dans une seconde.

Elle soupira. Incapable de résister, elle appuya sur le dernier message qui clignotait dans sa boîte de réception.

Son cœur rata un battement.

Pas une bite, mais le pilote. Damon Brooks.

— Je suis en escale et je me suis dit que j'allais t'envoyer un petit message pour voir si tu me mentais ou non. Alors, voilà le test. Je serai de retour en ville demain. Rejoins-moi pour un verre ou un café demain soir. J'ai une soudaine envie de compter des taches de rousseur.

Le bout de ses doigts effleura son nez et la pommette de sa joue tandis qu'elle relisait la dernière partie du message.

L'envie de compter des taches de rousseur...

Elle attrapa son rétroviseur et le tourna jusqu'à ce qu'elle puisse voir son reflet. Ou en partie. Elle étudia les taches brunâtres qui parsemaient son nez et ses joues. Il y en avait peu. Elles faisaient irruption et ressemblaient à la Voie lactée que lorsqu'elle s'exposait au soleil.

Cela signifiait qu'il ne mettrait pas longtemps à les compter. Ce qui impliquait peut-être un verre. Ou une tasse de café.

Elle penchait pour le verre, car elle ne prenait jamais de caféine après dix heures du matin.

Putain de merde ! Est-ce qu'elle envisageait vraiment de le voir ?

Elle régla le rétroviseur et regarda l'immense maison devant laquelle elle était garée.

Certes, dedans, il y avait eu quelques moments de tension avec la famille Ward, mais les trouples s'aimaient et semblaient heureux ensemble. À présent, elle comprenait pourquoi Gia désirait ce que ses frères avaient. L'amour. La dévotion. Le sexe illimité.

Pas nécessairement dans cet ordre.

Gia cherchait peut-être deux hommes pour satisfaire ses besoins, Mac se contenterait d'en avoir un seul. Elle n'était pas avide. Elle garderait ces envies pour ses fantasmes de harem.

Elle fixa son téléphone, scrutant la petite photo de profil du très beau et très sexy pilote qui était cachée dans le coin du message.

Qu'avait-elle à perdre ? Ce n'était qu'un rendez-vous.

Un homme. Une soirée.

Elle pouvait lui donner une chance.

S'ils ne s'entendaient pas, ils pourraient se serrer la main et se séparer sans rancune.

Mais elle *allait* supprimer cette fichue application.

Elle tapa rapidement un message en réponse et accepta de le rencontrer, y ajoutant son numéro de téléphone pour qu'il puisse lui envoyer le lieu et l'heure par SMS.

Puis elle appuya à nouveau sur le bouton d'alimentation, éteignant l'écran, et remit son portable dans son sac.

Chapitre Trois

Damon vérifia encore une fois ses textos pour s'assurer qu'elle n'avait pas annulé à la dernière minute. Il avait eu de nombreux rencards au cours des dernières années, mais pour une raison ou une autre, cette fois-ci, il avait les nerfs à vif. C'était ridicule. C'étaient juste quelques verres dans un bar de la ville. Un endroit public où il s'était dit que MacKenzie se sentirait en confiance pour rencontrer un inconnu.

Parce qu'il était bien un étranger.

Même s'il ne souhaitait pas le rester.

Il avait lu plusieurs fois son profil sur Boston Singles depuis qu'il avait fixé l'heure et le lieu de leur rencontre. Il espérait y trouver quelques informations sur la rousse avant leur « rencard ».

Puis son profil s'était volatilisé. *Pouf.* D'un claquement de doigts.

Ce qui lui avait remémoré le souvenir difficile d'une autre personne qui avait disparu de sa vie. *Pouf.*

Puisqu'elle lui avait envoyé un message pour lui dire

qu'elle acceptait de le rencontrer, il espérait seulement qu'elle ne lui poserait pas de lapin.

Ce jour-là, quelque chose chez cette femme avait attiré son attention, outre ses cheveux de feu, sa peau ivoire sans défauts et ses charmantes taches de rousseur.

S'il n'avait pas eu au planning une autre escale vers Philadelphie, il l'aurait suppliée de se joindre à lui pour boire un verre à ce moment-là. Même si c'était dans un des salons de l'aéroport.

À part sa photo et son nom, son profil de Boston Singles contenait peu d'informations. Si les données étaient authentiques, elle avait trente-deux ans. Cheveux roux. Coché. Yeux bleus. Coché. Un mètre soixante. Coché. Agnostique. Coché. Le reste du profil indiquait « demander » pour chaque rubrique. Comme sa profession.

Sans oublier son poids. Non pas qu'il souhaitait le savoir. Il était plus avisé que cela.

Il déclarait également qu'elle était « intéressée par les hommes ». Il faisait partie de cette catégorie, donc il avait un point en sa faveur.

Elle avait aussi indiqué ce qu'elle recherchait. Quelqu'un qui avait fait des études supérieures, qui était financièrement stable et qui n'était pas du genre à se prendre la tête. Qui avait entre trente et quarante-cinq ans.

Il remplissait toutes ces conditions. Comme elle, il détestait se prendre le chou. En plus, à trente-huit ans, il était dans la tranche d'âge qu'elle souhaitait. Financièrement, il s'en sortait bien. Sans compagne ni enfants, il investissait une grande partie de ses revenus en bourse, et avait été couronné de succès. Pour le reste, il vivait modestement.

Pas de voiture de luxe, pas de maison tape-à-l'œil, pas de vêtements flamboyants.

MacKenzie, ou Mac, ne semblait pas être compliquée à entretenir, ce qui était tout à fait son genre.

Son amie, en revanche, avait l'air exigeante. Il avait connu, et en avait terminé. Il avait perdu le goût pour les femmes de ce genre. Ou des hommes pareils. Il était aussi sorti avec certains de cette catégorie. Il devenait trop vieux pour faire des histoires et trop impatient pour supporter les divas, qu'elles soient masculines ou féminines.

Il voulait quelqu'un qui avait les pieds sur terre. Le type de fille ou de gars plutôt ordinaire. Quelqu'un à côté de qui il pourrait se réveiller le matin, prendre son petit-déjeuner et partager des tâches quotidiennes. Le soir, ils pourraient s'affaler sur le canapé, se faire des câlins et regarder un film.

Quelqu'un qui lui resterait loyal s'il était absent quelques jours avec le travail et les escales. Ou lorsqu'il était bloqué à l'autre bout du pays à cause des intempéries et des vols annulés.

Il demandait peu. Ou du moins, c'était ce qu'il croyait.

Damon but une gorgée d'eau et jeta un coup d'œil autour de lui. Il avait choisi un bar situé dans le quartier des finances, espérant qu'il serait tranquille le soir, puisqu'il était habituellement animé pendant la journée par les « réunions d'affaires ». Par chance, c'était calme ce soir. Les lumières étaient tamisées et du rock classique s'entendait faiblement en arrière-plan. Il s'était assis à une table d'où il pouvait surveiller la porte pour guetter l'arrivée de Mac, tout en étant à l'écart du reste des occupants.

Ce n'était pas bruyant, ce n'était pas un bar dansant, ce n'était pas un endroit « branché ». C'était juste sa came.

MacKenzie et lui pourraient se parler et apprendre à se connaître, sans hurler pour couvrir une musique forte et des conversations animées.

Il vérifia à nouveau l'heure sur son portable. Elle avait

cinq minutes de retard. Son cœur se mit à battre un peu plus vite. *Bon sang* ! Elle allait lui poser un lapin.

Lorsqu'il leva les yeux de son téléphone, il eut le souffle coupé, son cœur se serra, puis se mit à tambouriner si fort que son pouls résonna dans ses oreilles.

Son visage devint livide, et ses doigts tremblèrent lorsqu'il déposa son portable sur la table.

Il ferma les yeux un instant.

Ce n'est pas possible.

Pas aujourd'hui. Pas maintenant. Jamais.

Lorsqu'il rouvrit les yeux, il constata qu'il n'avait pas imaginé la silhouette franchissant la porte. Même si des années s'étaient écoulées, l'homme n'avait guère changé.

Bien sûr, il avait vieilli, ses cheveux étaient un peu plus clairs et plus longs. Des poils noirs couvraient le bas de son visage. La barbe était une nouveauté. Ou était apparue après, puisque cela faisait environ cinq ans qu'il ne l'avait pas vu.

Ses hanches étaient encore sveltes, son torse large. Au moins, il avait pris soin de lui.

Damon connaissait trop bien ces jambes enveloppées d'un jean et reconnut cette longue foulée déterminée alors que l'homme avançait vers lui.

Damon leva les yeux et croisa le regard de Trevor bien avant qu'il atteigne la table.

Étonnant que Trevor ne paraisse pas surpris de le voir ici. Il était sûr que son visage disait tout le contraire. Il était certain d'avoir l'air abasourdi, parce que c'était ce qu'il ressentait.

Ce n'était pas le seul effet que ça lui faisait. Une vague de chaleur se répandit dans sa poitrine et dans son ventre, atterrissant droit dans ses couilles.

Putain ! Cet homme avait toujours le même effet sur lui. Même après tout ce qu'il avait enduré à cause de ce connard,

Damon voulait encore le plaquer sur la table et le baiser jusqu'à ce que Trevor le supplie de l'autoriser à jouir. Parfois, Damon le lui permettait, d'autres fois, il le forçait à patienter.

Les lèvres de Damon s'ouvrirent, et un long souffle tremblant s'en échappa.

De tous les soirs des cinq dernières années, ce n'était pas ce soir que Trevor devait revenir dans sa vie. Il fallait qu'il se défasse de ses émotions et qu'il prétende que cet homme n'avait plus aucun effet sur lui.

Trevor ne dit rien en s'arrêtant devant la table de Damon, lui bloquant la vue sur l'entrée du bar. Son regard balaya la main que Trevor avait posée sur le dossier de la chaise vide, remonta son buste, sa gorge, ses lèvres, et enfin Damon croisa ses yeux.

Trevor ne souriait pas.

Eh bien, Damon non plus.

Ses narines se dilatèrent légèrement lorsqu'il inspira le parfum familier de Trevor. Il ne l'avait pas oublié. Il s'immisçait encore dans ses rêves.

— Depuis combien de temps t'es de retour en ville ? se força à dire Damon, après avoir desserré les mâchoires.

Trevor inclina la tête, une mèche de ses cheveux café tombant sur son front. Il passa également Damon en revue. S'arrêtant une fraction de seconde sur les lèvres de celui-ci.

Luttant contre l'envie de les lécher.

Lorsque Trevor prit la parole, sa voix, un peu plus grave qu'avant si c'était possible, le foudroya.

— Quelques semaines. Je t'ai cherché. Tu n'as pas rendu les choses faciles.

Cette voix, il l'avait entendue trop souvent dans ses rêves. Il se souvenait aussi de cette voix qui chuchotait « Damon » lorsqu'ils s'embrassaient, criant son nom quand Trevor allait jouir ou exhortait Damon à le baiser plus fort et plus vite.

Ou les nombreuses fois où Trevor avait supplié le pilote de l'attacher, le fouetter, le frapper, le mordre. D'une manière ou d'une autre, de le faire souffrir.

Damon ne comprenait pas pourquoi l'homme avait besoin de subir. Il ignorait de quoi cela découlait. Il avait toujours refusé de faire du mal à Trevor.

Les relations sexuelles brutales étaient une chose. Faire souffrir et maltraiter son partenaire en était une autre. Damon ne prenait pas son pied de cette façon, et cela l'inquiétait que Trevor adore.

— Tu m'as pourtant trouvé. Maintenant, tu peux vivre le reste de ta vie avec la satisfaction d'avoir atteint ce but.

— Damon.

— Non, Trevor, le stoppa-t-il en levant une main.

— Non quoi ?

— Ne perds pas ton temps. Ne gaspille pas ta salive. Ne gâche pas ton énergie. C'est fini depuis très longtemps.

— Vraiment ?

La tension artérielle de Damon augmenta alors qu'il se forçait à rester assis.

— Est-ce que tu vas sérieusement sortir tes conneries maintenant ? explosa-t-il en serrant les mains sur ses cuisses. T'essaies de m'énerver en public ?

— Je n'essaie pas de t'énerver, Day. Je souhaite juste parler.

Day. À part Trevor, personne d'autre ne l'avait appelé ainsi. Entendre ce surnom lui fit l'effet d'un couteau dans le cœur.

— Si tu ne l'as pas encore compris, tu n'obtiens pas toujours ce que tu veux dans la vie.

— Je sais que j'ai merdé, déclara Trevor, après avoir pris une profonde inspiration.

C'était un euphémisme. Mais ce n'était pas le moment

d'en parler. En fait, le bon moment n'arriverait jamais. Cette discussion aurait dû avoir lieu bien avant que Trevor ne se lève et ne disparaisse de sa vie.

Sans un mot.

Sans une lettre.

Sans explications.

Sans rien.

— J'ai un rencard, Trevor. Tu dois foutre le camp.

Damon ne manqua pas de remarquer la crispation de la mâchoire de Trevor. Comme s'il avait le *droit* d'être jaloux.

Trevor inspira brièvement mais bruyamment.

— Qui c'est ?

Pourquoi perdait-il son temps en laissant continuer cette conversation ? Mais s'il répondait à son ancien amant, celui-ci donnerait peut-être l'impression que Damon était passé à autre chose. *Impression* étant le mot crucial.

— Mac.

— T'as rendez-vous avec un mec qui s'appelle Mac ? s'étonna Trevor en haussant les sourcils d'un air perplexe. Comme le camion ? Je parie que c'est un gros nounours baraqué. Ce qui me surprend, je ne pensais pas que t'aimais ça.

Après ton départ, j'ai cherché tout ce qui était à l'opposé de toi.

— Tu ne sais pas ce que j'aime.

— Je t'intéressais avant.

Le couteau enfoncé dans son cœur bougea, et il força ses mains à rester sur ses cuisses pour ne pas amplifier la douleur aiguë. Trevor ne devrait plus l'influencer. Il ne devrait pas.

— Avant que t'emballes tes affaires et que tu disparaisses. Tu n'as même pas laissé un putain de mot.

Il fit de son mieux pour garder le contrôle de sa voix et ne pas laisser ses émotions le submerger et le noyer, celles qu'il avait ressenties, longtemps auparavant, en découvrant le départ de Trevor.

— Je suis enfin rentré, fatigué, après une absence de plusieurs jours... Tu me manquais comme un fou et j'avais hâte de te voir. Je suis arrivé dans notre appartement pour découvrir que t'étais parti. Tu crois que j'ai ressenti quoi ?

Trevor fut bouche bée et Damon attendit qu'il sorte son baratin. Mais il ne fit rien. Les yeux de l'homme traduisaient tout ce qu'il avait à dire.

Du chagrin. Du regret.

Merde. C'était bien pire que de se disputer avec Trevor.

Bien pire.

Damon devait rester fort. Il essayait d'avancer depuis longtemps, et c'était le premier soir depuis une éternité qu'il était impatient de passer à autre chose.

Avant que Trevor débarque.

Le téléphone portable de Damon s'alluma et vibra sur la table. Il lut le message qui s'afficha sur l'écran : *Je suis là. Désolée d'être en retard. Où es-tu ?*

Merde.

Il répondit rapidement à MacKenzie : *Je suis arrivé. Reste où t'es. Je vais t'escorter jusqu'à notre table.*

— Tu dois t'en aller, grommela Damon en se levant de son siège et contournant la table. Tout de suite !

Il se retrouva nez à nez avec Trevor et croisa son regard. Sous cette lumière, ils semblaient plus argentés que gris, la couleur qu'il avait toujours connue.

— T'es parti vivre ta vie parce qu'apparemment l'herbe était plus verte ailleurs. Maintenant, laisse-moi vivre la mienne.

Trevor leva la main pour la poser sur le torse de Damon, mais celui-ci recula pour se mettre hors de portée.

— Je ne partirai pas tant que tu n'auras pas accepté de me voir pour parler.

— C'est du chantage. Pas étonnant, marmonna Damon.

— Je peux me mettre à genoux et te supplier ici même, Damon, si c'est ce que tu veux. Mais on doit discuter.

— *Tu* dois parler.

— Très bien, dit Trevor en penchant la tête. J'ai besoin de parler. J'ai besoin que tu m'écoutes. C'est important.

— Aussi important que notre relation était censée l'être ?

Trevor ferma lentement les yeux, et Damon regarda le visage de l'homme se vider de son sang.

— Je suis désolé.

Pourquoi ces trois mots murmurés lui serrèrent-ils le cœur ?

— Être désolé ne suffira pas. Alors si c'est tout ce que t'as à dire, c'est fait. Au revoir, Trev. Je te souhaite une bonne soirée et une belle vie.

— Day, chuchota Trevor.

— Bonne soirée, Trevor, insista Damon plus fermement, se blindant contre la peine qui traversa le visage de son ancien amant.

Il avait travaillé dur et longtemps pour essayer de guérir la blessure qu'avait créé le départ de Trevor. En quelques minutes seulement, son ancien partenaire l'avait rouverte.

Il dépassa Trevor et vit son rencard, debout près de la porte d'entrée, regardant dans leur direction. Alors que Damon avançait vers elle à grands pas, les yeux de la jeune femme, qui l'observaient, glissèrent vers l'endroit où Trevor se tenait encore. En s'approchant, il remarqua qu'une petite ride s'était formée sur son front.

Merde.

— Désolée d'être en retard, dit distraitement MacKenzie,

fixant toujours Trevor. J'ai eu du mal à trouver une place pour me garer.

— Je m'excuse pour ça. J'aurais dû choisir un lieu à l'extérieur de la ville.

— Ce n'est pas grave.

— Si. Je n'aime pas l'ambiance de ce bar ce soir, on peut aller ailleurs.

— Mais je viens de trouver un endroit où me garer, se plaignit-elle en le dévisageant un instant.

— Je sais. Je m'excuse.

— C'était une ruse ?

Quoi ?

— Non, désolé que tu penses ça. Le service s'est avéré horrible ici. On passera un meilleur moment ailleurs. On peut prendre mon véhicule et je te déposerai au tien après notre soirée.

— Je...

— J'ai pris le service voiturier. Ils peuvent amener ma voiture en quelques minutes. Sortons.

Juste au cas où Trevor n'aurait pas fini de lui causer du chagrin d'amour ce soir.

— Mais...

Damon l'attrapa par le coude et la tira par la double porte, se pressant vers le stand des voituriers et leur donnant son ticket.

— Je peux te suivre, insista-t-elle.

— Tu ne veux pas monter avec moi ?

— Je ne te connais pas.

Damon cligna des paupières et baissa la tête. Mac se mordillait la lèvre inférieure, ses grands yeux bleus le scrutant. *Merde.* Il n'avait pas réfléchi. Trevor l'avait déstabilisé.

— Encore une fois, je suis désolé. Je comprends parfaitement. Ton véhicule est à quelle distance ?

— À trois rues d'ici.

Merde.

— Pourquoi ne pas avoir fait appel à un voiturier ?

— Je...

Même sous les lumières de l'entrée du bar, il put voir son visage rougir.

Bon sang ! Décidément, il avait tout bon ce soir. Trevor n'avait plus qu'à sortir et recommencer son cinéma devant MacKenzie. Après, il n'aurait plus qu'à déclarer forfait.

— Si tu ne veux pas monter dans la voiture avec moi, je peux te suivre avec la mienne pendant que tu marches jusqu'à la tienne. Pour m'assurer que t'es en sécurité.

— Tu n'es pas obligée de faire ça.

— J'insiste.

Elle pencha la tête et l'étudia pendant une seconde.

— D'accord, dit-elle finalement. Je vais commencer à avancer maintenant.

Alors qu'elle se retournait, Damon lui attrapa le bras.

— Non, je veux être sûr que t'es en sécurité. Si tu ne souhaites pas venir avec moi, attends que je puisse te suivre. Une fois que t'auras rejoint ta voiture, suis-moi. Cette fois, je choisirai un endroit avec un parking.

Et sans ex.

— Ça te convient ?

Elle hocha la tête, cette lèvre inférieure qu'il désirait goûter était maintenant coincée entre les dents de la jeune femme. Il remarqua qu'elle essayait de cacher un sourire.

— Bien, répondit-il en souriant.

Il jeta un coup d'œil par-dessus son épaule pour s'assurer que Trevor ne sortait pas du bâtiment. Ce qui ne fut pas le cas.

À travers la grande fenêtre, il pouvait voir l'homme assis au bar, un verre devant lui. Mais sur le tabouret, son corps était tourné pour qu'il puisse regarder dans leur direction.

Le remords tirailla juste assez Damon pour le mettre en colère. Trevor ne méritait ni son temps ni son attention. Il ne devrait pas regretter de ne pas lui en accorder.

L'arrivée de sa Lexus près du trottoir ramena son attention sur Mac.

— C'est la mienne. Je te suis, rappela-t-il, assurant à la jeune femme qu'il était un homme de parole.

Il donna un pourboire au voiturier et, alors qu'il s'apprêtait à contourner son véhicule par-derrière, Mac tendit la main et lui attrapa le bras.

— Je viens avec toi.

Damon haussa un sourcil, mais ne discuta pas. Il voulait les éloigner du bar aussi vite que possible. Il lui ouvrit la portière du côté passager, et elle se glissa à l'intérieur. La refermant, il se pressa d'aller côté conducteur et monta à bord.

— On rejoint ta voiture maintenant ? Ou plus tard ? demanda-t-il en démarrant le moteur.

— Plus tard.

Il s'écarta du trottoir après avoir jeté un rapide coup d'œil à la jeune femme, mais elle regardait le pare-brise fixement.

— Pourquoi ce changement ?

— Parce que tu t'es comporté en gentleman jusqu'à présent. Beaucoup d'hommes n'ouvrent plus la porte aux femmes. Non seulement tu l'as fait dans le bar, mais aussi quand je suis montée dans ta voiture. Mais ce n'était pas le plus important. C'est ton obstination à me suivre pour t'assurer que je sois en sécurité. T'aurais pu me donner une adresse où te rencontrer et me laisser me débrouiller. Même si je ne suis pas sans défense et que je peux résister, c'était agréable.

Même si Damon avait un savoir-vivre que sa mère lui avait inculqué, il n'était certainement pas chevaleresque quand il pensait à ce qu'il voulait faire à MacKenzie.

— Je suis désolé que t'aies eu affaire à des hommes qui ne savent pas se tenir dans ton passé.

— L'égalité des droits et tout... c'est souvent l'excuse. Mais le moindre effort est apprécié. Alors, où on va ? demanda-t-elle, tandis qu'il la voyait étudier son profil du coin de l'œil.

Chapitre Quatre

Leur premier « rencard » s'était bien passé. Damon était charmant et intéressant. Il avait un savoir-vivre irréprochable. Mac l'aimait bien.

D'accord, elle n'allait pas mentir. Elle l'adorait.

Il s'exprimait bien, s'habillait bien, mais sans fantaisie. Même si sa voiture était une Lexus, elle n'était pas toute neuve et n'était pas un modèle haut de gamme.

Il était sincère et ne cherchait pas à l'impressionner. C'était rafraîchissant.

À la fin de leur soirée, il avait fait exactement ce qu'il avait dit, il l'avait ramenée à son véhicule. Il n'avait pas essayé de la tripoter ou de lui enfoncer sa langue dans la gorge. Ou même lui demander de lui faire une fellation, ce qu'un de ses rencards lui a réclamé après lui avoir payé deux verres. Ce connard avait insisté pour obtenir *quelque chose* en échange de l'argent qu'il avait dépensé étant donné que le rendez-vous ne s'était pas bien passé et que Mac n'avait aucune intention de le revoir.

À la place, Damon lui avait déposé un petit baiser sur le

front, avait pris sa joue et lui avait déclaré qu'il voulait la revoir. Puis, il avait attendu près de sa voiture pendant qu'elle montait dans la sienne et s'éloignait en lui faisant un signe de la main. Elle avait accepté ce deuxième rendez-vous sans hésiter.

Au cours de la semaine écoulée, l'emploi du temps du pilote avait été très chargé, mais ils avaient échangé des textos entre les vols, et il l'avait appelée plusieurs fois le soir. Mac s'allongeait dans son lit, laissant la délicieuse voix grave la submerger. De temps à autre, elle se surprenait à glisser une main dans sa culotte pour se toucher pendant qu'ils parlaient, souhaitant que ce soient ses doigts plutôt que les siens.

Néanmoins, elle attendait qu'ils raccrochent pour se faire venir. Ce soir, quand il appellerait, les choses pourraient se terminer différemment.

Surtout après sa longue journée de travail.

Mac tamisa les lumières de sa chambre, enleva son bas de pyjama et se retrouva en culotte, avec un T-shirt trop grand et usé. Devrait-elle aussi se débarrasser de la culotte ?

Oui, bien sûr.

Elle la laissa tomber sur le sol et grimpa sur son lit, jetant un œil à l'horloge numérique sur sa table de nuit. 9 h 59.

D'habitude, il appelait à dix heures. À l'heure pile.

Elle s'installa, attrapa son portable et le posa sur sa cuisse en attendant. Évidemment, même si elle savait que le coup de fil était imminent, quand l'appareil vibra, elle sursauta comme une trouillarde.

Son écran s'éclaira et afficha une photo de Damon en tenue de pilote. Pas du tout la façon dont il était habillé la première fois qu'ils s'étaient rencontrés. Il lui avait envoyé une photo de lui avec sa veste, son chapeau et tout le toutim. Très professionnel, très sexy, et très, très, très excitant. Bien mieux qu'une photo de bite. Elle avait, bien sûr, sauvegardé le cliché dans les coordonnées du pilote. Désormais, chaque fois qu'il l'appelait ou lui écrivait un message, elle voyait son beau visage illuminer l'écran.

Elle se croirait de retour au lycée tellement son cœur dansait la gigue. Il ne lui manquait plus que des paumes moites et des auréoles sous les aisselles.

Elle se secoua pour sortir de ses pensées et décrocha d'un doigt sur l'écran avant que la messagerie ne prenne le relais.

— Hé ! salua-t-elle, mais le son resta bloqué dans sa gorge, qu'elle racla pour réessayer. Hé.

— Hé ! lui répondit d'une voix grave et chaleureuse, faisant instantanément durcir ses tétons.

— Comment s'est passé ton vol ?

— Beaucoup de turbulences. Les hôtesses ont eu fort à faire pour ramasser les sacs vomitoires.

Mac fronça le nez à cette image.

— C'est le terme officiel pour les désigner ? Sacs vomitoires ?

— Mmmh. Sac à vomi. Sac pour vomir. C'est la même merde.

— Eh bien, j'espère qu'ils ne sont pas remplis de merde.

Son rire lui emplit l'oreille.

— En effet. Parlons d'autre chose, s'il te plaît.

— Oui. Alors, comment était votre copilote, Capitaine ?

Elle préférait discuter de son travail que du sien, car celui de Damon était bien plus palpitant.

— Elle était super. J'avais déjà volé avec elle.

— Elle ?

— T'es jalouse ? la taquina-t-il.

— Ha ha. Non. Je croyais juste qu'il y avait peu de femmes pilotes.

— Malheureusement, c'est vrai. Les femmes ne représentent qu'un petit pourcentage. Quand on parle de minorités, je pense qu'il y a plus de pilotes noirs que de femmes.

Elle le visualisa à nouveau en tête d'avion, la première fois qu'elle l'avait vu. Il valait certainement le coup d'œil.

— À vrai dire, avant toi, je ne suis pas sûre d'avoir croisé un pilote noir ou une femme. La prochaine fois que je prendrai l'avion, je ferai plus attention.

— Tu ne dois te préoccuper que d'un seul pilote, dit-il, et elle put entendre le sourire dans sa voix.

— Ah, un certain capitaine ?

— Lui-même.

— Vous avez toute mon attention, Capitaine.

— J'aime bien quand tu m'appelles Capitaine.

Son ronronnement grave suscita toutes sortes de réactions chez elle. Sa main glissa jusqu'à la butte de son sexe qu'elle pressa légèrement. Ses lèvres s'écartèrent, et une bouffée d'air s'en échappa.

— T'es essoufflée ?

— Pas encore.

— C'est prometteur, gloussa-t-il, d'une voix douce et chaleureuse qui l'inonda.

Elle jeta un coup d'œil à sa chambre et se demanda s'il était aussi dans une chambre, juste très loin.

— Où t'es ?

— Dans ma chambre d'hôtel.

— Tu fais quoi ?

— Je te parle, la taquina-t-il.

— Dans le lit ?

Sa question sortit un peu à bout de souffle.

— Mmmh mmh. Et toi ?

— Chaque fois que tu m'appelles, admit-elle.

Il y eut une longue hésitation.

— Allô ? finit-elle par dire.

— Désolé, je me prépare.

— Pour ? demanda-t-elle, entendant un bruissement.

— Pour ce vers quoi tu nous mènes.

— Et qu'est-ce que c'est, Capitaine ?

— *Putaaaiiin*, gémit-il.

— C'est trop tôt ? s'enquit-elle pudiquement. Tu vas me trouver facile ? plaisanta-t-elle.

— Bien sûr que non, répondit-il durement. Penseras-tu que je suis facile si je t'encourage à poursuivre cette conversation ?

— Non, rit Mac. Je sais qu'on a eu qu'un seul rencard, mais on a appris à se connaître cette dernière semaine. Et je... t'aime bien.

— Je t'aime bien aussi, dit-il doucement. J'ai envie de te revoir.

— Pour boire un verre ?

— Tu sais pourquoi.

Son cœur fit des ricochets, comme une pierre sur un étang.

— Quand est-ce que tu reviens en ville ?

— Demain soir. On peut aller dîner...

Elle comprit son sous-entendu.

— Je ne suis pas sûre de pouvoir patienter jusqu'à la fin du dîner...

Elle laissa sa phrase en suspens, espérant qu'il saisirait ce qu'elle voulait dire.

Un autre rire chaleureux retentit sur la ligne, lui donnant la chair de poule.

— L'attente est parfois un préliminaire enivrant. Se retenir d'avoir quelque chose que l'on désire vraiment amplifie la chose lorsqu'on l'obtient enfin.

Le désir. Elle ressentait bien plus que du désir pour l'homme qui se trouvait à l'autre bout du fil.

— Cela vous arrive-t-il souvent, Capitaine ? De lutter contre l'envie de vous emparer de ce que vous souhaitez pour que le résultat soit plus intense ?

— Oui, parfois. Comme avec toi.

— Moi ?

— Oui, je t'ai voulue à la seconde où je t'ai vue dans mon avion. Je n'ai pas cessé de penser à toi. Te retrouver la semaine dernière autour d'un verre n'a fait que renforcer mon désir pour toi.

— Pareil pour moi. Mais t'as parlé d'attente... Tu souhaites patienter ?

Il fit un bruit découragé.

— Tu veux dire sauter les projets que t'avais pour cet appel ?

— Oui.

— Sûrement pas. La vérité, c'est qu'à chaque appel... je me suis touché pendant notre conversation. Je t'imaginais dans mon lit, à côté de moi. À t'embrasser... te sucer... te baiser... T'entendre crier mon nom alors que ton corps se convulse autour du mien.

Mac lâcha un souffle tremblotant et ferma les yeux pour visualiser la scène. Son majeur dériva plus bas et elle l'introduisit entre ses plis lisses.

— Je me suis fini après, ajouta-t-il, sans paraître gêné d'un iota.

Eh bien, s'il avouait...

— J'ai fait la même chose.

Un long silence s'installa entre eux.

— Bon sang, murmura-t-il. Je n'ai pas été autant attiré par une femme depuis très longtemps.

Ce commentaire la surprit.

— Pourquoi ?

— Parce que je préfère normalement les hommes. J'aime

aussi les femmes, ne te méprends pas. Mais il faut un certain type de femme pour retenir mon attention.

— Je suis ce genre de femme ? demanda Mac en souriant au téléphone.

— Tout à fait.

— Je devrais me sentir spéciale.

— Très.

Mais sa préférence sexuelle qu'il lui avait avouée la rendit curieuse.

— Quand as-tu découvert que t'étais bi ? J'ai galoché une fille une fois et n'ai pas aimé. C'était au lycée, lors d'une fête, et j'avais bu.

Bien que Mac ait toujours été prête à essayer n'importe quoi, le fait d'être avec une autre fille ne lui convenait pas.

— J'ai perdu ma virginité en seconde avec une fille et j'ai adoré ça. Énormément, en fait. Je ne suis pas sûr que ce soit son cas parce que ça a duré trente secondes à tout casser.

Il gloussa une nouvelle fois.

— Ensuite, j'ai embrassé un garçon à l'université, et j'ai découvert que j'aimais aussi. Comme toi, j'étais ivre. Par contre, j'ai fini par embrasser beaucoup plus de garçons à l'université, sans être saoul. J'ai fini ainsi par avoir une liaison d'un an avec l'un des professeurs du campus. Il m'a beaucoup appris.

— Mmh. Intéressant.

Elle pensait que les relations entre professeurs et étudiants n'étaient pas autorisées. Elle se demanda également ce que ce professeur lui avait « appris » en dehors de l'enseignement normal dispensé à l'université.

— Mais t'as écarté mon profil sur l'application pour célibataires parce que j'étais bi, poursuivit-il, avant qu'elle puisse approfondir sur sa révélation.

— Comme je te l'ai dit, ce n'était pas que toi. J'ai ignoré

tous les messages. Mais dans le cas d'un homme bi, c'est parce que ça me met en concurrence avec les deux sexes plutôt qu'un.

C'était peut-être une crainte erronée de sa part, mais c'était tout de même vrai.

— Tu ne devrais pas voir les choses de cette façon. T'es unique.

— Comment ça ? Tu parles de ma rousseur naturelle ?

— Ce n'est qu'une caractéristique sur ta personne, MacKenzie. T'es bien plus que ça.

— Tu ne me connais pas depuis assez longtemps pour dire ce genre de truc.

— Non, mais on a appris à se connaître la semaine dernière. Même si ce n'était que par téléphone et par texto.

— Au fait, je dois te remercier de ne pas m'avoir directement envoyé des photos de bites et des sextos.

— Tu n'aimes pas les bites ou le sexe ? la taquina-t-il.

— J'aime les bites et le sexe, rétorqua-t-elle en riant.

— Oh, super. Je me suis inquiété pendant une minute. D'autant plus que j'aime aussi les deux. Et je m'excuse de la part des hommes du monde entier pour les connards qui t'ont envoyé des trucs spontanés et non désirés du genre. Certains hommes ne comprendront jamais que ce n'est pas une façon de séduire une femme.

— C'est ce que t'essaies de faire ? Me séduire ?

— Pour l'instant, je tente de te rappeler ton intention initiale concernant ce coup de fil.

Mac sourit, et deux doigts pénétrèrent facilement en elle. Elle était prête à passer aux choses sérieuses avec l'homme qui l'appelait.

— T'as déjà fait l'amour par téléphone ? lui demanda-t-il.

— Oui. Et toi ?

— Oui. Étonnamment, ça peut être très agréable. Comme je voyage beaucoup...

— Est-ce que ça veut dire que t'es un expert en la matière ?

Il avait une voix parfaite pour faire des appels érotiques, capable d'inciter un orgasme.

— À toi de me le dire après.

— Je n'y manquerai pas, assura-t-elle en enfonçant ses doigts plus profondément dans son humidité chaude. Mais tu vas devoir te dépêcher, car je me touche déjà, et te parler me donne carrément envie de jouir.

Mac entendit le souffle saccadé du pilote à l'autre bout du fil.

— Moi aussi. Je suis tellement dur déjà. Mon poing est fermement enveloppé autour de ma bite, et je la caresse lentement, en remontant jusqu'à la tête, puis je redescends jusqu'à mes couilles.

— T'as utilisé du lubrifiant ?

Était-il le genre d'homme à emporter du lubrifiant, juste au cas où ? Que ce soit pour son propre usage ou pour l'éventualité où il rencontrerait un partenaire masculin ? Il semblait être le type de gars qui aimait être préparé.

— Oui.

— Bien. Maintenant, tu peux sentir à quel point je mouille en pensant à toi.

— Putain, murmura-t-il. MacKenzie...

Mon Dieu, son nom sortant de la bouche de Damon...

— Mmh ?

— Quand tu seras prête, tu devras me dire à quel moment venir. Je ne jouirai pas avant que tu me le dises.

Cela la tira un peu de son état euphorique.

— Et si je ne le fais pas ?

— Alors je ne viendrai pas.

— T'en es capable ?

Mac ne put retenir l'étonnement dans sa voix.

— Oui.

Hallucinant.

— C'est une sacrée volonté.

— Des années d'entraînement, déclara-t-il d'un ton détaché.

— Ça me donne plutôt l'impression d'être une punition.

— Oh, ce n'est pas le cas, lui assura-t-il doucement.

— Je ne suis pas certaine d'apprécier.

— Tu pourrais. Tu ne le sauras pas avant d'avoir essayé.

— Pas ce soir. J'ai hâte que tu me fasses jouir.

L'autre bout du fil devint trop silencieux.

— Damon, murmura-t-elle enfin.

— Oui ? répondit-il en chuchotant.

— Fais-moi jouir.

— T'es proche là ?

— Oui, assura-t-elle d'une voix sifflante.

— Alors je te ferai jouir deux fois.

Juste comme ça. *Je te ferai jouir deux fois*. Confiant. Mac aimait ce trait de sa personnalité. Sûr de lui, mais pas suffisant ou arrogant.

— Qu'est-ce que tu portes ?

Devait-elle mentir et dire une nuisette sexy ?

— Un T-shirt, avoua-t-elle.

— C'est tout ?

— Oui.

— Enlève-le.

Elle posa le combiné et retira le grand T-shirt d'un coup sec en le passant par sa tête, puis le jeta au bout du lit. Elle ramena rapidement son portable à l'oreille.

— OK, souffla-t-elle.

— Mets-moi sur haut-parleur et installe le téléphone à

côté de toi, sur ton oreiller, pour que tu puisses m'entendre clairement.

Son ordre foudroya son centre et la transperça à l'endroit même où ses deux doigts entraient et sortaient de son sexe.

Elle s'exécuta.

— Maintenant, à toi.

Ils pouvaient être deux à ce jeu d'autorité.

— Je suis déjà nu et j'ai mon oreillette Bluetooth. Je suis si dur. J'aimerais que ce soit ta bouche autour de ma bite à la place de mon poing.

— Moi aussi.

Elle imagina le goût qu'il aurait dans sa bouche. Un peu salé, sa peau comme un doux velours recouvrant de l'acier. Son parfum viril et un peu musqué. *Oh, oui...*

— Combien de doigts tu utilises ?

— Deux.

— Où est ton pouce ?

— Sur mon clito, j'aimerais plutôt que ce soit ta langue.

Le grognement sourd de son interlocuteur retentit dans son cerveau, la poussant à se contracter autour de ses doigts.

— Je veux que tu jouisses vite la première fois, mais la seconde, je vais faire durer le plaisir jusqu'à ce que tu te tortilles et que tu sois prête à exploser.

Elle essaya de prononcer un « oui », mais il resta coincé. Ses hanches se soulevaient légèrement à chaque plongeon de ses doigts.

— Quelle est la couleur de tes tétons ?

À l'étrangeté de cette question, elle écarquilla les yeux et les baissa pour voir à quel point ses mamelons étaient tendus.

— Rose.

Elle était sûre qu'il y avait une dénomination plus précise pour la nuance exacte de rose, mais la chercher lui demande-rait trop d'efforts.

— Quand j'en aurai fini avec toi, ils seront d'un magnifique rouge.

— Comment ? s'enquit Mac, frémissant à ces mots.

— Je vais les mordre, les sucer et les tordre jusqu'à ce que tu atteignes ton deuxième orgasme.

— Je n'ai pas encore eu le premier, rétorqua-t-elle, après avoir avalé son gémissement.

— Bientôt..., murmura-t-il. Pince les bouts. Seulement les bouts. Très fort. Ferme les yeux. Imagine-moi en train de te le faire. Tes doigts deviennent mes doigts et ma bite. Ton pouce devient ma langue. Je veux que tu te fasses ce que tu souhaiterais que je te fasse.

La bouche de Mac s'ouvrit, mais rien ne s'en échappa, à part un souffle rauque.

— Utilise mes deux mains, MacKenzie.

Elle retira à contrecœur ses doigts des plis humides, qui étaient maintenant gonflés, et les éloigna de son clito sensible.

— Est-ce que mes doigts sont mouillés ?

— Oui.

— Lèche-les. Laisse-moi d'abord te goûter.

Elle ne l'avait jamais fait avant... Elle porta sa main à sa bouche et toucha timidement ses doigts avec le bout de sa langue.

— Suce-les. Fais-moi savoir que t'as bon goût.

Elle enveloppa ses doigts avec sa bouche et les suça, sa langue collectant son excitation. Elle gémit.

— C'est ça !

La voix grave et brute retentit dans le téléphone.

— Dis-moi quel goût ça a.

Elle n'était pas certaine de pouvoir le décrire.

— Je ne sais pas... acidulé... un peu salé, mais...

Elle fit à nouveau tourner sa langue autour de ses doigts.

— Acide... un peu comme des chips au sel et au vinaigre.

Elle s'attendait à ce qu'il rie de cette description, mais il n'en fit rien.

— Mmmh. Un encas irrésistible. Maintenant, tes mamelons ont besoin d'attention. Je veux d'abord palper le poids de tes seins. Prends-les et passe mes pouces sur les bouts. Ils réclament ma bouche, n'est-ce pas ?

Elle expira et ferma les yeux une fois de plus alors qu'elle malaxait doucement ses seins, sentant leur poids. Visualisant ce qu'il expérimenterait s'il le faisait à sa place. Imaginant ce qu'elle ressentirait si c'étaient vraiment ses grandes mains qui la caressaient.

— Les pointes sont si sensibles.

— Mes pouces sont rugueux. Pince-les. Tords-les.

Elle s'exécuta.

— Tire-les jusqu'au maximum.

Elle fit ce qu'il lui demandait, se tortillant sur le lit.

— Pince-les plus fort jusqu'à ce que ça fasse un peu mal. Juste assez pour que tu le perçoives jusqu'à tes orteils.

Elle les pinça plus fort entre ses pouces et ses index. Étonnamment, elle aima cette douleur et recommença plus fort jusqu'à ce qu'un râle lui échappe.

— Oui, t'es une bonne fille. Plus fort maintenant. Tu pourrais jouir si je ne fais que ça ?

En serait-elle capable ? Elle n'était jamais venue ainsi. Mais elle n'avait jamais essayé non plus.

— Je ne sais pas.

— Je n'aime pas cette réponse. Réessaye.

Mac ouvrit les yeux. Quoi ?

— Essaie encore, MacKenzie, insista-t-il plus fermement. Peux-tu jouir si je joue simplement avec toi comme ça ? Mes doigts qui tordent et pincent tes tétons meurtris...

— Oui... oui... Fais-le plus fort.

Mac n'attrapa que les bouts entre ses doigts, et les pinça si fort que son dos se courba et qu'elle poussa un cri. Un filet d'eau s'échappa de son sexe. Soudain, elle eut l'impression que ses seins étaient directement reliés à son centre.

C'était incroyable.

— Je vais utiliser mes dents maintenant, bébé. Je veux que ce soupçon jouissif de douleur te fasse atteindre le sommet. T'es prête ?

— Oui...

Elle ferma les yeux quand ces larges lèvres sombres engloutirent son mamelon, puis lorsque la vive piqûre de ses dents en effleura l'extrémité.

— Regarde comme tes tétons sont rouges et gonflés. Si beaux. Si sensibles à mes caresses.

Mac tordit plus violemment ses mamelons tandis que la voix grave du pilote déferlait sur elle, tourbillonnant et prenant de la vitesse. À présent, sa chatte pulsait rien qu'en entendant ses mots, imaginant le voir là, dans le lit, avec elle.

— Je vais te mordre et te marquer. Autour de ton téton. Je vais le revendiquer et montrer qu'il m'appartient. Est-ce que ça te plaît ?

— Oui...

— Ça va faire un peu mal.

— Je m'en fiche, réussit-elle à chuchoter d'une voix cassée. Fais-le. Dépêche-toi, s'il te plaît. Je vais jouir.

Elle titubait sur le bord du gouffre. Attendant que les dents de Damon s'enfoncent dans sa chair. Qu'il la possède.

— À ce moment-là, je veux que tu dises mon nom.

Oh, mon Dieu ! En cet instant, elle ne se souvenait même pas de son propre nom.

Un bruit s'éleva dans le téléphone. Un grognement qui se termina par un gémissement lorsque les dents du pilote s'en emparèrent.

— Damon.

Les hanches de Mac se détachèrent du lit alors que son centre se contractait et pulsait si intensément qu'elle en perdit le souffle.

Au bout d'une seconde, il relâcha ses seins. Les doigts du pilote trouvèrent son sexe et se faufilèrent à l'intérieur. Elle cria son nom lorsqu'elle jouit pour la troisième fois. Sa main virile bougea frénétiquement, sans jamais s'arrêter, tandis qu'elle haletait. Son cœur battant la chamade en réponse à son orgasme.

Trois orgasmes.

Puis elle retomba sur le lit, le souffle saccadé et effréné. Ses yeux restèrent fermés. Elle avait besoin de le sentir en elle. Le vrai Damon. L'homme qui se trouvait à des milliers de kilomètres. Elle avait besoin d'avoir sa douce peau chaude contre elle, d'entendre sa voix, sans haut-parleurs entre eux, de sentir sa bouche, ses lèvres, ses longs doigts pour de vrai.

— MacKenzie...

La supplique se fraya un chemin dans son esprit embrouillé.

— Oui, murmura-t-elle d'une petite voix.

Elle avait l'impression que tous ses os avaient fui son corps.

— Je ne viendrai pas tant que tu ne me le diras pas.

Elle ouvrit vivement les yeux et attrapa le téléphone sur le coussin, le plaquant contre son oreille.

— Je veux regarder.

De toute sa vie, elle n'avait jamais accepté de photo de bite. Mais maintenant, elle souhaitait à tout prix en recevoir une. Une photo en direct, cependant.

— On va devoir raccrocher et je te rappellerai juste après, dit-il d'une voix tendue. Je peux faire un appel vidéo.

Elle appuya si vite sur la touche « Terminer » de son téléphone qu'elle craignit de passer pour une impolie.

Mais son portable s'éclaira tout aussi rapidement, et elle répondit à l'appel.

— Hé !

Le visage de Damon envahit l'écran. Son front puissant, ses yeux marron foncé, ses lèvres charnues... Incroyablement beau.

— Hé, toi ! la salua-t-il comme il le faisait chaque fois. Je vois que ton visage est rouge. C'est magnifique. J'ai envie de te voir tout entière.

Elle savait de quoi il parlait, mais elle se sentit soudain gênée. Elle était loin d'être aussi belle que lui.

— Pas encore. Quand on sera face à face.

— Tu veux me voir, mais je ne peux pas te voir ?

— Oui.

Il haussa un sourcil et lui lança un regard sévère.

— Je l'autoriserai cette fois-ci, mais la prochaine fois...

Il laissa sa phrase en suspens.

Il l'autorisait ?

Mmh. Intéressant.

— Alors je *t'autorise* à venir.

— Touché.

Pendant une seconde, l'image devint floue lorsqu'il fit pivoter le téléphone afin d'orienter l'appareil photo vers son ventre.

Mac eut à nouveau le souffle coupé. Elle avait raison, l'homme était en forme sous cet uniforme. D'après ce qu'elle voyait, sa peau était presque immaculée, et le teint intense était homogène... parfait. Même si elle était vidée, elle serra les cuisses.

Quand il ajusta l'angle de la caméra, elle *le* vit. Il avait les doigts enroulés autour de son érection, qui dépassait de son corps, telle une épaisse lance sombre. Elle était brillante à cause du lubrifiant, mais lorsqu'il approcha le téléphone, elle put voir qu'une perle de précum s'était formée au bout. Puis son poing remonta le long de sa massive longueur et le pouce de Damon l'essuya.

Les hanches du pilote se soulevèrent légèrement tandis que son poing redescendait. Lorsqu'il repartit en sens inverse, ses hanches s'abaissèrent. Elle se laissa envoûter par ces gestes fluides, par la respiration régulière de l'homme, qui hoquetait chaque fois qu'il pressait la couronne de son sexe, avant de redescendre jusqu'à la racine.

— MacKenzie...

— Oui ? demanda-t-elle après s'être léché les lèvres.

— Tu dois dire mon nom et me dire quand jouir.

— D'accord, murmura-t-elle.

— T'aimes me regarder ?

Elle n'avait jamais rien vu d'aussi hypnotique.

— Oui.

— J'adore que tu m'observes.

Était-il prêt à jouir ? Devrait-elle le lui ordonner ? Elle ignorait la démarche à suivre. Était-il possible de venir sur commande ? Ou bien était-il prêt à éjaculer depuis long-temps, et pouvait simplement se retenir à ce point ? Il était peut-être à la limite de l'explosion et avait juste une volonté surhumaine.

— Damon.

Il ne répondit pas, sa respiration devint plus forte. Elle pouvait imaginer que c'était dû à la perspective de ce qu'elle allait dire ensuite.

— Es-tu prêt à venir ?

À nouveau, il ne répondit pas. Mais sa main se resserra autour de sa bite, et son rythme accéléra.

— Damon... tu as la permission jouir.

Comme lorsqu'elle avait eu son orgasme, les hanches du pilote se soulevèrent. Un long gémissement retentit dans la chambre de Mac tandis que les hanches de Damon remuaient et que du sperme giclait sur sa peau foncée en épais filets. Les jets semblèrent presque interminables, comme s'il s'était retenu trop longtemps.

Finalement, il retomba sur le matelas, et elle entendit un grand soupir de satisfaction. Lorsqu'il déplia ses doigts de son manche, elle fut ravie de voir sa taille. Pas trop grosse, mais certainement pas petite. Il paraissait parfait pour elle.

La voix du pilote, encore un peu enrouée, traversa le téléphone.

— Si t'étais là, je te demanderais de me lécher, vu le désordre que t'as causé.

— Tu me forcerais ou tu me le demanderais ?

— Qu'est-ce que tu préfères ?

— Demander.

— Alors je te le demanderais.

Soudain, son visage réapparut à l'écran. Ses paupières étaient lourdes, un doux sourire sur ses lèvres.

— Est-ce que j'ai bien compté ?

Qu'avait-il compté ? Ah...

— T'as le bon compte si t'as trouvé trois.

Son petit rire paresseux résonna à nouveau dans la pièce.

— Si je peux t'en donner trois à un million de kilomètres de distance, j'ai hâte de voir comment on sera ensemble, une fois qu'on se retrouvera dans la même pièce. Je pense que ce sera spectaculaire.

— Je le crois aussi.

— Je suis impatient.

— Moi aussi.

C'était totalement vrai.

— Même si j'ai apprécié notre appel, je dois dormir un peu et être en forme pour le vol à l'aube demain matin. Mais au moins, je m'assoupirai comblé et rêverai de toi.

Elle finirait sûrement par faire de même.

— Bonne nuit, MacKenzie.

— Tu peux m'appeler Mac.

Il répondit seulement par un sourire malicieux avant que l'écran s'éteigne.

Chapitre Cinq

Sur le perron, Trevor regardait la porte d'entrée peinte en bleu foncé. La maison à deux étages était modeste, le jardin bien entretenu, l'aménagement paysager réalisé par des professionnels. L'allée pavée était vide, il espérait donc que le garage à deux places contenait la voiture de Damon lorsqu'il frappa à la porte.

Après l'autre soir au bar, il lui avait fallu toute sa force et sa détermination pour se présenter au domicile de l'homme. Mais il ne pouvait pas abandonner si facilement. Il comprenait la colère de Damon. En fait, Trevor l'accueillait.

Tout simplement parce qu'il la méritait.

Mais il ne pourrait avancer que si Damon lui pardonnait. Même si son ancien partenaire n'acceptait pas de le reprendre, ne lui accordait pas une seconde chance, son âme s'apaiserait un peu avec son pardon.

Pourtant, Damon ne lui devait rien.

Trevor s'était mal comporté. Horriblement, en fait. Il avait blessé la seule personne au monde qui l'aimait pour ce qu'il était, c'était...

Impardonnable.

Trevor ferma les yeux et serra les mains de chaque côté de ses cuisses.

Il devrait s'en aller. Mais croiser Damon l'autre soir l'avait anéanti. Surtout quand il avait vu que le « Mac » que rencontrait Damon était une femme.

En vérité, cela l'aurait probablement dérangé tout autant si Mac avait été un autre homme.

Il n'avait pas insisté et avait laissé Damon partir avec son rencard sans incident supplémentaire. À la place, Trevor s'était assis au bar et avait fait quelque chose qu'il ne faisait plus, il avait bu pour noyer le chagrin.

Puis il était rentré chez lui.

Ou plutôt dans son appartement. Il n'y avait emménagé que depuis quelques semaines et ne s'y sentait pas encore chez lui.

À vrai dire, rien ne lui avait donné ce sentiment depuis le jour où il avait quitté Damon, toutes ces années auparavant.

Il lui avait fallu trop de temps pour réaliser que Damon était son « foyer ». Ne plus être à ses côtés donnait l'impression à Trevor d'errer.

Qu'importe. Il ne pouvait pas rester devant la maison de Damon à s'apitoyer sur son sort.

Mais il avait du mal à quitter cette obscurité causée par le manque si profond d'un homme qu'il en devenait paralysant. Damon avait toujours été la lumière qui maintenait cette anxiété à distance, jusqu'à ce que Trevor fasse un truc stupide et l'éteigne.

Alors qu'il levait la main pour frapper à nouveau, une voiture s'engagea dans l'allée, lui faisant tourner la tête. La porte du garage se leva. Après que celle-ci fut ouverte, la Lexus noire aux vitres teintées resta quand même devant.

Trevor attendit. Le véhicule patienta.

Le cœur de Trevor tambourinait dans sa poitrine, mais il ne parvint pas à décoller ses pieds du perron en béton.

Puis le moteur vrombit faiblement tandis que la voiture entrait dans le garage. Avant que Trevor se force à bouger, la porte du garage se referma.

Il resta sur le porche, espérant que Damon lui ouvre.

Quinze minutes plus tard, il hocha la tête, murmura « Je suis désolé », tourna les talons et retourna à sa voiture.

Damon n'était pas prêt à lui pardonner.

Il était fort possible qu'il ne le soit jamais.

Mac porta la fourchette à ses lèvres, mais avant de prendre une bouchée de salade, elle la reposa sur son assiette.

Damon sirota son Seven and Seven, puis lui sourit par-dessus le bord de son verre.

— Tu n'as pas faim ?

Mac se pencha un peu sur son siège et croisa les yeux bruns du pilote, un sourire se dessinant sur ses lèvres.

— J'ai très faim.

— Mais tu ne manges pas, commenta-t-il en posant son verre sur la table et baissant les yeux vers la salade.

— Ce n'est pas ça qui me donne faim, rétorqua Mac en jetant un coup d'œil à la salade César de l'homme. Tu n'as pas touché à la tienne non plus.

— C'est difficile de se concentrer sur la nourriture quand quelque chose de bien plus alléchant est assis en face.

La chaleur monta aux joues de Mac. Ce n'était pas de l'embarras. Plutôt de l'impatience.

Damon avait raison. C'était un aphrodisiaque enivrant.

— Et maintenant, ce beau visage est rougi. Ça me donne envie de découvrir tous les autres endroits où ton sang afflue.

Ces mots la poussèrent à se tortiller un peu sur son siège, élargissant le sourire du pilote.

— J'ai le même problème. Je n'arrive pas à me sortir notre discussion d'hier soir de la tête.

— Je ne qualifierais pas ça de conversation, répondit-elle.

— Tu dirais quoi ?

— Du plaisir.

La vivacité du rire de Damon ne freina pas son sang d'aller à un endroit précis.

— C'est certainement une façon de décrire la chose.

Il avala le reste de son verre, puis leva la main pour appeler le serveur.

— Dès que nos plats seront prêts, emballez-les pour qu'on puisse les emporter, annonça Damon lorsque l'homme se rua vers lui. Ajoutez également une très généreuse part de votre Forêt Noire. Je me sens gourmand ce soir.

Après avoir été remercié par Damon, le serveur lui fit un signe de tête et s'éloigna précipitamment.

Les lèvres de Mac remuèrent.

— Un Forêt Noire ?

— C'est très bon. Tu n'as jamais goûté ?

— Ça ne me dit rien.

— Il s'agit d'une alternance de strates moelleuses de génoise au chocolat et de chantilly avec une copieuse couche de garniture à la cerise. Ensuite, il y a de la ganache au chocolat généreusement nappée sur le dessus, ainsi que des copeaux de chocolat noir. C'est délicieux.

Il tendit la main et passa son pouce sur la lèvre inférieure de Mac.

— Comme toi.

Il pressa son doigt sur la jointure de ses lèvres, les forçant à s'entrouvrir. Lorsqu'elle toucha la pulpe du doigt avec le bout de sa langue, il plongea son pouce qu'elle suça légèrement.

Les narines de Damon se dilatèrent, et ses yeux bruns s'assombrirent alors qu'il contemplait les lèvres de Mac. Elle soupira tandis qu'il retirait son pouce de sa bouche, humidifiant sa lèvre inférieure.

Soudain, le serveur revint à leur table et se racla la gorge. Damon l'ignora. Ses yeux trop occupés à suivre la trajectoire de son pouce descendant sur le menton de Mac, passant sur le pouls palpitant dans son cou et s'arrêtant dans le creux de sa gorge. Alors, et seulement à ce moment, il se redressa, laissa tomber sa main et reporta son attention sur le serveur qui tenait un grand sac.

— Vos repas, monsieur.

Mac ne regarda pas le serveur, mais garda plutôt les yeux rivés sur les longs doigts de Damon alors qu'il acceptait le sac que lui présentait l'homme, le posait sur la table, puis sortait son portefeuille. Il glissa sa carte de crédit dans le porte-chèque que le serveur lui avait également tendu et le lui rendit sans jeter un œil à l'addition.

— On peut diviser, murmura Mac avant que le serveur s'en aille.

En voyant l'hésitation du serveur, Damon fit un signe de tête pour l'autoriser à partir, puis il se retourna vers Mac.

— Inutile.

— C'est normal, insista-t-elle.

— Pour qui ?

— Pour toi.

— Pour moi, c'est un plaisir de t'inviter à dîner, MacKenzie. Je ne veux pas perdre plus de temps ici. Je préfère le faire plus tard, une fois que nos autres faims auront été assouvies. Mais quoi qu'il advienne, on dînera au lit. La question est de savoir dans lequel ?

Devait-elle le convier chez elle ? Elle avait supposé qu'ils iraient chez lui après le repas.

— On commence à peine à se connaître, poursuivit-il. Je veux que tu te sentes à l'aise, alors choisi. Chez toi ? Chez moi ? Un endroit neutre comme un hôtel ?

— Au téléphone hier soir, tu nous imaginais où ?

— Dans mon lit.

— Alors c'est là qu'on ira.

Un sourire se dessina lentement sur le visage de Damon.

— Dès que le serveur reviendra avec l'addition, on pourra partir. Tu peux me suivre dans ta voiture, comme ça, tu pourras t'en aller à tout moment. Je veux que tu sois complètement transparente et honnête avec moi, MacKenzie. Si je dis ou fais un truc qui te dérange, même légèrement, dis-le-moi. La communication est cruciale avec moi. On peut détruire une belle histoire à cause d'un manque de communication. Je pense qu'on ira très bien ensemble.

— Au lit ?

Il pencha la tête et couvrit de la sienne la main qu'elle avait posée sur la table, caressant la peau de Mac avec son pouce.

— On commencera par là.

Au bout d'une demi-heure, Mac suivait la Lexus noire dans un quartier paisible de la banlieue de Boston. Il n'était pas nouveau et chic, les maisons étaient plus anciennes et bien entretenues. Le genre de quartier où il fait bon d'élever ses enfants. On pouvait probablement y trouver un cul-de-sac avec un panier de basket-ball et il s'y déroulait sûrement une fête de quartier tous les quatre juillet. Pendant qu'ils étaient au restaurant, le soleil de fin d'été avait commencé à se coucher et la lumière déclinait vite alors qu'elle s'arrêtait dans une allée, derrière Damon. Il entra directement dans le garage et sortit rapidement de son véhicule tandis qu'elle éteignait le sien et détachait sa ceinture de sécurité.

Même s'il se pressait vers sa voiture pour lui ouvrir la porte, il le fit avec élégance.

— Quel gentleman, murmura-t-elle tandis qu'il l'aidait à sortir, sa main enfermée dans celle, grande et chaude, de Damon.

Les lèvres du pilote tressaillirent.

— Si tu pouvais lire mes pensées, tu ne penserais pas la même chose, commenta-t-il.

— Si je pouvais lire dans tes pensées, il se pourrait que je t'entraîne sur ma banquette arrière et qu'on surprenne les voisins.

— C'est tentant, mais mon lit est bien plus grand que ta banquette arrière.

— Tu ne l'as jamais fait à l'arrière d'une Coccinelle ?

— Toi, oui ? demanda-t-il en arquant un sourcil.

— Oui, j'en avais une au lycée. C'est dedans que j'ai perdu ma virginité.

— Attends, dit-il en reculant et levant une main. Tu n'es pas vierge ?

Mac l'aimait vraiment bien. Un instant, il lui faisait mouiller sa culotte, l'instant d'après, elle riait.

— *Du coup*, tu veux que je partage l'addition ?

Il lui prit la joue et se pencha vers elle jusqu'à ce que ses lèvres soient juste au-dessus des siennes.

— Absolument pas, répondit-il alors que son souffle chaud balayait les lèvres entrouvertes de Mac.

Son haleine était encore légèrement sucrée et acidulée par la boisson qu'il avait sirotée.

— Je peux t'embrasser ?

— Je suis dans ton allée, attendant que tu me ramènes

chez toi et dans ton lit. Tu penses avoir besoin de me poser cette question ?

— J'essayais d'être le gentleman que tu crois que je suis.

— Dans l'immédiat, je ne veux pas que tu sois un gentleman.

Elle désirait juste sentir ses lèvres contre les siennes.

Puis, elles furent là. Il combla le léger fossé qui les séparait. Une seconde avant, ses lèvres étaient tendres, l'instant d'après elles étaient féroces et possessives, et sa langue trouva la sienne. Il ratissa minutieusement sa bouche, intensifiant le baiser, la privant de son souffle, de ses pensées.

Elle gémit, ses doigts s'enchevêtrant dans sa chemise. Elle était tentée de la tirer du pantalon du pilote, de la lui arracher pour voir et toucher ce qu'elle avait constaté à l'écran la veille. Elle avait hâte de sentir sa peau brûlante et d'explorer chaque centimètre de son corps. Sans oublier qu'il lui ferait la même chose.

Ce n'était pas près d'arriver s'ils continuaient à s'embrasser dans l'allée, contre sa Volkswagen.

Maiiiiiiis... elle n'était pas non plus certaine de vouloir arrêter de l'embrasser. Les doigts d'une main pliés sur sa mâchoire, l'autre au niveau de sa taille. Le pouce de l'homme ratissait le tissu de son chemisier. Entre le baiser et ces légères caresses, ses genoux vacillèrent. Elle pouvait très bien se transformer en flaque à ses pieds. Lorsqu'il se rapprocha, l'épaisseur de son érection se pressa contre la hanche de Mac, embrasant son corps.

Elle gémit, tentée de le toucher, de palper sa longueur à travers son pantalon noir. Mais au fond d'elle, elle se rappelait qu'ils se trouvaient dehors, dans son allée et le quartier où il vivait. N'importe qui pouvait les observer, et elle ne voulait pas lui causer de problèmes avec ses voisins.

Il rompit le baiser le premier, effleurant sa joue avec ses lèvres et les pressant contre son oreille.

— Je me soucie seulement de l'endroit où l'on fera l'amour pour la première fois. Après ça, tout est possible. Ça peut très bien être dans la douche, sur le comptoir, contre un mur, sur le capot de ta voiture, sur le siège arrière de la mienne. Je m'en fiche. Mais cette première fois, je veux t'explorer dans les moindres détails. Te savourer et te caresser partout. Je ne peux pas le faire ici.

— Sans compter que tes voisins pourraient appeler la police, dit-elle à bout de souffle, ses tétons pointant douloureusement.

Elle était impatiente qu'il commence à la goûter et la toucher.

Il s'écarta et retira sa main de la joue de Mac, mais garda l'autre à sa taille. Leur laissant de l'espace tout en la maintenant près de lui.

— Oui, pendant qu'ils nous enregistrent avec leurs téléphones portables et que la vidéo devient virale sur Internet. Je m'imagine bien être appelée au bureau lundi matin et recevoir ma lettre de licenciement.

Il lui arracha les clés de sa voiture des doigts et Mac entendit ses serrures s'enclencher. Au lieu de les lui rendre, il les glissa dans sa poche. Autant dire qu'elle ne pouvait pas partir à n'importe quel moment. Elle devrait d'abord lui demander de récupérer ses clés si elle voulait s'enfuir.

Elle doutait d'être pressée d'aller autre part.

Sauf à l'intérieur.

La main toujours sur sa taille, il la conduisit dans le garage, passa devant sa Lexus et atteignit une porte qui menait à la maison. Il appuya sur la télécommande du garage, et Mac jeta un coup d'œil par-dessus son épaule alors que son moyen de fuir disparaissait.

Damon était un gentleman depuis le début, elle n'avait donc aucune raison d'être nerveuse, n'est-ce pas ?

Il se stoppa avant de l'escorter à l'intérieur.

— T'es tendue, commenta-t-il. T'as des doutes ?

Était-ce le cas ?

Elle leva les yeux et croisa le regard du pilote qui scrutait son visage.

— Il n'y a aucun mal si tu désires partir, MacKenzie, si tu souhaites attendre. Je ne vais pas t'en empêcher. Comme je l'ai dit tout à l'heure, je veux que tu sois complètement à l'aise. Et honnête. Dis-moi ce que tu ressens.

— Je suis nerveuse. Désolée.

— Qu'est-ce que j'ai fait pour te faire angoisser ?

— T'as mis mes clés dans ta poche.

— C'est tout ? demanda-t-il alors que son corps heurtait celui de la jeune femme.

— Oui. T'as dit que je pouvais partir quand je le voulais, mais je ne peux pas le faire sans mes clés.

Il plongea la main dans sa poche et lui rendit les clés.

— Désolé. Je l'ai fait inconsciemment. Je mets toujours mes clés dans ma poche pour ne pas les perdre. C'est une habitude.

Pendant aux doigts du pilote, Mac fixa les clés de sa voiture. Maintenant, elle se sentait idiote.

Alors qu'elle tendait la main, il les éloigna.

— MacKenzie, cent pour cent d'honnêteté, cent pour cent du temps. Ne l'oublie pas.

Puis, avec le regard sérieux, sans aucune trace d'humour, il les lui donna.

Elle acquiesça, et il l'escorta à l'intérieur.

La porte du garage s'ouvrit sur ce que l'on pouvait considérer comme un « débarras », où se trouvaient quelques manteaux, son lave-linge et son sèche-linge glissés dans une alcôve, et quelques paires de chaussures. Avec une grande main posée dans le creux du dos de la jeune femme, il la poussa plus loin dans sa maison. Après avoir franchi la porte du vestibule, ils pénétrèrent dans une grande cuisine équipée des meilleurs appareils en acier inoxydable. Bien que la bâtisse ait l'air d'avoir été construite dans les années soixante-dix, d'après ce qu'elle avait pu voir jusqu'ici, l'intérieur semblait moderne. Les couleurs étaient neutres, mais chaudes, avec des nuances de beiges et de taupes.

— Tu cuisines ?

— Quand je suis chez moi, oui. Lorsque je suis occupé, je mange trop souvent à l'extérieur. Quand j'ai quelques jours de congé, je préfère cuisiner. Et toi ?

— Je me débrouille. Je mange peu à l'extérieur et ne prends pas de plats à emporter. Ça coûte cher. Comme je travaille à la maison, il m'arrive d'essayer une nouvelle recette quand je fais une pause.

— Ah, c'est vrai. Une enquêtrice des fraudes.

— Euh, oui. Mais pas pour le FBI ou autre. Pour une compagnie d'assurance.

— Oui, pour empêcher les médecins de frauder lorsqu'ils émettent des factures. Tu me l'as dit. Un travail intéressant.

— Pas vraiment. Rien à voir avec le métier de pilote.

— Au moins, tu peux te mettre debout et cuisiner. Je me lève juste pour aller aux toilettes.

— T'es responsable de la sécurité de beaucoup de gens.

— Tu veilles à l'honnêteté des médecins, rétorqua-t-il.

— T'adores l'honnêteté.

— Pas toi ?

— Jusqu'à un certain point. Si je te demande de me dire si ma tenue me grossit, alors je préférerais sûrement que tu mentes.

Il renversa la tête en arrière et se mit à rire. Mac adorait lorsqu'il faisait cela. C'était complètement spontané, et il ne se retenait pas. Quand il eut fini, il descendit la main qu'il avait dans son dos jusqu'à sa hanche et la fit pivoter pour qu'elle soit en face de lui. Sa seconde main trouva son autre hanche, et il la rapprocha en la regardant dans les yeux.

— J'aime les femmes qui ont de belles courbes.

— J'en ai quelques-unes. Et pour les hommes ?

Damon inclina la tête pour l'étudier.

— Mes hommes, c'est une autre histoire. J'aime les hommes minces.

— Pourquoi cette différence ?

Ses doigts dérivèrent de ses hanches à sa cage thoracique, s'arrêtant juste sous l'arrondi de ses seins. Ses mamelons durcirent à leur proximité.

— Je l'ignore. C'est ce qui m'attire. J'aime les hommes qui ont de la vigueur, qui peuvent endurer tout ce que je leur donne et qui en redemandent. Mais quand je suis avec une femme, j'adore prodiguer de l'attention à ses courbes. Me perdre dans ses seins, son cul, sa chatte. Sa bouche. J'apprécie la courbe de sa hanche, de son mollet ou de sa cheville. La ligne de son épaule, le creux de sa gorge. J'aime que mes femmes soient féminines. Que mes hommes soient inébranlables.

Mac ne savait pas trop quoi penser de ces révélations. Bien qu'elle comprenne qu'un homme aime les courbes d'une femme, elle ignorait ce qu'il voulait dire au sujet des hommes.

Était-il plus violent avec un homme qu'avec une femme ? C'était logique s'il faisait partie des hommes qui pensaient que les femmes étaient plus délicates.

— Je vois la curiosité sur ton visage, MacKenzie. Honnêteté, tu te souviens.

Encore une fois, il insistait sur la franchise.

— T'aimes le sexe brutal.

— J'aime le sexe brutal jusqu'à un certain point. Ensuite, il y a une ligne que je ne franchirai pas. Ou que je n'aime pas dépasser parce que ça ne m'apporte rien. Je ne le reproche pas à ceux qui apprécient, mais ce n'est pas mon truc.

— Donc, pas de BDSM pour toi.

— Encore une fois, il y a des choses que j'aime et d'autres qui me rebutent. Ma réponse te déçoit-elle ? T'aimes le BDSM ?

— Non, pas du tout, avoua rapidement Mac en secouant la tête. Je n'ai jamais essayé. Je n'ai jamais eu de partenaire qui voulait autre chose que du sexe...

— Normal.

— Oui, du sexe normal.

— Ça a l'air ennuyeux, mais si c'est ce que t'aimes...

Il ne finit pas sa phrase, mais haussa un peu la voix à la fin, laissant la question en suspens.

— Je suis totalement ouverte d'esprit et je n'ai pas peur d'essayer de nouvelles choses. C'est juste que je n'en ai pas vraiment eu l'occasion. Néanmoins, je ne suis pas sûre d'avoir envie d'être attachée à une planche et fouettée, ou un autre truc du genre.

Il feignit la déception.

— Ah, je vais aller cacher ma planche à fessées.

Mac rit, puis dégrisa.

— Tu plaisantes, n'est-ce pas ?

— Oui, je déconne. Si j'en avais une, je ne le cacherais pas. Même si je serais ravi de voir la chair de ton cul onduler sous ma paume, puis prendre une belle teinte rouge assortie à tes cheveux, je n'ai pas besoin d'une planche pour ça. Mes genoux font parfaitement l'affaire.

Mac eut du mal à inspirer alors qu'une image d'elle nue, allongée sur les genoux de Damon pendant qu'il la fessait, lui venait à l'esprit.

Elle déglutit, et une chaleur envahit ses joues.

Damon sourit tendrement et remonta ses mains un peu plus haut jusqu'à attraper les courbes extérieures de ses seins.

— Est-ce que cette idée t'excite ou t'effraie ?

— Je... je pense un peu des deux.

— Est-ce qu'un homme t'a déjà donné une fessée ?

— Pas comme ça.

— Comment ?

— Juste... seulement quand...

— Laisse-moi deviner... La bonne vieille claque sur le cul en levrette, dit-il sèchement.

Maintenant, les joues de la jeune femme brûlaient ardemment.

— Oui. C'est mal ?

— Non, pas du tout. Mais j'aime aussi donner une bonne fessée d'autres manières.

— Est-ce que tu fesses les hommes quand tu les baises ?

Damon la relâcha et recula. Le visage impassible, il laissa tomber ses mains sur le côté.

— T'es bien curieuse de savoir ce que je fais avec les hommes.

Là, elle eut l'impression d'exploser. Son visage devait être aussi rouge que ses cheveux.

— Je suis désolée. C'est malpoli ?

— Tu n'es pas certaine ?

— Je... Je suis seulement curieuse.

— Pourquoi ?

— Quand je t'imagine avec un homme, c'est... commença-t-elle en haussant les épaules.

Super, super torride.

— Stimulant ?

— Oui.

— C'est bon à entendre. Au moins, ça ne te dégoûte pas.

— Pas du tout.

Au contraire, ça l'excitait.

— Alors, tu m'as imaginé avec des hommes ?

— Oui.

— Plus d'une fois ?

— Mmmh mmh.

— As-tu...

— Oui.

— C'est prometteur, dit-il en souriant.

— Pourquoi ?

Il hésita puis, après un moment, secoua la tête.

— Ça prouve que *t'es* ouverte d'esprit.

Non, ce n'était pas ça. Pour quelqu'un qui exigeait de l'honnêteté, il ne lui disait pas vraiment ce qu'il pensait. Elle laissa tomber pour l'instant.

— Est-ce que regarder deux hommes t'excite ?

— La vérité ?

— C'est tout ce que j'attends de toi, insista-t-il.

— Alors j'attends la même chose de ta part.

Damon inclina la tête, son sourire envolé.

— Tu l'as.

— Pour répondre à ta question, oui, c'est le cas.

Ses yeux bruns s'illuminèrent tandis qu'il l'étudiait.

— Pourquoi est-on toujours dans ma cuisine ?

— Peut-être parce que je ne sais pas où se trouve ta chambre ? Sinon, j'avancerais dans cette direction.

— Tu veux que je te fasse visiter ?

Juste ton corps.

— Après ?

— Va dans le salon pendant que je mets nos repas au frigo et que je nous prépare un verre. Du vin ? Un cocktail ?

Mac jeta un coup d'œil dans le couloir qui menait au salon.

— Comme toi, ça m'ira, dit-elle en se dirigeant vers l'avant de la maison.

Le salon n'était pas classique, mais plutôt d'un style décontracté, avec un canapé en cuir confortable et une télévision à grand écran placée au-dessus d'une cheminée en briques, qui semblait être alimentée au gaz naturel.

La pièce était propre et bien rangée. Deux télécommandes étaient parfaitement alignées sur une table d'appoint. La table basse contenait une pile de magazines, eux aussi impeccablement ordonnés. Elle s'approcha pour les passer en revue. Il s'agissait de magazines sur le thème des pilotes et des avions, comme *Flying* et *Aviation*. Elle ne savait pas que des gens se faisaient encore livrer des magazines papier. Elle n'était abonnée qu'à une seule publication, et celle-ci était envoyée sous forme numérique. Préférait-il la méthode traditionnelle ?

Une étagère encastrée dans un mur présentait divers livres, de fiction ou non. Il y avait aussi quelques modèles réduits d'avions et des photos encadrées. Elle passa son doigt sur le dos des livres, puis regarda chaque photo, curieuse d'en savoir plus sur sa famille. Il y avait une photo plus ancienne, sûrement de Damon, debout entre deux adultes, peut-être ses parents, mais ils semblaient plus âgés. Il s'agissait probablement de ses grands-parents. Elle se demanda si ses parents étaient encore en vie. Elle alla vers l'étagère suivante et se figea.

Elle attrapa l'un des cadres et l'étudia.

Damon, plus jeune, avait la tête en arrière, comme lorsqu'il riait. Son bras entourait un homme qui souriait également devant l'appareil photo. L'homme avait son bras autour de la taille de Damon, et ils se tenaient debout, serrés l'un contre l'autre. Meilleurs amis ? Peut-être.

Plus ? Très probablement.

Par-dessus la vitre, elle passa son doigt sur le visage de l'autre homme. Il avait les cheveux bruns et lui semblait familier.

Elle se creusa la tête pour trouver comment elle pouvait le connaître. Elle l'avait vu quelque part récemment.

Puis, le souvenir la frappa. Une semaine plus tôt, lorsque Mac avait retrouvé Damon au bar. Quand elle était rentrée, attablé, il parlait à ce même homme. Puis il avait souhaité qu'ils aillent ailleurs, mais l'homme n'avait pas quitté le bâtiment. Le pilote ne le lui avait pas non plus présenté. L'homme s'était dirigé vers le bar une fois que Damon s'était éloigné de lui. Mac avait trouvé étrange que le pilote soit un peu troublé après ce face-à-face. En les observant, l'autre homme avait presque paru triste ou frustré.

Elle regarda de plus près. Oui, elle était presque sûre que c'était le même homme. Or, celui qui se trouvait au bar portait une barbe très courte, pas suffisante pour dissimuler son visage.

Le peu qu'elle avait vu de l'échange entre les deux hommes avait attisé sa curiosité, mais Damon n'en avait pas parlé de toute la soirée. Et cela ne la regardait pas.

Mais maintenant qu'elle se tenait dans son salon, prête à coucher avec lui, elle avait besoin de connaître la vérité.

Non seulement Mac l'entendit arriver derrière elle, mais elle sentit aussi sa présence. Elle était imposante. En plus, l'eau de Cologne qu'il portait ou un truc du genre avait une note épicée. Il sentait délicieusement bon.

Elle reposa la photo sur l'étagère et pivota vers lui alors qu'il apportait deux verres remplis d'un liquide ressemblant au Seven and Seven.

Il inclina la tête en direction de l'escalier qui, comme elle put le constater, se trouvait dans le salon, près de la porte d'entrée.

— Je vais monter le tien.

— Es-tu en couple ? demanda-t-elle en tournant à nouveau les yeux vers la photo.

Parce que si c'était le cas, elle n'irait pas à l'étage. Elle prendrait ses clés, grimperait dans sa voiture et rentrerait chez elle. Elle ne voulait pas se retrouver coincée au milieu d'un problème domestique. Ni en causer un.

Les yeux de Damon dérivèrent vers la photo qu'elle pointait du doigt.

— J'étais.

Au passé. Mais tout de même...

— Tu gardes des photos de lui ? Normalement, les gens se débarrassent des mauvais souvenirs.

— Ils n'étaient pas mauvais. Enfin, ils ne l'étaient pas jusqu'à ce qu'ils le deviennent.

— Mais vous n'êtes pas ensemble ?

Elle devait s'en assurer, car, lorsqu'il jeta un coup d'œil à la photo, elle remarqua qu'il s'empêchait d'y réagir.

— Non.

— Tu n'arrives pas à tourner la page ?

— J'ai tourné la page, dit-il d'un ton catégorique.

Ce n'était pas très convaincant.

— Parce que tu le voulais ? Ou parce que tu n'avais pas le choix ?

La poitrine de Damon se gonfla, et il inspira une longue et lente bouffée d'air. Ses doigts se crispèrent sur les verres.

— Il était au bar la semaine dernière, poursuivit-elle, avant qu'il puisse répondre. Tu lui parlais.

Quelque chose étincela dans les yeux sombres de Damon. Du chagrin ? De la tristesse ? De l'agacement face à ses questions ? Elle n'en était pas certaine.

— Il me parlait. Je t'attendais.

Elle digéra sa réponse pendant une seconde.

— Tu ne veux aucun rapport avec lui ?

— Non. MacKenzie, je n'ai vraiment pas envie de parler de lui maintenant. Je désire passer du temps avec toi. Je retirerai plus tard la photo de ma maison si elle te dérange. Mais pour l'instant, je souhaite qu'on monte et qu'on apprenne à mieux se connaître. T'es toujours partante ? Ou vas-tu laisser une de mes anciennes relations gâcher nos plans ?

Mac ouvrit la bouche.

— Est-ce *vraiment* du passé si t'as parlé avec lui au bar ? Je ne veux pas me retrouver au milieu de quelque chose...

— On s'est croisé accidentellement.

Là, il mentait.

— Je pensais que t'appréciais l'honnêteté.

Damon ferma les yeux une seconde. Lorsqu'il les rouvrit, il porta son verre à sa bouche et en prit une longue gorgée.

— T'as raison. Je suis désolé. Tu ne t'immisces dans rien du tout. C'est fini depuis des années. Mais la vérité, c'est qu'il me cherchait. J'ignore comment il m'a localisé, mais il a réussi.

Pourquoi son ex ne saurait-il pas comment le trouver ? Damon était propriétaire d'une maison et avait un emploi stable. Son ancien amant vivait-il dans une grotte ?

— Il ne voulait pas que ça se termine entre vous.

— C'est lui qui y a mis fin, souffla-t-il. MacKenzie...

— Mac.

— J'aime ton nom tel qu'il t'a été donné. Je voulais que la soirée tourne autour de nous. Pas de mon ex.

— T'es impatient ?

— Oui, comment ne pas l'être ? J'ai une femme magnifique dans mon salon. Une femme qui m'a vu nu, et je n'ai pas eu le même plaisir en retour. Une femme dont je désire absolument toucher chaque centimètre de son corps avec mes lèvres pour voir si son goût est aussi délicieux que son odeur.

Il leva un coude en direction de l'escalier, veillant à ne pas renverser les boissons.

— On peut monter ?

Elle comprenait pourquoi parler d'une relation passée douloureuse pouvait mettre un frein à leur libido. Elle ne souhaiterait pas aborder le sujet de ses anciens petits amis alors qu'elle avait, en face d'elle, un homme prêt à vénérer chaque partie de son corps.

Ce serait stupide. Il avait donc raison. Ils devaient monter à l'étage et apprendre à se découvrir. Cette discussion pouvait attendre.

Sentir la bouche de Damon sur elle ne pouvait pas.

Chapitre Six

DAMON AVAIT ÉTÉ SOULAGÉ lorsque MacKenzie s'était enfin dirigée vers les escaliers. À présent, debout au milieu de sa chambre, il lui offrit un des verres.

Elle l'accepta avec un petit sourire et en prit une gorgée. Son joli nez couvert de taches de rousseur se plissa.

— La vache, c'est fort.

— Pas vraiment. Si tu n'as pas l'habitude de boire du whisky, tu pourrais avoir cette impression.

— Ce n'est pas le cas. Je reconnais être une petite buveuse. Et je dois conduire plus tard.

— J'espère que non.

Damon avala une gorgée de son verre et vit les sourcils de la jeune femme se lever.

— Tu veux que je passe la nuit ici ?

— Tu travailles le samedi ?

Son samedi était libre puisqu'il n'avait pas d'autre vol prévu avant dimanche soir. En plus, il avait vraiment envie de passer la nuit et la matinée avec elle.

— Non.

— Alors oui, j'aimerais que tu restes ici cette nuit, déclara-t-il en avançant vers la table de nuit et posant son verre sur un sous de verre.

Elle se mit à tousser, comme si le liquide avait emprunté le mauvais tuyau.

— On n'a même pas... Comment sais-tu que tu... qu'on...

Damon s'approcha d'elle, lui prit le verre des doigts et le plaça à côté du sien. À son retour, il attrapa le visage de la jeune femme entre ses deux mains et le lui leva.

— MacKenzie, il ne s'agit pas seulement de sexe. Bien que ça en fasse partie puisque tu m'attires beaucoup, j'aimerais apprendre à mieux te connaître. Si tu pensais qu'il s'agissait d'un simple... rencard... tu te trompes. Nos conversations de la semaine dernière m'ont diverti et m'ont donné envie d'en savoir plus. T'as un sens de l'humour que j'adore. T'es très intelligente. Tu travailles dur. Pour finir, t'as les pieds sur terre.

— T'as pu déduire tout ça rien qu'avec nos appels et nos textos ?

Il sourit devant son étonnement évident.

— En effet. Tout comme j'espère que t'as aussi pu te faire une bonne idée de qui je suis.

Il hésita.

— Non ? demanda-t-il.

Elle se pinça les lèvres, pensive. Son expression était adorable. Il eut envie de l'embrasser sur-le-champ, mais il devait d'abord entendre sa réponse.

— J'ai aimé te parler. J'ai vraiment adoré notre discussion d'hier soir.

— Ah, tout à l'heure t'as dit que ce n'était *pas* une conversation.

— Oui, eh bien... Quoi qu'il en soit, tu t'exprimes bien, t'es magnifique, et ton paquet n'est pas mal du tout.

Damon se mordit les lèvres pour ne pas éclater de rire. Il acquiesça, s'efforçant de garder son sérieux.

— Je vois.

— Je dois ajouter que t'es absolument *canon* dans ton uniforme, continua-t-elle en levant un doigt. Mais la vérité... et je sais que t'aimes l'honnêteté... c'est que j'ai hâte de te voir sans rien du tout.

Il hocha gravement la tête, luttant encore contre son sourire.

— Merci pour les compliments.

— Il n'y a pas de quoi. Alors, on peut s'y mettre ?

Ses lèvres tressaillirent.

— Par quoi aimerais-tu commencer ? demanda-t-il.

— Par te voir à poils dans ce lit, déclara-t-elle en faisant un mouvement du menton vers le sommier.

— C'est tout ?

— Oh, non. Ce n'est que le début.

Il appréciait cette attitude de « fonceuse » qu'elle avait.

— J'ai oublié d'ajouter un truc à mes observations.

— Quoi ?

— Le culot. T'en as à revendre.

Lorsqu'elle ouvrit la bouche, il étouffa sa réplique avec un baiser. Ce qu'elle avait essayé de dire se transforma en gémissement dans sa gorge.

Sa bite était si dure qu'il n'était pas certain de pouvoir patienter longtemps avant de s'enfoncer au fond de sa chaleur humide. Bien qu'il veuille d'abord explorer chaque centimètre de son corps, il devrait peut-être l'étaler dans le temps. La semaine passée avait été difficile pour lui. L'attente. L'espoir que MacKenzie n'annule pas leur rendez-vous de ce soir. Surtout après le sexe au téléphone de la veille.

Elle avait maintenu leur rencard.

Chaque soir où ils s'étaient parlé ou chaque moment où

ils s'étaient envoyé des textos entre deux vols, il l'avait visualisée nue dans son lit, se tortillant sous lui, griffant la peau de son dos. Basculant la tête en arrière et hurlant son orgasme.

Puisque cela se réalisait, il voulait s'assurer de ne pas tout gâcher.

Trevor avait désiré des choses que Damon était incapable de lui donner. Finalement, il pensait que l'homme l'avait quitté parce qu'il n'était pas satisfait. Malheureusement, ils n'en avaient jamais discuté, car son ex était parti sans un mot. Par la suite, Damon n'avait jamais eu de nouvelles. Pas une seule putain d'explication.

Jusqu'à l'autre soir.

Après leur rencontre, il lui avait fallu un certain temps pour accorder toute son attention à MacKenzie. Son esprit était parti en vrille, et il avait regretté d'avoir encore laissé Trevor l'affecter après tout ce qui s'était passé.

Cela ne devrait pas l'atteindre. Il ne devrait rien ressentir pour un homme qui l'avait abandonné, qui avait mis fin à leur relation sans sourciller, sans se battre. Si Trevor l'avait autant aimé que Damon l'aimait, il serait resté et aurait essayé d'arranger les choses.

Il appréciait vraiment MacKenzie et avait été sincère en disant que ce n'était pas un coup d'un soir. Il la voulait dans son lit, mais pas seulement pour une nuit. Si l'alchimie qu'il sentait entre eux était réelle, alors il souhaitait que ce soit pour plus longtemps.

Il avait atteint l'âge auquel il était prêt à se caser à nouveau. Sauf qu'il était un peu frileux après l'épisode désastreux avec Trevor, des années plus tôt, alors qu'il était prêt à se poser. Il ne désirait pas chercher le Bon ou la Bonne sur l'application Boston Singles. Il souhaitait rentrer chez lui après une longue journée de vol et être accueilli par quelqu'un qui l'aimait sans craindre de trouver des placards vides à son retour.

Il avait besoin d'arrêter de réfléchir et d'oublier tous ces évènements fâcheux. Pour l'instant, il tenait MacKenzie dans ses bras, ses lèvres sur les siennes, et elle avait un super goût.

Les doigts de la jeune femme étaient emmêlés dans sa chemise, tandis que son autre main était sur sa taille. Il rompit leur baiser et pressa leurs fronts l'un contre l'autre pour reprendre son souffle.

— Dernière chance de récupérer tes clés de voiture et partir. Parce qu'à ce stade, je prévois de t'avoir nue dans mon lit, à te tortiller. D'ici la fin de la nuit, tu n'auras plus l'énergie de filer.

— C'est une promesse ? murmura-t-elle, ses doigts se crispant sur la taille du pilote.

— Je peux m'engager à faire de mon mieux dans ce sens.

— J'aime la façon dont tu embrasses, dit-elle dans un souffle avant de passer sa main sur la nuque du pilote et de l'attirer à nouveau vers ses lèvres.

Cette fois, il grogna quand elle devint l'agresseur, s'emparant de sa bouche, glissant sa langue à l'intérieur et touchant la sienne. Le baiser n'était ni doux ni romantique, mais presque désespéré.

Elle le désirait.

Bien. Il la désirait aussi.

Ses mains trouvèrent la cage thoracique de Mac et remontèrent jusqu'à ses seins, les saisissant par-dessus son chemisier. Il effleura les bouts durs de ses tétons avec ses deux pouces à travers l'étoffe soyeuse.

Il avait hâte de la dépouiller de ce chemisier et du soutien-gorge qu'elle portait, car il souhaitait sentir sa douce peau chaude sous ses paumes. Il voulait évaluer le poids de ses seins, goûter leurs pointes.

Lorsqu'elle commença à déboutonner sa chemise, il fit de même avec la sienne. Ils interrompirent leur baiser pour lui laisser le temps de repousser le chemisier de ses épaules et se débarrasser de son propre haut. Tirant sur son maillot de corps, elle le libéra de son pantalon tandis qu'il passait son bras pour dégrafer son soutien-gorge. Une fois torse nu, il se recula juste assez pour que le soutien-gorge de la jeune femme tombe à leurs pieds.

Alors qu'ils se scrutaient, ils restèrent là en silence, leurs respirations étant les seuls bruits de la pièce. Les yeux bleus de Mac, plus foncés que d'habitude, parcouraient son torse comme une caresse. Il étudia la façon dont ses petits seins fermes se tenaient, les mamelons dressés, implorant son contact.

— Enlève ton pantalon, ordonna-t-il doucement. Garde ta culotte.

— Tu pars du principe que j'en porte une.

Un côté de sa bouche se releva tandis qu'il attrapait la boucle de sa ceinture et la détachait. Les yeux de la jeune femme suivirent ses mouvements alors qu'il faisait glisser sa ceinture dans les passants avec une pénible lenteur. Les bruissements du cuir contre le tissu envoyèrent un électro-choc dans sa colonne vertébrale et dans sa bite, qui palpitait d'impatience.

— Tu n'as jamais été fessée avec une ceinture.

Il ne lui posait pas une question, car il connaissait la réponse d'après leur conversation précédente. Un ou plusieurs hommes qu'elle avait fréquentés dans le passé l'avaient fessée doucement.

— Je ne veux pas être fessée avec une ceinture, dit-elle, donnant l'impression d'être en transe.

Il vit le mouvement de sa gorge lorsqu'elle déglutit. Une

rougeur remontait le long de sa poitrine, de son cou longiligne et de ses joues.

— L'idée t'excite.

— Non.

— De l'honnêteté, tu te souviens ? la réprimanda-t-il en arquant un sourcil.

— Oui... Je ne sais pas. J'ai peur de la douleur.

— Mais t'aimerais tester la piqûre du cuir par une main experte ?

— Oui, avoua-t-elle en se mordant la lèvre inférieure, ses paupières s'abaissant légèrement. Peut-être.

Il acquiesça et posa, à contrecœur, la ceinture sur une chaise voisine. Il enleva ses chaussures de ville et ses chaussettes. Lorsqu'il se retourna, les mains sur la fermeture éclair de son pantalon, il s'arrêta.

— Veux-tu me débarrasser de mon pantalon ?

Elle agrippait encore sa lèvre inférieure entre ses dents, et il désirait s'en occuper à sa place. Elle s'avança, le regard fixé sur les mains qu'il avait au niveau de la taille.

— Oui, je peux ?

Il fut parcouru d'un frisson à sa question.

— Tu peux. Mais j'ai une condition.

— Laquelle ? demanda-t-elle en levant les yeux vers les siens.

— Que tu sois nue en le faisant.

Ses seins étaient magnifiques, mais il voulait tout voir. Surtout lorsqu'elle se pencherait pour l'aider à retirer son pantalon. Il souhaitait voir la ligne de sa colonne vertébrale, les courbes de son cul, la voûte de son pied. Tout.

Ses couleurs, à la fois de sa peau ivoire, de ses cheveux et de ses taches de rousseur, lui donnaient l'impression qu'elle s'intégrerait parfaitement dans un tableau de la Renaissance.

Après avoir retiré ses chaussures, elle défit son pantalon

qui tomba à ses pieds. Alors qu'elle s'apprêtait à descendre sa culotte, il l'arrêta.

— Non. Souviens-toi, je t'ai dit de garder ta culotte.

— Mais tu veux aussi que je sois nue.

Il avança jusqu'à ce qu'ils soient suffisamment proches pour que la chaleur de leurs corps fusionne.

— Oui, mais je désire l'enlever.

Les doigts fins de Mac caressèrent sa joue et ses lèvres.

Il embrassa le bout de l'un d'entre eux, puis se plaça derrière elle.

— Relève tes cheveux.

Sans hésiter, elle s'exécuta. Alors que sa nuque était dévoilée, il en étudia la ligne délicate. Posant ses lèvres sur le haut de sa colonne vertébrale, il se pressa contre elle, passa les doigts sur ses clavicules, sur ses bras, savourant la douceur et la perfection de la peau de la jeune femme.

Elle pencha la tête en arrière et la plaqua contre son torse alors qu'il poursuivait son exploration, descendant ses paumes sur ses bras, puis sur ses seins. Il ignora délibérément ses tétons, se concentrant plutôt sur ses courbes et les soupesant.

Le soupir de Mac flotta entre eux tandis que les doigts de Damon décrivaient des cercles, se déplaçant progressivement vers le centre, où les pointes roses étaient dressées, les mamelons tendus.

— Touche-moi, souffla-t-elle.

Il ne dit rien, se contentant de continuer son chemin. Il utilisa ses index pour dessiner le bord de ses petites aréoles tandis qu'il pressait son torse dans le dos de la jeune femme, son érection nichée entre eux. Il avait envie de se ruer sur elle, de finir de se déshabiller à la hâte, mais il se força à prendre son temps et l'apprécier complètement.

Lorsqu'il lui donna enfin ce qu'elle voulait, en passant ses pouces sur les pointes dures, en capturant ces boutons entre ses doigts pour les tordre, le dos de Mac se cambra, et elle haleta.

Il joua avec elle tant que les bruits qu'elle faisait ne le rendirent pas fou. Puis il descendit, à la recherche de sa prochaine cible, une autre zone où il souhaitait obtenir les mêmes réactions. Sur le chemin jusqu'à la ceinture de sa culotte, le doigt de Damon plongea vers le nombril de la jeune femme. Sous-vêtement en coton rose. Simple. La fille d'à côté.

Exactement ce qu'il recherchait. Pas exigeante. Pas quelqu'un qui se plaindrait qu'il ne travaillait pas de neuf heures à cinq heures, que son emploi du temps était loin d'être normal. Une femme qui ne réclamerait pas son attention, mais qui en apprécierait chaque instant en la recevant.

Une femme qu'il aurait hâte de retrouver chez lui. Le temps passé à l'écart préservant la fraîcheur et l'excitation de leur relation.

Une femme qui n'aurait aucun problème à se donner du plaisir au téléphone quand il était à des kilomètres d'elle, alors qu'il l'écoutait ou la regardait. Une femme qui pouvait le faire jouir en l'observant.

Une femme qui avait confiance en sa sexualité.

Les doigts de Damon glissèrent sous le coton moelleux et découvrirent quelque chose de tout aussi doux. Le petit carré de poils au sommet de sa chatte.

— Est-ce qu'ils sont roux ? demanda-t-il en les caressant d'un doigt, ne continuant pas son chemin tant qu'elle n'aurait pas répondu.

La main de Mac remonta l'avant-bras du pilote jusqu'à ce que ses doigts recouvrent les siens. Chaque mouvement qu'il faisait était repris par la jeune femme.

— À toi de me le dire, murmura-t-elle.

Avec sa main sur la sienne, il retira avec délicatesse sa culotte et jeta un coup d'œil par-dessus son épaule. Le petit carré rouge était indéniable.

— Comme le feu. Quelles autres parties sont en feu, Mac ?

Le corps de la jeune femme tressaillit légèrement lorsqu'il employa son diminutif. Il avait précédemment annoncé qu'il ne l'utiliserait pas. Mais pendant leurs rapports sexuels, si les choses se passaient comme il le pensait, il n'était pas certain de pouvoir sortir son nom en entier.

— Je veux goûter ce feu, déclara-t-il en saisissant la chair brûlante de la jeune femme, sa main toujours jointe à la sienne.

Elle haleta et poussa son majeur, l'encourageant à poursuivre son chemin.

Au lieu de cela, il extirpa sa main de celle de Mac qu'il piégea contre son corps.

— Suis-moi, murmura-t-il à son oreille en pressant son majeur, accompagné du sien, d'abord sur son clitoris, lui arrachant un frisson, puis plus bas, entre ses plis lisses.

Elle était si chaude et humide. Elle frémit contre lui tandis qu'il guidait leurs deux doigts à l'intérieur de son sexe.

— Utilise ton autre main pour te toucher.

Bien qu'il ait gardé une voix douce et grave, il ne laissa aucun doute sur le fait qu'il ne s'agissait pas d'une demande, mais d'une exigence qu'elle ne devait pas rejeter.

Il fut heureux de voir qu'elle s'exécuta sans hésiter.

Appuyant sa joue sur le côté de la tête de Mac, il la regarda prendre et presser ses seins, jouer avec ses mamelons, tandis qu'il guidait leurs doigts joints, les faisant entrer et sortir de son centre mouillé.

Elle frissonna à nouveau contre lui, la tête collée à la

clavicule de Damon, le corps arqué, ses hanches se balançant au même rythme que leurs doigts.

— Je vais revendiquer tout ça, Mac.

Une fois de plus, elle eut le souffle coupé, puis sa respiration devint saccadée alors que son corps se contractait et remuait en réponse.

Leurs doigts étaient tellement humides de son excitation qu'il n'y avait pratiquement pas de frottements. Il accéléra le rythme, son pouce encerclant et pressant son clitoris. Son autre bras entourait sa taille fine, la maintenant debout.

— Appuie-toi sur moi. Laisse-moi te soutenir. Comme ça, quand tu jouiras, tu pourras laisser ton orgasme t'envahir. Je te tiens, Mac. Lâche-toi.

Elle commença à se balancer plus vite et à se frotter contre leurs doigts.

— Deux de plus.

Il enfonça leurs index en elle. Ainsi, son sexe logeait quatre doigts.

— Damon...

Elle perdit sa voix.

— Laisse-toi aller, murmura-t-il à son oreille. Laisse-moi te sentir jouir. Laisse-moi entendre ton orgasme. Ne te retiens pas.

Elle s'avachit contre son bras, et il resserra son emprise.

— Damon, gémit-elle.

Il était si dur que c'en était douloureux. Son instinct le poussait à arracher la culotte de Mac, à s'enfoncer en elle et la baiser si fort qu'ils viendraient rapidement tous les deux. Il luttait pour se retenir.

Patience, se rappela-t-il. L'attente rendrait ce moment encore plus délicieux.

Lorsqu'elle se crispa, le temps se figea entre eux. Leurs doigts. La respiration de Mac. Sa propre respiration.

— Laisse-toi aller, chuchota-t-il, puis il suça le lobe de son oreille.

Elle cria, et leurs doigts furent trempés, son corps se convulsant autour. Au bout de quelques instants, lorsque son orgasme diminua, elle se transforma en poupée de chiffon dans ses bras. Les yeux fermés, son souffle sortant rapidement d'entre ses lèvres écartées.

Il sourit. Oui, il existait une alchimie entre eux. D'après la semaine passée, il savait qu'elle était intellectuelle, mais maintenant il confirmait qu'elle était aussi sexuelle. La femme qu'il tenait dans ses bras représentait peut-être tout ce qu'il avait recherché. Et probablement plus encore.

— Mettons-nous sur le lit. J'ai besoin de goûter ton orgasme.

Elle acquiesça, et un long soupir de satisfaction lui échappa alors qu'il la guidait vers le sommier et l'asseyait au bord du matelas. Il recula et laissa son regard absorber lentement le corps de la jeune femme. Du sommet de son crâne roux, ses joues rouges, jusqu'à la couleur rosée de sa poitrine, les pointes de ses tétons roses, ses courbes minces, mais féminines.

— Ôte ta culotte.

— Tu voulais que j'enlève ton pantalon.

En effet. Mais maintenant, il pensait que c'était une mauvaise idée. Il avait d'autres projets et, si elle le touchait, il n'aurait sûrement pas envie d'attendre.

Il souhaitait patienter.

— Baisse ta culotte, répéta-t-il, plus fermement cette fois.

Ce coup-ci, elle se tortilla pour la faire passer ses hanches, la descendit sur ses cuisses et la retira par ses chevilles. Après l'avoir jetée sur le côté, elle attendit.

— Écarte les genoux.

Au lieu de se contenter d'obéir à son ordre, elle se donna

en spectacle, glissant ses mains sur le monticule aux poils roux, à l'intérieur de ses cuisses, jusqu'à ses genoux. Avec ses mains, elle les repoussa.

Tout en l'observant, il détacha son pantalon, le laissa tomber sur le sol et caressa son érection avec ses doigts. Son boxer était humide, le coton imprégné de son précum.

Il avait besoin de planifier, de réfléchir, tout de suite. Parce que bientôt, il n'en serait peut-être plus capable.

— Garde tes genoux écartés. Je veux voir le résultat de notre travail. Ne bouge pas.

Il avança vers la table de nuit, engloutit une bonne gorgée de son verre, apporta celui de Mac et la regarda boire quelques lampées avant de le lui rendre. Après avoir reposé les verres, il fouilla dans le tiroir et prit un préservatif. Puis il en balança deux autres sur le dessus de la table de nuit pour les mettre à portée de main.

Alors qu'il se dirigeait vers le bout du lit où elle patientait, sa bite palpita de cette douce douleur créée par l'anticipation. Elle l'avait observé, mais son regard fixait maintenant son érection. Il se caressa une fois, une seule, puis recueillit la perle de précum sur la pulpe de son pouce et la présenta devant la bouche de Mac.

Elle l'ouvrit et tira la langue.

Putain. Il aimait vraiment cette femme. Jusqu'à présent, son enthousiasme en acceptant ce qu'il demandait lui plaisait au plus haut point.

— Ferme la bouche, lui ordonna-t-il, après avoir appliqué le précum sur sa langue.

Sa mâchoire remua après qu'elle se fut exécutée. Il pouvait imaginer ses papilles assaillies par l'essence salée et acidulée. Avec Trevor et ses précédents amants masculins, il en avait fait l'expérience à maintes reprises. Il pouvait se représenter le goût sur sa langue.

— T'aimes ça ?

— Oui, répondit-elle, les yeux mi-clos.

— T'en veux plus ?

— S'il te plaît, souffla-t-elle.

— Pas encore, dit-il en s'agenouillant entre les jambes de la jeune femme, écartant davantage ses cuisses. Ouvre-toi à moi.

Mettant ses doigts en V, elle déploya les lèvres de son sexe, exposant la chair rose, dodue et brillante qu'il mourait d'envie de goûter.

— Regarde-moi, exigea-t-il avant de la dévorer.

Lorsque les cuisses de Mac frémirent et se contractèrent, il enfonça ses doigts dans sa peau pour maintenir ses jambes ouvertes. Il alterna entre des coups du bout de la langue à son clito et des caresses aux plis rebondis du plat de la langue.

Chaque fois qu'il suçait son clito gonflé, elle ruait.

— S'il te plaît.

Il leva les yeux et vit que sa tête était tombée en avant, que sa poitrine se soulevait et s'abaissait rapidement, et que ses yeux, bien que regardant dans le vague, étaient fixés sur lui. Il ignora sa supplication.

— *S'il teee plaîiiiit...*

— S'il te plaît quoi ? demanda-t-il en s'écartant légèrement.

— Baise-moi.

Il était aussi désespéré qu'elle de la pénétrer, mais maintenant, il souhaitait encore un peu retarder le moment. Il voulait d'abord la faire brûler de désir.

— Damon... commença-t-elle, attrapant la tête du pilote, ses doigts creusant son crâne, provoquant des picotements de douleur.

Elle avait facilement joui avec leurs doigts. À présent, il était déterminé à la faire venir avec sa bouche avant de lui donner un troisième orgasme avec sa bite. S'il avait de la chance, elle en aurait d'autres, mais sinon, il se contenterait de trois. Plus tard, ils auraient le temps de lui en procurer d'autres. Avec un peu de chance, ils auraient toute la nuit et toute la matinée. Ou le temps qu'elle lui accorderait.

Il lécha le pli au sommet de ses cuisses, puis embrassa le sommet de son pubis avant de faire glisser la pointe de sa langue sur la bande ardente de poils. Il y enfouit son nez, inhalant son parfum musqué, mais féminin, avant d'attraper son clito entre ses lèvres et de le sucer violemment. Quand elle retomba en arrière sur le matelas, il était sûr d'avoir des demi-lunes creusées dans son cuir chevelu. Les hanches de Mac décollèrent si soudainement du lit qu'il réussit à peine à la suivre. Mais il y parvint et poursuivit son assaut sur son clito alors qu'elle criait qu'elle allait jouir.

Il ne s'arrêta pas, même pendant son orgasme, jusqu'à ce qu'elle le supplie de se stopper.

— Je suis trop sensible.

Il s'écarta à contrecœur et lui fit un sourire.

— C'était si intense que ça ?

— Oui... Incroyable.

— Tu peux t'asseoir ?

Elle lâcha une bouffée fébrile, puis, avec son aide, se remit en position assise. À deux mains, il lui prit le visage, se pencha et l'embrassa à pleine bouche. Une fois de plus, il fut satisfait. Elle n'était pas gênée de goûter sa propre excitation, au contraire elle approfondit le baiser, introduisant sa langue dans sa bouche comme si elle s'en délectait.

Il fut incapable de retenir le sourire qui stoppa leur baiser. Quand il lui tendit la main, elle l'accepta sans hésiter. La tirant debout, il prit sa place au bord du sommier. Elle resta entre ses jambes écartées alors qu'il attrapait le préservatif qu'il avait jeté plus tôt sur le matelas, déchira l'emballage et le déroula sur sa longueur, sa bite tressaillant au simple contact de ses doigts.

— Tu ne veux pas que je me mette sur le lit ? lui demanda-t-elle, le regard rivé sur ses gestes.

— Non.

Elle accepta sa réponse sans discuter, et après s'être assuré que le préservatif était bien installé, il lui offrit à nouveau la main.

— Viens. Chevauche-moi.

Au lieu de prendre la main qu'il lui présentait, elle posa la sienne sur ses épaules et grimpa, non seulement sur le matelas, mais sur lui. Elle resta à genoux, sa chatte à quelques centimètres de sa bite lancinante.

L'attente fut grisante.

Elle passa ses bras autour des épaules et du cou de Damon, plongeant son regard dans le sien.

— L'attente est un aphrodisiaque.

— C'est vrai, accorda-t-il.

Elle baissa la tête, s'empara à nouveau des lèvres du pilote et pressa ses mamelons durs comme du diamant contre son torse. Il passa ses mains entre eux pour pincer les deux pointes. Il augmenta la pression jusqu'à la limite de la douleur, et qu'elle gémisse dans sa bouche.

Gardant une main sur son sein, il descendit l'autre pour maintenir sa verge en place. Sans rompre le baiser, MacKenzie s'aligna et s'abaissa jusqu'au sommet de sa queue.

Il lutta pour ne pas s'élancer et l'empaler dans sa hâte. Il en avait envie. Oh, mais il désirait tellement le faire. Son cœur battait la chamade, son instinct lui disant de la pénétrer était fort.

Il se força à attendre. Il l'avait fait patienter, et maintenant elle renversait les rôles.

Elle sombra encore un peu plus, le bout de sa bite transperçant sa chaleur humide. Leur baiser devint plus intense tandis qu'il remontait sa main sur ses fesses, le long de son dos et dans ses cheveux. Il saisit une poignée de sa crinière et tira volontairement d'une manière rude sur son cuir chevelu. Jusqu'à ce qu'il soit certain qu'elle sentait cette piqûre aiguë. Malgré cela, elle ne cessa pas de l'embrasser, mais s'abaissa plutôt un peu plus.

Il allait mourir à petit feu.

Il déglutit et n'eut d'autre choix que de casser leur baiser.

— MacKenzie, gémit-il.

— L'attente est parfois un préliminaire enivrant. Se retenir d'avoir quelque chose que l'on veut vraiment intensifie la chose lorsqu'on l'obtient enfin, le cita-t-elle.

Comment se souvenait-elle mot pour mot de ce qu'il avait dit ? À ce stade, il avait de la chance de se rappeler son propre nom.

Il baissa la tête et enfonça ses dents dans la chair au-dessus de son téton, puis la suça si fort qu'elle remua. Avec ce mouvement, elle sombra davantage. Il n'était pas encore vraiment à l'intérieur, mais il eut plus de mal à se contrôler. Il voulait se déchaîner et se perdre en elle. S'enfouir dans la source de cette chaleur, de cette humidité.

Pourtant, il attendit. Il libéra la peau d'entre ses dents, léchant la marque qu'il avait faite, et aspira son mamelon au fond de sa bouche. Plus il le suçait, plus elle tremblait.

Luttait-elle aussi contre ses pulsions ? Désirait-elle s'empaler sur lui, l'enfoncer profondément en elle ?

Il relâcha le premier, puis fit de même avec le second, quittant ses tétons gonflés et luisants de sa salive. Il passa le bout de sa langue entre ses seins, remonta sa poitrine et longea la veine palpitante de son cou. Il pressa ses lèvres derrière son oreille et l'embrassa doucement. Son souffle chaud caressa l'oreille de Mac, puis il redescendit jusqu'à son cou, y égratignant la peau délicate avec ses dents.

Elle s'abaissa encore un peu plus, si bien qu'il se retrouvait à moitié en elle. C'était de la torture pure. Ses mains allèrent automatiquement au niveau des hanches de la jeune femme. Il voulait l'abattre sur lui, se loger complètement dans son sexe, mais à la place, il la retint.

— Et si c'est tout ce que je te donne ? murmura-t-elle après avoir mis sa joue contre la sienne.

— Alors, je l'accepterai.

— Tu ne serais pas déçu ?

— Je serais heureux que tu m'aies déjà offert ça.

— De l'honnêteté, tu te souviens ? lui répéta-t-elle.

Il rit tendrement.

— D'accord, la vérité ? Ça serait nul. Mais je respecterai toute décision que tu prendras. Si t'as changé d'avis... *Puuttaaaiiin.*

La fin de la phrase sortit comme un gémissement quand elle lâcha le reste de son poids. L'esprit de Damon vrilla alors qu'elle l'avalait en entier. Chaude. Mouillée. Serrée. Aussi douce que de la soie.

Cela faisait un moment qu'il n'avait pas été avec une femme. Ses derniers rencards s'étaient déroulés avec des hommes. Même s'il adorait coucher avec des hommes, le faire avec une femme était tout simplement différent.

Il avait oublié à quel point cela pouvait être splendide.

Chapitre Sept

Elle accueillit l'étirement. La plénitude. Elle prit quelques profondes inspirations en s'asseyant sur lui, sans bouger. Au début, ce fut un peu inconfortable, mais son corps se modela autour de lui, l'acceptant complètement.

Il avait une main agrippée dans ses cheveux, les tirant juste assez pour qu'elle la sente, mais ce n'était pas douloureux. La deuxième main de Damon se cramponnait maintenant à ses fesses, ses doigts s'enfonçant dans sa chair. Là encore, ce n'était pas désagréable, mais presque.

Ses seins étaient plaqués contre la peau chaude et lisse du pilote. Il n'avait pas de poils sur son torse, et elle se demanda s'il les rasait. Elle n'en vit qu'à la base de sa bite foncée, mais les poils rêches avaient été soigneusement coupés.

Ses muscles bien définis et l'absence de graisse prouvaient que l'homme faisait du sport. Ce n'était pas en restant assis pendant des heures à son poste qu'il avait un tel corps.

— MacKenzie, gémit-il, sa verge gonflant en elle.

Elle croisa son regard. Ses pupilles étaient sombres et intenses.

— T'essaies de me tuer ?

— L'anticipation, lui rappela-t-elle avec un sourire qu'elle ne prit pas la peine de cacher.

— Je suis désolé d'en avoir parlé.

Elle passa son pouce sur la grosse lèvre inférieure de Damon. Il était doué avec sa bouche. Imaginer ces lèvres enveloppant la queue d'un autre homme la poussa à contracter sa chatte autour de sa bite.

— Bordel ! murmura-t-il. C'est ton but, n'est-ce pas ?

— Te tuer ? Non. Mort, tu ne me servirais à rien, le taquina-t-elle un peu. Je t'aime bien chaud et vivant, jusqu'à présent.

— Jusqu'à présent, répéta-t-il.

— La nuit n'est pas encore finie.

Quand il rit, elle gémit. La verge du pilote bougeait d'une manière qui lui donnait envie de se frotter à lui... Ce qu'elle fit.

Le rire de Damon s'interrompit rapidement et il prit une bouffée d'air.

— Je crois qu'on a eu notre dose d'attente, dit-il d'une voix plus rauque que d'habitude.

— Je suis d'accord, chuchota-t-elle.

Elle se leva jusqu'à laisser uniquement la couronne de sa bite en elle, puis elle redescendit lentement. Oh, si lentement... Savourant une fois de plus cette plénitude.

La poitrine de Damon se gonfla contre la sienne et il lui tira les cheveux, lui faisant basculer la tête en arrière, exposant sa gorge, alors qu'elle recommençait.

Elle se hissa et s'abaissa à nouveau.

Il enfouit son visage dans son cou, égratignant sa peau avec ses dents, suçant le creux de sa gorge, léchant la ligne de son pouls, parcourant le dessous de son menton avec ses lèvres.

Les lèvres de Mac s'écartèrent tandis que sa respiration accélérait en même temps que ses mouvements.

Elle continuait à monter et descendre sur sa longueur alors qu'il la tenait contre lui. La bouche du pilote ne la quitta à aucun moment, qu'elle touche les lèvres de Mac, son cou, ses épaules ou sa tempe.

Plaçant une main sur sa nuque, elle s'accrocha à son épaule avec l'autre, s'en servant comme appui pour le chevaucher, ses genoux plantés dans le matelas. Quand elle était fatiguée, elle se balançait d'avant en arrière, frottant son clito sensible et gonflé sur lui.

Elle avait joui une fois avec leurs doigts, une seconde avec la bouche du pilote, et maintenant, elle viendrait avec sa bite. Elle commença à osciller plus rapidement, le gardant aussi profondément que possible en elle. Le souffle chaud de Damon marquait le rythme sur sa peau, ses doigts agrippaient son cul encore plus fort et les muscles de ses cuisses se contractaient sous elle.

Lui aussi était proche.

— Je...

Elle essaya de rassembler ses pensées virevoltantes.

— Je veux que tu m'embrasses... quand je jouirai.

Il écarta son visage du cou de Mac et s'empara de sa bouche, scellant leurs lèvres. Avec ce baiser, tout explosa en son centre, lui faisant courber les orteils, enfoncer ses doigts, crier dans la bouche de Damon. Puis il gémit dans la sienne, ses hanches s'élançant et sa bite pulsant alors qu'elle se resserrait autour de lui, le pressant. Le sexe de la jeune femme se convulsant sous l'effet de son orgasme.

Au bout d'un moment, il libéra sa bouche et se leva, maintenant leur connexion, se retourna et la déposa sur le lit. Il était toujours dur, mais elle doutait qu'il demeure ainsi encore longtemps. Il s'installa entre ses cuisses et continua à la baiser. Ses hanches la pilonnaient sans relâche, son pouce exerçant une pression parfaite sur son clitoris. Enroulant ses jambes autour de sa taille, elle bascula la tête en arrière tandis qu'il la conduisait à nouveau au bord du précipice.

Ses mouvements étaient loin d'être doux, mais elle appréciait cette brutalité. Pour une raison ou une autre, il voulait qu'elle jouisse une nouvelle fois, et elle n'allait pas le lui refuser.

Bon sang ! Elle n'allait pas *s'en* priver.

Après quelques instants, elle ne fut pas déçue. Entre l'attention qu'il portait à son clito et le point qu'atteignait sa bite, il arracha chaque os de son corps jusqu'à ce qu'il ne reste plus rien d'elle. Juste une coquille satisfaite et hébétée, qui ne serait plus capable de bouger pendant très longtemps.

Mais elle n'eut pas à le faire. Damon la nettoya et la coucha, puis descendit pour réchauffer leurs repas. Il s'assura qu'elle avait mangé avant de la prendre dans ses bras et se pelotonner contre elle alors qu'elle s'assoupissait, rassasiée avec de la bonne nourriture, et du sexe encore meilleur.

Mac cligna des yeux. Elle n'était pas dans son lit, mais même à moitié endormie, elle comprit rapidement où elle s'était réveillée. Le bras musclé et sombre enroulé autour de sa taille, et le souffle chaud et régulier qui lui chatouillait l'oreille étaient des indices évidents.

Elle ferma les yeux, soupira et se tortilla pour se retrouver en cuillère contre lui. Sa bite était molle et brûlante contre son cul. Elle sourit en pensant à la deuxième partie de jambes en l'air dans laquelle ils s'étaient lancés au milieu de la nuit.

Même s'ils étaient tous les deux épuisés, ils s'étaient autant éclatés que la première fois. Damon avait pris son temps, lui arrachant quelques orgasmes avec habileté. Elle avait dû se rendormir alors qu'il était encore en elle, une fois qu'ils s'étaient tous les deux soulagés. Peu de temps après, il s'était retiré et s'était débarrassé du préservatif.

Quand son estomac gronda, elle appuya une main sur son ventre dans l'espoir d'étouffer le bruit.

— T'as faim ? demanda-t-il, d'une voix grave enrouée par le sommeil.

— Apparemment.

— Il est tôt, dit-il, énonçant l'évidence.

— Je suis une lève-tôt.

— J'ai tendance à faire la grasse matinée pendant mes jours de congé, étant donné que mon emploi du temps peut être chargé. Tu t'es assoupie sur moi.

De l'amusement, et non un reproche, marquait son ton.

— Désolée, tu m'as fatiguée.

— Alors t'as bien dormi ? demanda-t-il, l'air sincèrement inquiet.

— Étonnamment. Surtout que je ne suis pas dans mon lit et que je n'ai pas non plus l'habitude de dormir avec quelqu'un.

— Pour info, je suis tenté de te taper dans la main pour ce deuxième point, dit Damon alors que son corps s'ébranlait.

Mac rit.

— Bien que je ne sois pas vierge...

Il hoqueta.

— Oui, j'ai été choqué, chuchota-t-il avec une teinte dramatique.

Elle lui donna une petite tape sur le bras.

— Je ne couche pas non plus avec n'importe qui. Sinon, j'aurais répondu aux cinq cents messages sur l'application Boston Singles.

— *Mmmh*, murmura-t-il en enfouissant son visage dans la

crinière de Mac. Cinq cents ? Ça aurait pu t'occuper pendant un moment.

Ce commentaire poussa sa curiosité...

— Combien de rendez-vous as-tu eus grâce à l'application ?

— Quelques-uns.

— Je suppose que c'était sans succès puisque je suis dans ton lit.

Elle tourna la tête, mais ne parvint pas à voir son visage puisqu'il était caché dans ses cheveux.

— Ou suis-je une personne parmi tant d'autres ?

— Tu es unique. Un point c'est tout. Je ne cherchais pas la quantité, juste la qualité.

— Charmant. Maintenant, c'est moi qui veux *te* taper dans la main.

— J'en conviens, la femme dans mes bras, dans mon lit, dans ma maison est *très* jolie. À bien des égards. Je suis heureux d'avoir changé les choses le jour où je t'ai rencontrée.

— De quoi tu parles ?

— D'habitude, je laisse à mon copilote le soin de remercier les passagers, car, étonnamment, certaines personnes, même à notre époque, n'aiment pas l'idée d'avoir eu un homme noir comme pilote.

Cette fois, ce ne fut pas seulement sa tête qui se tourna, mais tout son corps qui pivota vers lui.

— Vraiment ?

Sur l'oreiller, leurs visages n'étaient plus qu'à quelques centimètres l'un de l'autre.

— Vraiment. Les préjugés sont encore bien vivants dans nos bons vieux États-Unis. Je ne te dirai pas les charmants commentaires que j'ai entendus.

— Je suis désolée, dit Mac en grimaçant.

Damon sourit tendrement et repoussa une mèche de cheveu indiscipliné du visage de la jeune femme.

— Ce n'est pas ta faute. Ne t'excuse pas pour les connards racistes. J'aimerais bien voir leur tête sauter s'ils découvraient que leur pilote noir adore aussi coucher avec des hommes.

Il fit un bruit d'explosion avec sa bouche.

— Ou avec des femmes blanches, ajouta-t-elle.

— Oui, j'ai entendu des commentaires assez horribles à ce sujet. Une fois, à l'université, j'étais en rencard avec une blanche. On était au cinéma, à nous occuper de nos affaires, et quelqu'un s'est approché de ma cavalière pour lui notifier, après l'avoir traitée d'un mot que je ne répéterai pas, qu'aucun homme blanc ne voudrait d'elle parce qu'elle était ruinée pour sa race.

— La vache ! murmura Mac.

— J'ai répliqué à cet homme que j'avais détruit sa chatte avec ma grosse bite. Alors il avait raison, elle était foutue pour tous les hommes blancs.

Mac fut bouche bée.

— T'as pas dit ça.

— Si, assura-t-il alors que ses lèvres tremblaient. Je n'aurais pas dû, surtout que c'était notre premier rencard et qu'on n'avait jamais couché ensemble, mais j'ai vu rouge. Depuis, j'ai appris à garder mes répliques.

— J'en déduis que le rendez-vous ne s'est pas bien terminé.

— En effet. J'ai perdu de l'argent sur son billet puisqu'elle est partie en trombe. Par contre, je suis resté regarder le film et manger le pop-corn qui m'avait coûté une petite fortune. J'ai également demandé à la femme de ce connard si elle voulait que je lui bousille la chatte. J'espère que sa soirée a été aussi gâchée que la mienne après que sa femme l'ait fait sortir du cinéma.

Mac se couvrit la bouche pour étouffer un gloussement.

L'expression de Damon devint sérieuse.

— Honnêtement, j'ai cru qu'on allait me tirer dessus en quittant le cinéma après le film. Je m'attendais à le voir, à me guetter, prêt à se débarrasser du sale...

Il se tut.

Mac lui prit la joue, sentant les muscles de sa mâchoire se contracter.

— Heureusement, tout le monde ne pense pas ainsi.

— Non, mais encore suffisamment de gens.

Une ride se dessina sur le front du pilote, et elle essaya de la lisser sans succès.

— J'espère qu'un jour ça changera, mais je doute que ce soit le cas de notre vivant.

Il ouvrit la bouche, hésita, puis secoua la tête.

— Assez parlé de ça. C'est le matin et je te dois un petit-déjeuner.

— Tu ne veux pas encore un peu paresser au lit ? proposa-t-elle en haussant un sourcil.

Les commissures des lèvres de Damon se relevèrent tandis qu'il parcourait la mâchoire de Mac avec ses doigts, puis passait sur ses lèvres.

— Si on reste au lit, on ne va pas lézarder.

— Ça ne me dérange pas non plus.

— Je me contenterai peut-être de ne préparer qu'un brunch.

Le rire de Mac se transforma bientôt en cris haletants.

Chapitre Huit

Damon roula sur le dos, sa respiration rapide, sa peau trempée de sueur. Il tourna la tête et découvrit que MacKenzie était également sur le dos, essayant de récupérer comme lui.

Il plaça une paume sur son cœur, sentant les *palpitations* intenses.

La femme allongée à côté de lui avait un truc. Il n'arrivait pas à déterminer ce que c'était, mais il avait été sincère tout à l'heure en avouant qu'il était content de l'avoir croisée dans l'avion. Si son copilote n'avait pas été en retard pour une correspondance, il ne l'aurait peut-être jamais rencontrée.

Cela aurait été tragique.

Ils avaient une alchimie qu'aucun d'eux ne pouvait nier. Non seulement MacKenzie — ou Mac comme elle voulait qu'il l'appelle — était belle et intelligente, mais il était soulagé de voir qu'elle avait l'esprit ouvert. Il n'avait pas menti en disant que le monde était encore jonché de nombreux préjugés. Elle, en revanche, ne semblait en avoir aucun. Ni sur sa couleur de peau ni sur sa sexualité. Dès le départ, il en avait franchement parlé avec elle pour s'en assurer.

Il ne voulait pas aller trop loin et découvrir que la femme qui l'intéressait lui reprochait au fond quelque chose. C'était déjà arrivé. L'année dernière, il était sorti avec une femme qui, bien qu'elle se moquât de sa peau noire, l'avait brusquement rejeté dès qu'il avait mentionné sa bisexualité.

Il ne comprenait pas pourquoi cela faisait une différence. Sa couleur de peau était externe, facile à voir, mais sa sexualité ne l'était pas. Désormais, il glissait toujours cette petite information à un moment lors du premier rendez-vous, même s'il fréquentait un homme. Certains homosexuels méprisaient les bisexuels, disant qu'ils devraient « choisir leur camp ».

Damon ne choisissait rien. Il gardait ses options ouvertes. Il souhaitait trouver la bonne *personne*. Peu lui importait que ce soit un homme ou une femme, que cette personne soit bi, gay ou hétéro, violette, orange ou jaune. Il voulait quelqu'un avec qui il s'entendait bien.

Pour l'instant, il se sentait bien avec Mac, mais c'était encore très nouveau.

Il sortit du lit pour jeter le préservatif, tout en notant mentalement d'en acheter d'autres. Il avait baisé plus souvent au cours des dernières vingt-quatre heures qu'au cours des précédents mois.

— Je vais prendre une douche, puis je descendrai te préparer un repas. Ne te presse pas pour sortir du lit. Je vais mettre des serviettes propres à ta disposition et tu n'auras qu'à me rejoindre quand tu seras prête.

Mac étira ses bras au-dessus de sa tête et bâilla avant de lui adresser un sourire.

— On se croirait au paradis.

— Stop ! cria-t-il avant qu'elle baisse les bras.

Elle se figea, ses yeux bleus écarquillés.

— Ne bouge pas.

Il se précipita vers le lit, lui attrapa le bras et embrassa une tache près de son coude.

— C'est ma tache de rousseur, MacKenzie, murmura-t-il quand il eut fini. Je viens de la revendiquer.

Lorsqu'il relâcha son bras, elle fixa l'endroit qu'il avait embrassé.

— Juste celle-là ?

— Oui, elle est à moi. Alors quand tu la regarderas, tu penseras à moi.

Un mélange de surprise et de tendresse envahit son visage. Il lui fit un signe de tête et alla prendre une douche dans la salle de bains principale.

Il était sous le jet chaud depuis moins de deux minutes lorsqu'il entendit un coup à la porte, puis celle-ci s'ouvrit.

— Damon... désolée. Je ne veux pas t'interrompre, mais...

Il écarta le rideau de douche et vit Mac dans l'embrasure de la porte, vêtue de la chemise qu'il portait la veille, le visage pâle.

— Qu'est-ce qui ne va pas ?

Sans attendre sa réponse, il se rinça rapidement et coupa l'eau. Il ouvrit complètement le rideau.

— Tu peux me passer ma serviette ?

Elle s'avança dans la pièce et prit une grande serviette sur le radiateur. Il la remercia et essuya l'eau sur son visage. Alors qu'il s'apprêtait à redemander ce qui n'allait pas, il comprit.

— Quelqu'un frappe à la porte.

Manifestement.

Un démarcheur frapperait normalement. La personne était, elle, manifestement impatiente.

Merde.

— Je ne savais pas si je devais ouvrir.

— Non, je vais m'en occuper, indiqua-t-il en enroulant la

serviette autour de sa taille. Reste ici et fais ce que t'as à faire pour qu'on mange vite.

Il vérifia que sa serviette était bien en place, et passant devant Mac, il se pencha vers elle et déposa un rapide baiser sur ses lèvres.

— Je ne serai pas long.

Damon serra la mâchoire, prenant son temps pour descendre les escaliers. Lorsque la porte d'entrée se profila devant lui, sa colère monta d'un cran.

Il tourna le verrou et ouvrit la porte, mais s'avança pour s'assurer de bloquer le passage à Trevor.

— T'as du culot, putain, grogna-t-il.

Trevor recula comme s'il avait été frappé. Ses narines se dilatèrent et son regard balaya lentement Damon qui faisait de son mieux pour ne pas montrer qu'il était affecté.

Mac était à l'étage, et elle était parfaite pour lui. Personne de sain d'esprit n'avait besoin des soucis que représentait Trevor.

— Il est tôt pour un samedi matin...

— Il est dix heures.

Damon ignora son interruption et éleva la voix.

— Il n'y a aucune putain de bonne raison pour que tu sois sur le pas de ma porte. *Et* tu n'avais aucune bonne raison d'être ici hier matin, non plus.

Lorsque Trevor ouvrit la bouche, Damon leva la main.

— Tu n'avais aucune raison non plus de te pointer dans un bar pour m'aborder. Bordel de merde ! Aucune, Trevor ! Alors, fous le camp. Tu abuses. Ne m'oblige pas à contacter la police.

Trevor leva les mains en signe de reddition.

— Appelle la police, Damon, s'il le faut. Mais j'ai besoin de te parler. S'il te plaît. Juste... Donne-moi simplement quelques minutes de ton temps.

Damon s'efforça de parler à voix basse, même s'il avait envie d'aboyer et grogner comme un chien enragé.

— Pourquoi ? Il y a cinq ans, tu ne m'as pas accordé quelques minutes de ton temps. Même pas deux minutes pour me dire ce qui t'arrivait, putain. Pas même trente secondes pour m'expliquer pourquoi tu avais fait tes valises et pourquoi tu t'étais barré. Alors, ne t'attends pas à une quelconque gentillesse de ma part.

— Je demande juste une chance de tout éclaircir. Ça pourrait faciliter les choses.

— Pour qui ? Pour toi ? Pour soulager ta conscience ? Pour que t'essaies de me convaincre de te reprendre ? Ou de te pardonner ? Si ce n'était pas important de me l'expliquer à l'époque, pourquoi est-ce si crucial maintenant ?

Trevor fit un pas, son expression se déforma d'une émotion qui transperça Damon en plein cœur.

— Parce que je t'aime, murmura-t-il, la voix brisée. Je t'ai toujours aimé et je t'aimerai toujours.

Damon essaya de se blinder face à ces mots, à cet aveu. La vérité dont il était conscient. Il avait été dévasté le jour où il avait découvert que Trevor était parti. Il savait que l'homme l'aimait toujours, mais il ignorait pourquoi il l'avait quitté. Cette inconnue avait peut-être empiré son départ.

S'ils s'étaient disputés... ou que leur alchimie avait disparu. Si l'un d'eux était allé voir ailleurs. Si... *qu'importe*. Au lieu qu'il n'ait eu aucune information pour lui donner une idée du problème.

Damon avala la boule qu'il avait dans la gorge. Il luttait contre son envie d'avouer qu'il aimait toujours Trevor, lui aussi. Mais cet amour avait été compromis.

Il devait également se rappeler qui se tenait sur son perron.

— Trevor, je t'aimais. Je voulais passer le reste de ma vie avec toi. Créer une famille.

— Je sais. Ça faisait partie du problème.

Il ferma les yeux. C'était Trevor, *Trevor*, devant sa porte. La douleur qu'il avait ressentie à l'époque... Il ne pouvait pas recommencer. Aucune explication ne l'aiderait. Le temps n'avait que peu aidé. Se remettre à sortir avec des gens l'avait un peu fait avancer.

— J'ai une femme dans mon lit à l'étage. Je l'aime beaucoup, Trevor. Ne gâche pas ça pour moi.

— Alors, dis-moi quand ce sera le bon moment de revenir. Quand tu seras seul et que tu pourras parler. C'est tout ce que je demande.

Non, il cherchait plus que cela. Damon pouvait le voir sur son visage. Il voulait une seconde chance. Il souhaitait que Damon lui pardonne et oublie tout ce qu'il avait dû faire pour réparer son cœur brisé. Il désirait que Damon redevienne vulnérable.

Les yeux gris de Trevor passèrent au-dessus de l'épaule de Damon, et ce qui ressembla à de la souffrance envahit son visage.

— Je suis désolé. Je ne voulais pas m'imposer. Je n'avais pas réalisé... Je souhaitais juste un peu de temps...

Trevor ne lui parlait plus.

Damon fixa ses pieds nus quand il perçut enfin ce que Trevor avait vu... MacKenzie qui descendait les marches. Il se demanda ce qu'elle avait entendu.

Lorsqu'il pivota sur lui-même et découvrit qu'elle était habillée, il grimaça. Elle avait probablement tout entendu. Il fut incapable de décrypter son expression parce qu'elle restait prudemment impassible.

— Tu devrais lui accorder ce temps, Damon, déclara-t-elle alors que ses pieds touchaient le plancher du vestibule.

Manifestement, il y a quelque chose entre vous deux que vous devez régler. Je vais m'en aller et vous permettre d'en parler... ou... peu importe.

— Non, MacKenzie, tu n'as pas besoin de partir, assura-t-il, lui attrapant bras tandis qu'elle tentait de se sauver. Trevor va nous laisser.

Elle fixa la main qu'il avait sur son bras, la couvrit de la sienne, puis la serra.

— Ce n'est pas grave. On pourra prendre un petit-déjeuner une autre fois.

— Je ne voulais pas causer de problème.

— Si, Trevor. Sa voiture est dans l'allée. Tu savais que ce n'était pas la mienne puisque t'as vu ce que je conduisais hier.

— Hier ? demanda Mac, regardant Damon, puis Trevor. Vous avez déjà discuté ?

— Non, il ne m'a pas laissé entrer, répondit Trevor alors que Damon secouait la tête.

— Damon, je pense que vous devez au moins parler tous les deux, déclara-t-elle en fronçant les sourcils.

— Mac, tu ne sais pas...

— Je n'ai pas besoin de savoir. Je vois son visage. Je vois le tien. Vous devez parler. C'est bon.

Rien ne va, voulut crier Damon. Rien de tout cela ne lui convenait. Personne ne se portait volontaire pour qu'on lui ouvre la poitrine et qu'on lui brise le cœur en mille morceaux.

— Je t'appelle plus tard.

— Bien sûr, accepta Mac, après avoir hésité.

Elle passa devant Damon, le frôlant avec le bras sur lequel il avait revendiqué une tache de rousseur quelques minutes plus tôt.

— Je te parlerai plus tard, insista Damon en serrant la mâchoire alors qu'il regardait MacKenzie poursuivre son chemin jusqu'à sa voiture.

En moins d'une minute, elle était partie.

Il reporta son attention sur l'homme en face de lui.

— Tu savais qu'elle était là.

— Non, je n'en avais aucune idée.

— Foutaises, marmonna Damon, puis il fit un pas en arrière dans le vestibule, libérant le passage à Trevor.

Celui-ci hésita seulement quelques secondes avant de le suivre à l'intérieur. Damon ferma la porte et pivota. Il lui indiqua le séjour qui se trouvait à côté de l'entrée.

— Assieds-toi, je vais m'habiller.

— T'es obligé ? lança Trevor alors que ses yeux ratissaient une nouvelle fois son ex-amant.

Sa tentative pour le faire rire tomba à plat.

Damon pinça les lèvres et remonta les escaliers. Chaque marche lui donnait l'impression qu'on lui plantait un couteau dans le cœur. Il n'était pas certain de survivre à une discussion ordinaire avec Trevor. Mais en même temps, il était sûr que ce ne serait pas simple. Pas du tout même.

Quand il arriva à sa chambre, il alla directement chercher son portable et envoya un message à Mac. *Désolé. Je n'avais pas prévu que notre matinée se déroule ainsi. Je te promets de t'appeler plus tard.*

Il appuya sur Envoyer et soupira, se frottant les yeux d'une main.

Il jeta un coup d'œil à son téléphone lorsqu'il vibra.

Tu ne me dois aucune explication, mais Trevor t'en doit une.

Damon reposa le portable sur la table de nuit et baissa la tête, passant une main dans ses cheveux. Il n'était pas prêt à redescendre. Il n'était pas prêt à affronter ce qu'il s'était efforcé de mettre de côté. Il souffla un grand coup.

Il devait régler cette histoire, laisser Trevor dire ce qu'il avait à dire, et ensuite l'homme pourrait partir. Damon ne lui devait rien, mais il pouvait tout de même le lui accorder. Il espérait juste ne pas le regretter.

Damon sursauta lorsque des bras entourèrent sa taille et que des lèvres se plaquèrent sur son épaule. Tout son corps se rigidifia, et ses mains allèrent automatiquement vers les poignets de Trevor pour les ôter. Mais les mots que l'homme prononça contre sa peau l'en empêchèrent. À la place, Damon enroula ses doigts autour des poignets de son ex et le maintint ainsi.

— Je suis désolé, Day. J'ai tout gâché. Je le sais. J'ai été stupide. Je ne pensais pas pouvoir être avec une seule personne pour le reste de ma vie. On était jeunes.

Trevor hésita, et Damon sentit la poitrine de son ex se gonfler dans son dos.

— Non. Ces excuses sont faciles. Ce n'est qu'à moitié vrai. C'était plus profond que ça. La vérité, c'est que j'étais perdu. J'étais tellement égaré que j'ignorais comment me retrouver.

— Si ça avait été le cas, alors tu aurais dû m'en parler. On ne disparaît pas sans un mot à celui qu'on aime. Ou peut-être que ça n'a jamais été le véritable amour. Seulement de la luxure et du sexe.

— Comme je te l'ai dit en bas, et toutes ces années avant, je t'aimais. Je t'aime *vraiment*.

— Les gens qui s'aiment ne se font pas ce genre de choses, Trev.

— J'ai commis une énorme erreur en te quittant. Après l'avoir fait, je suis parti en vrille. Les choses sont devenues sombres et intenses.

— Alors pourquoi es-tu parti ?

— Parce que je pensais que les choses devenaient incontrôlables ici. Avec toi. Entre nous. J'ignorais ce que ça pouvait donner. Autre part. Sans toi. Je n'avais pas réalisé à quel point tu m'ancrais. Mais il était trop tard.

— Pourquoi tu ne m'as rien dit ? Pourquoi tu n'es pas revenu ? Pourquoi ne pas m'avoir appelé, bon sang ?

— Je ne pouvais pas te le dire, Damon, parce que t'aurais posé des questions. Je ne voulais pas faire face aux réponses. Je ne connaissais pas la vérité.

— Qu'est-ce qui a provoqué tout ça ? Ces... ces ténèbres ?

Trevor pressa son front contre la nuque de Damon, qui lutta contre un frisson lorsque le souffle chaud de celui-ci balaya sa peau brûlante.

— Trevor, murmura Damon. Tu voulais t'expliquer. C'est ta seule et unique chance. Ne me fais pas regretter de t'avoir permis d'entrer chez moi. Je ne devrais même pas t'autoriser à me toucher.

— Tu m'as manqué.

Ces mots traversèrent Damon comme la fumée s'élevant d'une cigarette jetée.

— Apparemment pas assez, puisque ça fait cinq ans.

— Certaines de ces années sont floues, dit Trevor, qui laissa échapper un rire âpre. Encore une fois, c'est faux. La *majorité* de ces années sont troubles.

— Pourquoi ? T'étais malade ?

Damon détestait que Trevor reste derrière lui, qu'il ne puisse pas voir le visage de son ancien amant, lire ses expressions. Mais il n'était pas certain d'être encore prêt à l'affronter.

— On peut dire que j'étais malade. Oui.

Le cœur de Damon s'emballa, et son ventre se serra.

— Un cancer ?

— Ce n'était pas un cancer, mais ça me rongeait de l'intérieur. Ça aurait pu être tout aussi fatal.

Il avait supposé que cette conversation serait difficile, ce qui se confirmait, mais il savait maintenant qu'elle serait pire que ce qu'il avait imaginé.

— Il faut que je m'habille, après on pourra parler, dit Damon en se crispant sur les poignets de Trevor.

— Non, s'il te plaît, laisse-moi te serrer un peu.

Une boule se forma dans la gorge de Damon et ses yeux commencèrent à le piquer. Il ne devait pas permettre à Trevor de le toucher, ni même être aussi près de lui. Tous les murs qu'il avait érigés après le départ de son ex-amant risquaient de s'écrouler.

Il devait les consolider. Les maintenir en place.

— T'as dit que tu l'aimais bien...

Les mots de Trevor l'incitèrent à regarder le lit. Les draps froissés, ses vêtements jetés en tas sur le sol, quelque chose d'anormal pour lui. Il était du genre à préférer l'ordre et l'organisation.

Cette conversation n'allait pas non plus aller dans ce sens.

— On ne va pas parler d'elle, Trevor.

— Je suis content pour toi si elle te rend heureux. Tu le mérites.

— J'ai l'impression que c'est pour ça que t'es parti. Parce que tu pensais ne pas mériter le bonheur.

Damon tourna la tête et regarda par-dessus son épaule.

— Pourquoi ?

— Ce n'est pas une réponse facile...

— Je commençais à sentir qu'un truc n'allait pas, mais pas au point que tu partes. Je me suis dit que tu finirais par me le dévoiler et qu'on en discuterait. Apparemment, j'avais tort.

Coucher avec Trevor était passé des meilleures baises qu'il n'ait jamais eues à quelque chose de différent. Son ex était devenu plus demandeur, et ce n'était pas ce qui troublait

Damon. En fait, c'était excitant. Mais c'était ce que Trevor exigeait qui avait commencé à le déranger.

Trevor en était arrivé au point à être incapable de jouir sans souffrir. Pas en se faisant tirer les cheveux ni en se faisant pincer les tétons ou voulant être fessé. Non. C'était une douleur plus intense. Il suppliait d'être attaché, d'être fouetté, d'être frappé au visage, et même que Damon lui donne des coups de poing. Il avait acheté des « jouets » sexuels qui auraient leur place dans le donjon d'un sadique.

Damon avait toujours été prêt à essayer de nouvelles choses, mais à un moment, il avait tout simplement refusé de faire certains des trucs que Trevor voulait. Il en avait même peut-être eu besoin.

Il n'aimait pas faire cela à Trevor. En fait, il détestait ça. Pour Damon, ce n'était pas du sexe, mais de la maltraitance, et il refusait de continuer.

Damon savait que Trevor était déçu, mais il n'avait pas réalisé à l'époque que cela pourrait détruire leur relation. Maintenant que Trevor ne cessait de mentionner les « ténèbres », il imaginait que c'était la raison qui avait poussé Trevor à partir...

Que Damon ne donne pas à Trevor ce dont il avait besoin.

Mais le pilote n'était pas excité en voyant son partenaire saigner, discernant des zébrures et des bleus sur sa peau qui mettaient des jours, si ce n'était plus, à disparaître.

C'était quelque chose qu'il contemplerait sur un ennemi, pas sur son amant. Pas sur l'homme avec lequel il souhaitait passer le reste de sa vie. Celui qu'il considérait comme son âme sœur.

— Dis-moi, d'où viennent ces ténèbres comme tu les appelles ?

— Quand t'as commencé à faire des vols plus longs et des

escales après ta promotion de capitaine, j'étais seul pendant des jours. Juste moi. Mes pensées.

— Tu veux dire que c'est ma carrière qui est à l'origine de tout ça ? demanda Damon en haussant les sourcils.

— Non. Rien de tout ça n'est ta faute.

Damon relâcha les poignets de Trevor et tenta de se retourner, mais son ex le serra plus fermement dans ses bras, déployant ses mains sur les côtes de Damon, le maintenant en place.

— Trevor.

— Non, non. S'il te plaît, laisse-moi d'abord t'expliquer... Pour une certaine raison, ce que je te demandais, ce que je te suppliais de faire, j'en avais besoin. Je ne savais pas pourquoi. Je ne savais pas d'où ça venait. C'est arrivé, c'est tout.

— On n'a pas commencé comme ça.

— Non, on a toujours aimé le sexe brutal, mais...

— Pas la maltraitance.

— Pas la maltraitance, répéta Trevor. Je sais que c'en était maintenant. À l'époque, je l'ignorais. J'avais l'impression qu'il me manquait quelque chose, et cette douleur comblait cette partie manquante, ce vide en moi.

— Je n'étais pas suffisant pour toi, dit platement Damon, sa déception s'accroissant.

— Non, mais ce n'était pas ta faute, je le jure. Je l'ai appris plus tard.

— Plus tard ?

— Day...

Le surnom que Trevor lui avait donné intensifia la peine dans sa poitrine jusqu'à l'engloutir tout entier.

— J'ai fait un long voyage. Encore une fois, je me souviens de certaines choses, d'autres pas. Je sais que c'est un peu nul de dire ça, mais je devais apprendre à me connaître. Je ne parle pas d'un truc de hippie. Je veux dire que je devais découvrir pourquoi j'avais besoin de tout ça. J'ai dû trouver des gens capables de faire ce dont j'avais besoin pour voir si ça m'aidait.

— Je suis perdu, dit Damon en secouant la tête.

— Je sais. C'est trop pour moi de tout déballer en étant là. Je peux te donner autant de détails que tu le souhaites concernant le chemin que j'ai emprunté, mais sache juste ceci... Le résultat, c'est que je me suis retrouvé dans un endroit qui m'a remis les idées en place. Ils ont creusé jusqu'à trouver le problème central. Celui qui avait commencé à refaire surface pendant qu'on était ensemble. Celui que je ne connaissais pas. Une fois la cause identifiée, ils m'ont aidé à le comprendre et m'ont appris à l'affronter.

— Cet endroit... C'était une sorte d'hôpital ?

Trevor avait-il fait une dépression ? Avait-il été envoyé dans un service psychiatrique ? Il laissait trop de place à l'imagination de Damon, qui commençait à s'emballer.

— C'était un peu comme un centre de désintox.

— Pour la drogue ?

— De psychiatrie.

Damon ferma les yeux. Qu'était-il arrivé à cet homme, que Damon avait cru heureux et épanoui, pour qu'il craque et se retrouve dans un centre ? Pourquoi n'avait-il pas reconnu les signes ?

Était-ce parce que Damon travaillait trop ? Qu'il était trop absent ? Négligeant la seule personne qu'il estimait ? L'homme qui lui tenait à cœur ?

— Tu vas bien maintenant ?

— Oui.

— C'était une sorte de cheminement en douze étapes où il faut demander pardon aux gens que l'on a blessés ?

— Ce n'était pas une addiction, Day. Mais non, je suis revenu de moi-même pour demander pardon. C'est un truc que je désirais faire. Je souhaitais voir si je pouvais réparer ce que j'avais cassé.

Bon sang. Cela signifiait qu'il voulait *bien* une seconde chance. Il désirait que Damon le reprenne...

— Je ne peux pas, chuchota Damon. Je ne vais pas t'autoriser à me refaire ça, Trev. Partir et disparaître parce que les choses deviennent difficiles. Ou sérieuses. Ou écrasantes. Quelle que soit la cause de tes ténèbres, d'ailleurs, que tu n'as toujours pas expliquée. Je ne peux pas faire ça. Je ne le ferai pas.

— Je ne veux pas que tu me détestes.

— Je ne te déteste pas. Je déteste juste ce que tu nous as fait.

Chapitre Neuf

Je ne te déteste pas. Je déteste juste ce que tu nous as fait.

Cet aveu donna à Trevor à la fois de l'espoir et du désarroi.

Damon ressentait encore de l'amour pour lui, même s'il n'était plus aussi fort qu'avant. Cependant, il n'était pas sûr que son ex lui pardonne un jour et soit capable d'avancer.

— Je déteste aussi ce que je nous ai fait, Day. C'est pour ça que je suis là.

— Non, t'es ici parce que tu veux revenir dans ma vie comme si tu n'étais jamais parti.

— Non. Je sais que ce ne sera pas si facile. Mais je te demande une chance.

— J'ai rencontré quelqu'un, Trevor.

Une douleur aiguë lui transperça la poitrine.

— Elle était difficile à rater.

C'était une belle rousse avec un physique ordinaire. Elle avait même des taches de rousseur, bon sang ! Mais était-ce une femme que Damon désirait vraiment ? Il avait toujours préféré les hommes. Du moins, c'était ce qu'avait cru Trevor. Ils avaient discuté de leur bisexualité à plusieurs reprises.

— Je suis passé à autre chose.

Cela semblait si définitif.

— C'est sérieux ?

— C'est récent.

— Alors, il y a encore de l'espoir pour moi.

— Non, Trev. J'ai eu beaucoup de rencards au fil des années et je ne me suis jamais senti en phase avec quelqu'un. J'ai trouvé cette connexion avec elle.

Si tôt ?

— T'as dit que c'était nouveau.

— C'est vrai. Mais nous, toi et moi, avions aussi eu cette connexion instantanée. Tu te souviens ?

Trevor s'en rappelait bien. Il relâcha Damon, qui se retourna immédiatement dans ses bras, ses yeux sombres tourmentés.

— Tu te souviens où et quand on s'est rencontrés ? Tu te souviens de cette étincelle ? Je l'ai avec elle.

La lueur d'espoir que Trevor avait sentie quelques instants plus tôt se dissipa. En revenant à Boston, il savait qu'il trouverait peut-être Damon avec quelqu'un d'autre. Mais même si c'était le cas, il souhaitait quand même expliquer ce qui était arrivé. Il devait bien ça à Damon.

Il n'avait jamais été dans cette demeure auparavant, puisque Damon et lui avaient partagé un appartement. Mais Trevor se sentait à la maison avec son ex dans les bras. Enfin chez lui. Les cinq dernières années avaient été délirantes. Quand il y repensait, il était surpris d'y avoir survécu. Il s'était mis dans des situations insensées. Des situations dont il aurait pu ne jamais revenir. Il y était parvenu. Pour tomber dans la suivante.

Et la suivante.

Se cherchant.

Espérant trouver cette *chose*. Ce truc. N'importe quoi pour soulager cet inlassable fourmillement. Il ne savait pas ce que c'était. Mais parfois, la douleur qu'il convoitait l'atténuait. La torture apaisait son esprit et son âme d'une manière inexplicable.

Il se réveillait souvent roué de coups, en sang et le corps brisé. Dans certains cas, avec quelques côtes cassées. Un nombre excessif de fois, il s'était réveillé dans le caniveau d'une rue ou d'une impasse. Dans une voiture ou une maison abandonnée.

Il avait été utilisé et violenté.

Mais c'était ce qu'il désirait. Ce dont il avait besoin. Il poursuivait ce nouvel état d'euphorie dépourvu de drogues.

Jusqu'à ce qu'il ne le puisse plus.

Jusqu'au jour où il avait été tellement battu qu'il était chanceux d'être en vie.

Après avoir passé deux semaines à l'hôpital, on lui avait suggéré de consulter un thérapeute ou de faire un séjour dans un service psychiatrique.

— Je veux juste que tu saches que ce qui s'est produit n'est pas ta faute. Si tu souhaites avoir plus de détails, je t'en donnerai. Sinon, je partirai. Je désire seulement ton bonheur, Day. Si tu crois que tu peux l'être avec elle, alors je suis content pour toi.

— J'aimerais tourner la page, déclara Damon, ce qui lui provoqua un pincement au cœur. Je pense que connaître les détails m'y aiderait.

Trevor acquiesça. Il était heureux que Damon veuille l'écouter, mais cela le rendait un peu nerveux. Il s'ouvrirait à nouveau aux choses que les psychologues et thérapeutes avaient fait remonter à la surface.

Mais Damon n'avait jamais été du genre à juger. Avec un

peu de chance, il ne jugerait pas Trevor pour des trucs indépendants de sa volonté.

Malgré tout, il pourrait ne plus jamais regarder son ex de la même façon. Ou du moins, pas avec les yeux qu'il avait quand ils étaient ensemble. Sa colère, il pouvait la gérer. Si Damon le contemplait avec dégoût, cela pourrait le tuer.

Damon se trouvait toujours dans ses bras, au milieu de la chambre, vêtu seulement d'une serviette. Ce n'était peut-être pas le meilleur endroit pour discuter, mais la peau nue de Damon contre la sienne apaisait ses nerfs et calmait ses pensées. Toutefois, ils ne pouvaient pas rester ici, car être si près de son ex incitait Trevor à faire plus que parler. Bien que Damon tolère qu'il l'entoure de ses bras, il ne lui permettrait peut-être pas d'aller plus loin.

— Alors ?

Bon sang ! La voix grave de Damon lui avait manqué.

— On s'assied... ou un truc du genre ?

Damon jeta un coup d'œil vers son lit et Trevor suivit son regard. S'ils s'installaient là, il pourrait encore plus être tenté, mais il suivrait l'initiative que prendrait l'autre homme.

Damon leva le menton. Une invitation silencieuse à se poser sur le lit. À contrecœur, Trevor laissa retomber ses bras et Damon s'assit sur le bord. La serviette s'ouvrit suffisamment pour exposer une partie de ses puissantes cuisses. Il avait toujours pris soin de lui, fait de l'exercice et mangé sainement. Il avait toujours encouragé Trevor à faire de même. Lorsqu'ils vivaient ensemble, ils faisaient du sport ensemble. Ce n'était que l'année précédente, après avoir redressé la barre pour sa santé mentale, que Trevor s'était à nouveau préoccupé de sa santé physique.

Entre les régulières séances de thérapie et le sport, il n'avait jamais été en aussi bonne condition physique et mentale.

Il avait patienté, s'était réinstallé à Boston dans son propre appartement et avait mis en route son entreprise pour être financièrement stable avant d'approcher Damon.

Juste au cas où Damon, non seulement lui pardonnerait, mais voudrait aussi retenter le coup.

Mais il était arrivé trop tard. Si seulement il s'était ressaisi quelques mois plus tôt, Damon n'aurait peut-être pas rencontré cette Mac.

Trevor avança vers le lit, celui dans lequel Damon avait baisé Mac, et s'assit à côté de lui, leurs cuisses se frôlant. Il fut ravi que son ex ne s'éloigne pas pour leur offrir plus de place.

— Quand t'es prêt, l'encouragea Damon.

Trevor étudia les longs doigts noirs de son ex sur la couleur crème de l'épaisse serviette. Il serra les siens pour éviter de tendre la main et de les entrelacer avec ceux du pilote.

— Quand je suis parti, je me suis rendu sur la côte ouest, commença Trevor en fermant les yeux un instant pour rassembler ses pensées. Je suis allé de club BDSM en club BDSM. Plus je restais là-bas, plus je découvrais des clubs louches. Je voulais des clubs qui n'avaient pas de limites strictes. Des endroits où je pourrais trouver quelqu'un qui me donnerait ce dont j'avais besoin.

— Ce que je ne pouvais pas t'apporter.

— Ce que tu n'avais pas pu me donner, confirma Trevor. Encore une fois, ce n'est pas ta faute.

— Tu as laissé des inconnus abuser de toi sexuellement, commenta Damon en tournant la tête pour le scruter, les sourcils froncés.

— Plus que ça.

— Physiquement ? Pire que ce que tu voulais que je te fasse ?

— Bien pire.

— Putain, marmonna Damon, puis il se couvrit le visage avec ses mains et cria, même si le son fut étouffé. *Putain !* Pourquoi ?

— Au début, je ne savais pas pourquoi. Rien ne suffisait à me satisfaire. Même si t'avais fait ce que je t'avais demandé, ça n'aurait pas suffi. Rien n'était assez. J'étais dans une spirale autodestructive.

— Combien ?

La question de Damon interrompit ses pensées. Il essayait de traverser ce moment, mais il ne s'attendait pas à cette question.

— Combien de quoi ?

Trevor eut le ventre retourné. Il espérait que Damon laisserait tomber, qu'il ne voulait pas savoir. Mais ce ne fut pas le cas. Pour une raison ou une autre, son ex avait besoin de connaître cette information.

— Combien d'hommes as-tu fréquentés ?

Trevor n'était pas sûr que cela change la donne si Damon avait un chiffre exact.

— Il n'y avait pas que des hommes... Mais la vérité, c'est que je ne le connais pas. Il y a eu de nombreuses fois où je n'étais pas conscient. Je me réveillais...

La honte lécha les joues de Trevor. Il n'était pas du genre à être facilement mal à l'aise, mais il s'ouvrait devant la seule personne qui l'avait vraiment aimé.

— T'as été violé...

— J'ai été utilisé. Si j'avais été lucide, j'aurais probablement été consentant.

Tant de fois, il s'était évanoui à cause de la douleur atroce. En fait, il avait encouragé les hommes ou les femmes qu'il fréquentait à aller jusqu'à ce point. Au stade où son corps souffrait tellement qu'il s'éteignait, et lui ne ressentait plus rien. Cet état paradisiaque qu'était le néant.

— T'as été testé ?

— Oui, assura Trevor en hochant la tête. J'ai de la chance. Quelqu'un veillait sur moi. Un ange gardien. Une personne.

Il souffla un grand coup. Il avait besoin d'aller jusqu'au bout. Tout dire et évaluer ensuite les réactions de Damon.

— Bref, il y a eu un moment où j'ai touché le fond. Un matin, on m'a trouvé derrière une benne à ordures, nu, en sang et avec des brûlures de cigarettes. La police a été appelée, et j'ai été arrêté pour racolage, même si je n'étais pas un prostitué. C'est ce jour-là que je me suis retrouvé à l'hôpital. Mais ce n'était que temporaire, jusqu'à ce que je sois admis en cure de désintoxication, où je me suis remis sur le droit chemin. Après, j'ai réalisé ce que j'avais perdu. Qui j'avais perdu. La seule personne qui m'ait jamais aimée. L'unique personne qui ait jamais tenu à moi.

— Trevor, je ne suis pas le seul à t'avoir aimé.

Trevor serra ses mains sur ses cuisses. Il entrait maintenant dans le vif du sujet.

— Je t'ai dit que mes parents étaient morts... ils ne le sont pas.

— Tu m'as menti, dit Damon, les lèvres pincées.

La déception dans la voix de son ex lui déchira le cœur.

— À ce sujet, oui.

— Pourquoi ?

Trevor remplit lentement ses poumons d'air, puis expira tout aussi doucement. Il repensa à ses séances de thérapie en groupe et en solo. Il utilisait les techniques qu'on lui avait enseignées pour affronter son passé. C'était de cela qu'il s'agissait. Son passé. Une période révolue. Il ne devait plus accepter de se faire contrôler par son passé. En y faisant face, il s'ouvrait à un avenir meilleur et plus stable. Il espérait seulement que ce serait avec l'homme assis à côté de lui.

Mais même si ce n'était pas le cas...

Non, il ne pouvait pas abandonner. Du moins, pas tout de suite.

— Je n'ai jamais connu mon père parce qu'il est parti quand ma mère est tombée enceinte. Comme j'étais une grossesse non désirée, elle m'a reproché le départ de mon père. C'est pour ça qu'elle s'est défoulée sur moi. J'ai grandi en pensant que ce qu'elle faisait était normal puisque je n'ai jamais rien connu d'autre. J'ai fini par assimiler l'amour à la maltraitance et la douleur. Dans mon esprit, c'était comme ça qu'on prouvait son amour.

— Tu m'as montré de l'amour sans tout ça, Trev. Tu m'as aimé sans me faire de mal.

— Je sais. Je n'ai jamais rien fait pour blesser ma mère en retour. J'acceptais simplement ce qu'elle me faisait, mais il s'est avéré que j'avais presque tout refoulé. C'était enfoui au fond de moi, et ça m'a poussé à chercher ces réactions sans savoir pourquoi.

— Tu sais pourquoi elle s'est comportée ainsi ? demanda doucement Damon.

Il saisit l'une des mains de Trevor et la porta à ses lèvres, effleurant ses doigts avec. Puis il la laissa retomber sur ses genoux et la pressa.

— Maintenant, oui. Il a fallu du temps pour que ça remonte à la surface, mais c'est finalement arrivé. Elle voulait absolument m'apprendre à être un homme qui n'abandonnerait jamais une femme. Bien sûr, elle s'y est mal prise. Le problème, c'est que j'ai fini par me défiler. Mais pas avec une femme.

Il tourna la tête vers les yeux sombres de Damon.

— Je t'ai laissé tomber, toi. Quelqu'un que j'aimais vraiment. Ce qu'elle pensait m'apprendre, m'inculquer n'a pas fonctionné. Surtout avec la méthode tordue qu'elle a utilisée. J'ai fini par faire le contraire.

Trevor ferma les yeux tandis que la voix de sa mère lui revenait en tête. *Je fais ça pour ton bien, Trevor. C'est parce que je t'aime.*

— C'est parce que je t'aime, répéta Trevor en chuchotant.

— Quoi ?

Merde.

— Rien, répondit-il en secouant la tête.

— Je ne comprends toujours pas. Je t'aimais, Trevor. Tu n'as pas perçu cet amour ? Tu ne reconnaissais l'amour que s'il prenait la forme de la douleur ?

— Dans ma tête de détraqué, il n'y avait pas de véritable amour si la souffrance ne l'accompagnait pas. Tu sais que j'avais déjà été en couple avant toi, mais elles étaient passagères. Une fois qu'on... En vivant ensemble, plus on se rapprochait, plus on tombait amoureux... ça... ça a déclenché un truc. Je n'arrivais pas à comprendre ce qui me manquait. Maintenant, je sais.

Il hésita et scruta le visage de Damon.

— Maintenant, tu le sais aussi, ajouta-t-il.

Le regard de son ex se posa sur leurs mains. Il força Trevor à ouvrir son poing et entrelaça leurs doigts, exerçant à nouveau une pression.

— À présent, je sais. J'aurais aimé qu'on soit au courant à l'époque.

— Moi aussi. Je regrette tout ce qui s'est passé, Day. Mais d'un autre côté, c'est bien que ça se soit produit pour que j'affronte tout ça. J'aurais juste préféré que ça ne prenne pas autant de temps.

Damon acquiesça, fixant toujours leurs mains. Le voir battre rapidement des paupières piqua les yeux de Trevor.

Ses mots restèrent coincés dans sa gorge, mais il se força à les sortir.

— Merci de m'avoir permis de m'expliquer.

Damon releva la tête, les narines dilatées, la mâchoire serrée, luttant manifestement contre une vague d'émotions. De la tristesse. Du regret. De la déception. Probablement tout ce que Trevor ressentait aussi. Le pilote passa la main sur la nuque de Trevor et le tira jusqu'à ce que leurs fronts se touchent.

— Je suis désolé pour tout ce que t'as enduré. Je suis désolé que ta mère t'ait fait ça. Je suis désolé que t'aies traversé tout ça, seul. Depuis le jour où ta mère a commencé à t'enseigner une leçon que tu n'aurais jamais dû recevoir, jusqu'au jour où t'as trouvé tes réponses. Seul. J'aurais été présent pour toi, Trev. À chaque étape de ce putain de chemin.

— Non, chuchota Trevor. Non, je suis content que tu n'aies pas été là. C'était horrible. Je devais le faire tout seul et revenir vers toi en homme meilleur. Un homme plus sain. Un homme qui pourrait t'aimer comme tu le mérites. Un homme capable d'accepter complètement ton amour. Mon unique regret, c'est d'avoir mis tant de temps et de t'avoir perdu pour toujours.

Les doigts de Damon se crispèrent non seulement à l'arrière de la tête de Trevor, mais aussi autour des doigts qu'il serrait sur ses cuisses.

Trevor ferma les yeux et attendit. Leurs bouches étaient si proches, le souffle chaud de Damon balayant ses lèvres. Il colla une main sur la poitrine de Damon, sur son cœur, et il put en sentir les battements réguliers, un peu plus rapides que d'habitude.

Il n'allait pas faire le premier pas, même s'il en avait envie. Il avait besoin que Damon décide. Trevor voulait qu'il soit sûr de lui, qu'il soit totalement consentant. Il ne souhaitait pas lui mettre la pression pour qu'il fasse un truc qui le gênait.

Trevor n'était pas non plus certain de pouvoir supporter la douleur du rejet de Damon.

Cependant, cette lueur d'espoir revint, et son cœur commença à battre aussi fort que celui de Damon.

La main de son ex-amant quitta l'arrière de sa tête pour s'enrouler autour du cou de Trevor, son pouce pressant son pouls effréné.

— Je n'ai jamais cessé de t'aimer, avoua tendrement Trevor.

— Moi aussi je n'ai jamais cessé de t'aimer.

Cette lueur s'intensifia, jusqu'à l'étincelle. Puis cet espoir explosa lorsque Damon combla l'écart qui les séparait et revendiqua sa bouche.

Chapitre Dix

Damon sentit sa tête tourner lorsqu'il pressa ses lèvres contre celles de Trevor. L'envie de l'embrasser avait été trop forte pour y résister. Il savait qu'il ne devrait pas le faire. Il devait faire partir son ex maintenant qu'il s'était expliqué.

Mais il n'était pas certain de pouvoir le laisser s'en aller.

Il était partagé entre son amour pour Trevor, un homme qui l'avait gravement blessé et abandonné sans un mot, et une femme qu'il venait de rencontrer, avec laquelle il pouvait envisager un avenir. Il n'avait pas menti à Trevor, il y avait une réelle étincelle, une connexion entre MacKenzie et lui.

Il ne voulait pas tout foutre en l'air. Il n'était pas non plus sûr de savoir quoi faire de Trevor, un homme qui avait détenu son cœur pendant des années, et ce, même si son cœur avait été meurtri pendant la majorité de ces années.

Damon ne pouvait pas nier qu'il ressentait encore quelque chose pour lui. Il avait essayé d'étouffer ces sentiments pendant si longtemps qu'en entendant l'histoire déchirante de son ex, ses émotions et ses pensées s'étaient mélangées.

Trevor lui avait manqué plus qu'il ne le croyait. Ce baiser lui rappelait la première fois qu'ils s'étaient embrassés, des années plus tôt. La nuit de leur rencontre. Quand ils étaient jeunes et pressés de satisfaire leur désir sexuel, même s'ils se connaissaient à peine. Leur relation s'était développée rapidement, à une vitesse incontrôlable, du moment où ils s'étaient rencontrés jusqu'au jour où ils avaient emménagé ensemble. Puis ce train avait déraillé lorsque Trevor avait disparu.

Damon avait pu percevoir la douleur et les regrets de son ex lorsqu'il lui avait raconté son cheminement. Il ne désirait rien de plus qu'apaiser un peu cette douleur.

Damon pensait être incapable de pardonner à Trevor un jour. Mais à cet instant, c'était exactement ce qu'il faisait. Il n'oubliait peut-être pas, mais passait l'éponge.

Malgré tout, il n'était pas sûr de souhaiter donner une seconde chance à Trevor.

Il n'était pas certain non plus de ne pas vouloir le faire.

Ils exploraient leurs bouches, leurs langues se frôlant timidement. Ils réapprenaient leurs saveurs respectives, laissant les sentiments refoulés depuis si longtemps éclore à nouveau.

Il eut mal à la poitrine, car ses anciens sentiments commençaient à refaire surface, ainsi que l'envie d'effacer les cinq dernières années, même temporairement. Désirait-il vraiment renouer avec Trevor ? Voulait-il s'exposer à un nouveau chagrin d'amour ?

Ou souhaitait-il continuer sur le chemin qu'il avait emprunté avec MacKenzie ? Ils avaient eu plusieurs rencards, avaient baisé une fois. Ou plutôt une nuit entière.

Ils s'entendaient bien au lit. Ils étaient compatibles d'un point de vue conversationnel et intellectuel. Cela faisait une éternité qu'il n'avait pas trouvé une alchimie pareille.

Il croyait que c'était le cas avec Trevor.

À ce stade, il n'était pas obligé de choisir l'un ou l'autre. Il pouvait explorer ce que Trevor et lui avaient pour voir si ce qu'ils avaient dans le passé existait encore. Mais si ce n'était pas le cas ? Si les choses avaient changé ?

Alors...

Il sortit de ses pensées. Ce n'était pas juste ni pour Trevor ni pour MacKenzie. C'était égoïste de sa part. Fréquenter les deux et déterminer qui était le mieux pour lui ?

Ils ne seraient jamais d'accord avec ce plan. Il ne les blâmerait pas.

Il doutait que Trevor soit prêt à le partager avec Mac. Il devinait que Mac ne voudrait pas non plus.

Un triangle amoureux pouvait devenir compliqué, et quelqu'un pourrait finir par être blessé. Ou plusieurs personnes. Y comprit lui-même.

Tandis que sa tête essayait de trouver du sens, son corps faisait quelque chose de différent. Il répondait à Trevor comme s'il n'était jamais parti. Comme si rien n'avait changé.

Son ex-amant avait attrapé son visage et le maintenait en place alors qu'il lui rendait fiévreusement son baiser. Il encourageait Damon à ne pas s'arrêter, à continuer, à explorer sa bouche, enchevêtrant leurs langues.

Damon lâcha un gémissement en même temps que Trevor. Sa bite se pressait contre la serviette humide, palpitante. Il espérait silencieusement que Trevor le toucherait, lui arracherait sa serviette, sombrerait à genoux et prendrait son sexe dans sa bouche.

Celui-ci enleva une main de la joue du pilote et tira sur le nœud, détachant la serviette et la laissant tomber. Ses doigts passèrent sur le ventre de Damon, puis descendirent. De longs doigts s'enroulèrent avec fermeté autour de sa longueur, et ce dernier ne put retenir le gémissement qui lui échappa.

Le baiser devint plus intense, plus désespéré, lorsque

Trevor commença à le caresser. Puis, à chaque mouvement descendant, son ex palpait ses couilles, les pressait légèrement, puis ressaisissait la racine de sa verge et remontait. Son pouce en effleurait la couronne, recueillant le précum qui s'accumulait à la pointe.

Trevor avait toujours été doué avec ses mains. C'était un masseur professionnel, et ses doigts étaient puissants et habiles. Damon se demandait s'il était toujours dans cette branche. Cela lui avait manqué de sentir ces mains sur lui, que ce soit sur le plan sexuel ou thérapeutique. Les deux lui avaient fait du bien de différentes manières. Trevor savait transformer Damon en guimauve, que ce soit sur la table de massage ou au lit.

Mais pour l'instant, ils étaient sur un lit, même s'ils étaient encore assis. Une fois de plus, les mains de Trevor le chamboulaient. Particulièrement quand ses doigts glissaient sur les tétons de Damon alors que son autre main continuait son offensive sur son érection qui palpitait.

Dans ce lit, il venait de coucher avec Mac. À présent, il envisageait de faire la même chose avec Trevor.

C'était mal. Tellement mal.

Ce n'était pas juste pour Trevor. Ce n'était pas juste envers Mac.

Il ne pouvait pas le faire. Il ne devrait pas le faire. Il ne le ferait pas.

À elle.

Non. Parce que même si, à ce moment précis, il désirait Trevor, il désirait tout autant MacKenzie.

Il ne souhaitait pas détruire un début florissant qui pouvait conduire à une belle histoire. Un truc super.

Il devait leur donner une chance. Pour voir où cela irait. Même s'il voulait baiser Trevor, il devait garder les idées claires et réaliser que son ex pourrait y voir plus qu'une simple partie de jambes en l'air.

Il pourrait considérer que Damon le reprenait. Qu'il le laissait revenir dans sa vie.

Pour l'instant, il n'était pas sûr d'en être capable.

Oui, il pouvait lui pardonner. Mais non, il ne pouvait pas redonner son cœur et son amour à Trevor. Pas si facilement.

Il serait idiot de le faire.

Rompre leur baiser fut la chose la plus difficile qu'il ait faite de sa vie, s'éloignant et empêchant les mains de Trevor de poursuivre leur chemin.

Il luttait contre lui-même. Au bout du compte, il se força à penser clairement, à entendre raison.

Posséder Trevor sur un lit qui était encore en pagaille à cause de Mac et lui, c'était juste... mal.

— Damon, chuchota Trevor d'une voix rauque.

Celui-ci secoua la tête, essayant de dissiper le brouillard induit par la passion.

— Non, Trevor. On ne peut pas.

— À cause d'elle ?

— À cause de nous. Baiser ne va rien arranger. Ça ne fera que gâcher ma vie une fois de plus. Je ne peux pas te laisser faire ça. Je ne peux pas me faire ça, bon sang !

Damon remit rapidement la serviette autour de sa taille et essaya de la nouer à nouveau. Mais son érection était toujours aussi déchaînée, et il lui fut impossible de la contenir.

— T'as l'impression que tu la tromperais ?

Damon réfléchit avec soin à cette question.

— Non, ce ne serait pas une infidélité parce qu'on n'est pas au stade d'être exclusifs. Mais ça ne signifie pas que ce n'est pas mal, Trevor. Avant que tu débarques ici ce matin, je ne pensais qu'à elle depuis que je l'ai rencontrée. Je ne parviens pas à me la sortir de la tête. Il y a quelque chose et je veux explorer ce que c'est.

— Alors, j'arrive trop tard.

— Je ne sais pas, Trev. Honnêtement, je ne sais pas. Je dois réfléchir aux choses que tu m'as dites. Je dois parler à Mac. Tu m'as embrouillé l'esprit et j'ai besoin de m'éclaircir les idées avant de décider quoi que ce soit. Coucher avec toi ne va pas m'aider. De toute façon, je ne pourrais pas le cacher à Mac, donc ça pourrait détruire toutes les chances qu'on aurait, elle et moi, avant même que notre histoire ait commencé.

— Mais si tu n'es pas sûr, alors ce ne serait pas mieux d'y mettre fin avant ?

— T'as dit que tu souhaitais que je sois heureux, et que si elle faisait mon bonheur, ça te rendrait heureux, dit Damon en fronçant les sourcils. C'était un autre mensonge ?

— Non, répondit Trevor en fermant les yeux. Je ne veux rien d'autre que ton bonheur. Avec ou sans moi. Ce n'était pas un mensonge. C'est simplement difficile à encaisser si je n'en fais pas partie.

— Je ne t'écarte pas complètement, Trev. J'ai juste besoin de temps. J'ai besoin de...

Damon baissa la tête et se frotta le crâne.

— *Putain.* J'ai besoin de parler à Mac.

Pour savoir où ils en étaient. Connaître les attentes de Mac, la tournure que prenait leur relation, si c'en était une.

— Quoi qu'il en soit, si tu décides qu'il n'y a aucune chance qu'on se remette ensemble, j'aimerais qu'on reste amis, Day. Je souhaiterais te garder dans ma vie.

Était-ce possible ? Damon pourrait-il rester ami avec Trevor s'il avançait avec Mac, et si éventuellement Trevor demeurait à Boston et rencontrait quelqu'un d'autre ?

Pourraient-ils se retrouver avec leurs compagnons respectifs pour dîner ? Pourraient-ils aller au cinéma entre amis ? La jalousie ne dévorerait-elle pas Damon ?

Trevor accepterait-il que Damon soit avec Mac ?

Des ex pouvaient-ils réellement rester amis ?

C'était un autre point auquel il devait réfléchir. Il devait d'abord décider s'il voulait reprendre Trevor et donner une seconde chance à leur couple. Si ce n'était pas le cas, il devrait déterminer s'ils pouvaient rester amis.

Il devait aussi faire sortir Trevor de son lit et de sa chambre tant qu'il ne portait qu'une serviette. Rien de tout cela n'aidait Damon à raisonner clairement.

— Je vois que tu débats intérieurement, Day. Je vais partir et te faciliter la tâche. Mais je te demande seulement de réfléchir sérieusement à tout ça. Que tu ne me laisses pas en plan.

— T'es de retour à Boston de façon permanente ?

— Oui, j'ai loué un petit appartement en ville, indiqua Trevor en hochant la tête. J'ai aussi renouvelé ma licence de massage auprès de l'État et j'ai recommencé à prendre des clients. Certains de mes anciens patients ont déjà pris rendez-vous et me recommandent à leurs amis.

— Tu as toujours été doué de tes mains.

— Si jamais tu veux un massage...

C'était trop tentant. Ils savaient tous les deux comment cela se terminerait. Comme chaque fois que Trevor avait exercé ses techniques sur lui par le passé. À bout de souffle, couverts d'huile de massage et de sperme, avec des sourires satisfaits.

Une vive douleur transperça la poitrine de Damon. Ça lui manquait.

Putain. Trevor lui manquait.

Mais il finirait par regretter toute décision impulsive qu'il prendrait à l'instant.

— Je vais y aller, annonça doucement Trevor en se levant.

Damon ne rata pas l'érection qu'il avait lui aussi. L'attirance qu'ils éprouvaient l'un pour l'autre n'avait pas faibli.

Damon se mit debout, ajustant la serviette et serrant le nœud.

— Je connais la sortie, dit Trevor en se tournant vers la porte.

— Trev...

Celui-ci s'arrêta et jeta un coup d'œil par-dessus son épaule. Damon prit son téléphone sur la table de nuit et en alluma l'écran.

— Donne-moi ton numéro.

Trevor tendit la main et Damon y plaça son portable. Quelques instants plus tard, il le lui rendit.

— S'il te plaît, utilise-le. Même si c'est pour me dire de disparaître.

— D'accord, dit Damon en faisant une moue et hochant la tête. Hé...

Il bougea pour se mettre devant Trevor.

Son ex fronça les sourcils, dans l'attente.

Damon tendit la main et lui prit le menton avant de se pencher pour faire un petit baiser.

— Quoi qu'il arrive, souviens-toi que je t'aime, déclara-t-il en s'écartant. Mais j'ai aussi besoin de m'aimer et de faire ce qui est mieux pour moi. Il se peut que ce ne soit plus toi.

Trevor s'efforça de garder une expression impassible, mais Damon put lire la souffrance dans ses yeux et sur son visage. Même dans son langage corporel.

Il ne voulait pas le blesser. Mais il devait également protéger son propre cœur.

———

Mac sursauta lorsque son téléphone sonna. Elle ne recevait pas beaucoup d'appels, à moins que ce soit pour son travail. Mais c'était la fin de l'après-midi, un samedi. Ce n'était pas le boulot.

Assise à son bureau dans sa petite maison, elle rattrapait son retard. Elle n'y était pas obligée, mais elle avait besoin de se changer les idées après la matinée. Plus tôt, lorsqu'elle avait essayé de lire, son esprit n'avait cessé de s'égarer. Au moins, en travaillant, elle était forcée de se concentrer.

Apparemment, elle était tellement dans ses pensées que la sonnerie de son téléphone lui avait foutu la trouille. Une main sur son cœur battant, elle toucha l'écran et porta l'appareil à son oreille.

— Hé, dit-elle doucement.

— Hé, toi. Je suis désolé. Tout va bien ?

— Pourquoi ça n'irait pas ?

— Après tout ce qui s'est passé ce matin, dit finalement Damon, après une pause qui parut trop longue à Mac.

— T'as eu de la visite.

— Tu sais que ce n'était pas juste un visiteur.

Oui, elle en était consciente. Trevor était bien plus qu'un simple visiteur.

— Comment ça s'est passé ?

Elle garda une voix légère et positive, même si elle commençait à mordiller sa lèvre inférieure.

Elle aimait bien Damon. Elle faisait plus que bien l'aimer. Voir un homme qu'il aimait revenir dans la vie du pilote, juste au moment où ils commençaient à se découvrir, était regrettable.

Mais elle n'était pas du genre à s'interposer entre deux personnes qui s'aimaient.

Ce n'était pas comme si Damon ou elle s'étaient investis dans leur relation. Ils ne pouvaient même pas la considérer comme une relation. À ce stade, on parlait plutôt d'une attirance.

Mais quand même... Elle l'appréciait *vraiment*. Le sexe avait été génial. Elle s'était sentie connectée à lui. Plus qu'avec n'importe qui d'autre dans le passé.

Ils cliquaient tout bonnement.

Cependant, le retour de Trevor dans la vie de Damon à ce stade n'était le meilleur moment.

— Est-ce qu'il veut te reconquérir ?

Mac n'avait aucun droit sur Damon, elle devait donc accepter ce qu'il déciderait.

— Il a traversé beaucoup de choses. Des trucs que j'ignorais. Mais ce n'est pas à moi de les raconter, puisque c'est son histoire personnelle. Mais... Il veut que je lui donne une deuxième chance.

L'oxygène fut expulsé des poumons de Mac, et elle posa une main sur un muscle tendu à l'arrière de son cou, le massant machinalement.

— Je vois.

— Je suis content que quelqu'un y voie clair parce que je suis complètement perdu.

Mac s'adossa dans sa chaise de bureau, pétrissant toujours la zone de croisement entre son cou et son épaule.

— Mais tu l'aimes, non ?

— Je...

— Ne devrais-tu pas lui donner une chance si c'est le cas ?

— Je ne sais pas, MacKenzie. Je suis désolé... Je...

La lutte interne de Damon déchira le cœur de Mac.

— Tu quoi ?

— Je tiens beaucoup à ne pas dissimuler des choses aux gens qui comptent pour moi. J'ai une bonne raison de ne pas le faire. Pour cette raison, je dois t'avouer un truc.

Ils avaient couché ensemble. Après son départ, Damon

avait baisé avec Trevor dans le même lit qu'eux. Dans les mêmes draps, à peine une heure après leurs rapports.

Mac ferma les yeux et massa plus rapidement ce muscle tendu.

— Je... Nous...

— Je peux le deviner toute seule, Damon. Tu n'as pas besoin de le dire.

Ce qui ressembla à un soupir traversa le téléphone.

— On n'a pas couché ensemble.

Mac ressentit une vague de soulagement, mais uniquement pendant une seconde, jusqu'à ce qu'il prononce les mots suivants.

— Mais on s'est embrassé.

— Et ?

— Et... Je... on... il... *Putain*.

De toutes les conversations qu'ils avaient eues, il n'avait jamais été autant à court de mots. Il retenait quelque chose.

— Tu as été tenté d'aller plus loin.

— Oui.

— Mais tu ne l'as pas fait. Pourquoi ?

Damon éclata de rire.

— Parce que c'est Trevor. Et surtout, à cause de toi.

— Moi ? s'étonna Mac en fronçant les sourcils. Tu ne me dois rien, Damon. Pas même une excuse. C'était temporaire entre nous.

Était.

— Ah bon ?

— Ça ne l'était pas ?

— Non. Je ne considérais pas ça comme temporaire.

— Oh.

— Toi, si ?

— Apparemment, ça l'était puisque t'as des sentiments pour quelqu'un d'autre. À moins qu'en l'embrassant, t'aies réalisé ton erreur, et que ça ne se reproduira plus.

— Non. Je ne peux pas te promettre que ça ne se reproduira plus.

Damon souffla, puis gémit dans le téléphone.

— Trevor et moi avons un gros passé. Ça fait cinq ans qu'il n'est plus dans ma vie.

— Il n'est pas complètement sorti de ta vie si tu acceptes de le voir à nouveau.

— Je ne suis pas sûr de ce qui se passera ensuite. Si j'accepte de me remettre avec lui, je dois lui accorder une seconde chance que je ne suis pas certain de vouloir donner.

— Mais il t'a expliqué pourquoi il était parti. C'était une raison valable ?

— Je ne sais pas. Il avait une raison, mais je pense qu'il aurait pu rester et mieux gérer la situation.

— Tu devrais peut-être vous offrir une chance en renouant avec lui.

— Mais je ne veux pas te perdre.

Mac ignorait quoi répondre à cela.

— Je ne sais pas trop ce que tu désires, admit-elle finalement.

— Tu n'es pas la seule. Voici ma question. Après la nuit dernière, après la semaine écoulée, quelle direction nous vois-tu prendre ?

Cherchait-il une raison pour qu'ils rompent ?

— J'ai adoré passer du temps avec toi, que ce soit en personne ou au téléphone, Damon. Ce n'est même pas une question. Hier soir... ce matin... J'en voulais plus. Je désirais expérimenter avec toi. Si tu me demandes si je voudrais que l'on continue, alors oui, c'est ce que je souhaite.

— Moi aussi.

— Alors c'est réglé, lança-t-elle en espérant dire vrai.

— Je dois arranger mes problèmes avec Trevor...

Le fait qu'il ait laissé cette phrase en suspens lui donna des frissons dans le ventre.

— Au lit.

Ce n'était pas une question, car elle voyait bien où il voulait en venir.

— Peut-être, oui. Au lit. Hors du lit. Dans ma tête. Dans mon cœur.

— Alors il n'y a pas de place pour moi. Je ne veux pas compliquer les choses dans ta tête.

— C'est là que tu te trompes. Il y a de la place pour toi...

— Attends. Tu souhaites continuer à me voir, à coucher avec moi pendant que je te regarde régler tes problèmes avec ton ex-petit ami ? J'ai entendu beaucoup de choses, mais c'est la première fois qu'on me sort une demande pareille.

— Je sais. Ce n'est pas conventionnel. J'en demande beaucoup.

— C'est le moins qu'on puisse dire.

— Mais je ne veux pas passer à côté de ce qu'on a.

— On n'a rien, Damon. On allait peut-être dans cette direction, mais les choses ont pris une mauvaise tournure. Je ne dis pas que c'est ta faute, mais...

Elle souffla.

— Une fois que t'auras « réglé » tes problèmes avec Trevor... qu'est-ce qu'il se passera, après ? J'aurai perdu mon temps et aurai le cœur brisé quand t'auras décidé que lui et toi êtes faits l'un pour l'autre ? Je ne veux pas participer à une loterie à laquelle je peux tout aussi bien perdre que gagner. Pourquoi je me soumettrais à un truc pareil ?

— T'as raison. Tu ne devrais pas. Tu peux juste me donner un peu de temps ?

— Combien ? Est-ce que tu vas coucher avec Trevor pendant ce temps ?

— Non.

— Et moi ?

— Et toi, quoi ?

— Tu veux que je couche avec toi pendant ce « temps » dont t'as besoin pour y voir plus clair ?

Une fois de plus, le silence se fit à l'autre bout du fil, plus long que nécessaire.

— J'aimerais bien, mais seulement si t'es d'accord.

— Mais est-ce juste pour Trevor ?

— Trevor sait que t'es dans ma vie.

— À peine.

— Quoi ?

— Je suis à peine dans ta vie. On commence à peine à se connaître.

— MacKenzie...

Elle lui coupa la parole.

— Je suppose que je devrais être heureuse que ce soit arrivé maintenant, plutôt qu'après, quand et si on s'était mis en couple.

À présent, la tension dans son épaule remontait dans son cou. Elle devait dénicher un coussin chauffant.

— Voilà ce que je te propose, Damon. Tu me laisses y réfléchir ce week-end, pendant que tu fais la même chose. On en discutera ensuite la semaine prochaine. On verra où on en est tous les deux et on déterminera ce qu'on fait à ce moment-là.

— À partir de demain soir, j'ai des vols prévus pour la majeure partie de la semaine.

— Ton emploi du temps ne nous a jamais empêchés de nous parler auparavant.

Il ne répondit pas pendant un long moment.

— Je t'appellerai plus tard.

Mac ferma les yeux et retint un grognement. Il ne lui rendait pas les choses faciles.

— Pourquoi ?

— Parce que j'aime parler avec toi. J'adore nos conversations. Pas toi ?

— Oui.

— Alors je te parlerai plus tard. On peut rester sur un sujet neutre. Pas au sujet de Trevor ou un truc du genre.

— D'accord.

— J'ai hâte d'y être, Mac.

Malheureusement, elle aussi.

Le portable s'éteignit dans sa main.

Pour elle, il serait plus simple et intelligent de couper les ponts avec lui dès maintenant et de reprendre le cours de sa vie.

Elle alla dans la galerie photo de son téléphone et trouva celle qu'il lui avait envoyée. Celle où il arborait son uniforme de capitaine. Elle passa un doigt sur l'écran en la contemplant, repensant à la matinée et la nuit qu'ils avaient passées ensemble. Elle se souvenait de son corps nu et de sa peau sombre qui brillait sous un léger voile de transpiration pendant qu'ils baisaient. Le sexe avait été extraordinaire, et elle n'était pas sûre de vouloir y renoncer. Ni de renoncer à lui.

Du moins, pas tout de suite.

Chapitre Onze

Il savait qu'il ne devrait pas le faire. C'était mal. Mais il ne pouvait s'en empêcher. Il devait découvrir ce que Damon lui trouvait. Il avait besoin d'apprendre à la connaître. Il voulait savoir pourquoi Damon avait du mal à choisir.

Eh bien, évidemment, ce qu'avait fait Trevor constituait déjà une raison. Mais ils auraient pu coucher ensemble plus tôt et commencer peut-être à rétablir leur relation si cette Mac ne faisait pas obstacle.

Même Damon avait avoué que cette histoire avec MacKenzie était nouvelle.

Il se rendrait peut-être compte qu'elle était parfaite pour Damon, et Trevor prendrait donc cette décision pour lui. Qui le connaissait mieux que lui ? Ne serait-il pas capable d'admettre que Mac était meilleure pour Damon que lui-même ?

Il ne mentait pas quand il disait qu'il désirait que son ex soit heureux. Il le souhaitait vraiment. Damon le méritait. Si Mac le comblait...

Alors il partirait.

Il ne voulait pas voir Damon tiraillé des deux côtés.

Trevor l'avait déjà assez bouleversé. Il ne désirait pas non plus blesser une femme qui s'était retrouvée au milieu d'une situation insoupçonnée qu'elle n'avait pas provoquée.

Damon serait furieux de savoir que Trevor se trouvait sur le palier de Mac, intervenant là où il ne devrait pas.

Mais il ne voulait pas que Damon regrette la décision qu'il prendrait. Que ce soit pour donner une seconde chance à Trevor ou lui dire d'aller se faire voir parce qu'il était prêt à continuer son exploration avec Mac.

Merde. Il n'aurait pas dû venir ici.

Mais il était trop tard, car il avait déjà appuyé sur la sonnette et entendu des pas se diriger vers lui à l'intérieur de la bâtisse. Il ne pouvait pas sonner et s'enfuir comme un gamin.

Il eut du mal à avaler et plaqua ses paumes moites sur ses cuisses pour tenter de dissimuler ses tremblements. Il souffla une seconde avant que la porte s'ouvre.

Ils se dévisagèrent pendant un instant pénible, puis Trevor laissa son regard errer sur le coussin chauffant qu'elle maintenait sur son épaule.

— Ça va ?

Son inquiétude avait dû la troubler, car elle fronça les sourcils.

— C'est juste un torticolis. Trop d'heures passées devant l'ordinateur, je suppose, répondit-elle en penchant la tête, puis grimaçant. Mais tu n'es pas venu là pour me poser cette question.

— Non, répliqua-t-il, ses doigts le démangeant pour soulager l'inconfort de Mac.

— Pourquoi t'es ici, Trevor ? Pour jauger la concurrence ?

— C'est ce qu'on est ?

— J'espère que non.

— En vérité, je ne l'espère pas non plus. Je suis venu pour plusieurs raisons...

— Comment sais-tu où j'habite ? l'interrompit-elle.

Merde. Plus tôt, en enregistrant son numéro dans le téléphone de Damon, il avait noté le nom de famille de Mac, et une fois rentré chez lui, il avait effectué une recherche sur Google. Maintenant, il avait l'impression de la harceler.

— J'ai cherché ton nom sur Google.

Les sourcils de Mac se haussèrent et son visage pâlit.

— T'as trouvé mon adresse aussi facilement ?

— Oui, tu n'as pas été difficile vu l'originalité de ton prénom.

— Bon sang, murmura-t-elle. Heureusement que je n'ai pas d'ennemis.

— Juste moi.

Il leva la main lorsque les yeux bleus de la jeune femme s'écarquillèrent.

— Je plaisante. Désolé, c'était de mauvais goût.

— Je suis ton ennemie, Trevor ? Suis-je une menace pour toi ? Est-ce que je t'empêche d'avoir ce que tu désires ?

— Non, répondit Trevor, après avoir pris une profonde inspiration. J'aime Damon, mais je lui souhaite le meilleur.

— C'est une phrase toute faite.

— C'est vrai, mais c'est la vérité. Damon t'aime bien, ajouta-t-il puisqu'elle restait silencieuse.

— Il me connaît à peine.

— Je ne veux pas tout gâcher entre vous deux.

— Ah bon ?

Trevor laissa son regard dériver sur Mac, depuis le sommet de ses cheveux roux, franchissant le coussin chauffant cette fois, puis passant sur ses courbes sveltes sous un ample débardeur blanc et un short en coton noir tout aussi lâche, jusqu'à ses pieds nus.

— Maintenant, tu me toises.

— Je comprends l'intérêt de Damon, dit-il en relevant les yeux et lui adressant un petit sourire.

— Est-il si superficiel ?

— Non. Je suis sûr que tu le sais à ce stade.

— Comme je te l'ai dit, on se connaît à peine.

— Assez pour coucher ensemble.

— Tu me juges sur ce point ? demanda-t-elle, après avoir fait une moue pendant quelques secondes.

— Pas du tout. Je ne suis pas du tout prude, crois-moi.

— Ça faisait cinq ans que tu ne faisais plus partie de sa vie et t'as voulu baiser avec lui ce matin.

Bon sang ! Damon avait-il mouchardé à Mac dès qu'il était parti ?

— Il t'a parlé.

— Oui. Il m'a dit qu'il t'aimait.

Le cœur de Trevor s'emballa, rien qu'en entendant ces mots. Il était surpris que Damon dise cela à Mac, une femme qui l'intéressait.

— Même s'il m'aime, il ne désire pas forcément me reprendre.

— Mais tu souhaites qu'il te reprenne.

— Je peux entrer ?

Il ne voulait pas continuer cette conversation sur le perron.

— Je ne pense pas que ce soit une bonne idée.

— Juste... Je... Je suis désolé. Tu as raison. C'est une mauvaise idée. Je vais y aller.

— Attends, l'appela Mac alors que Trevor se préparait à partir. Je peux nous faire du thé ou du café... ou un petit remontant.

— On a tous les deux besoin d'un verre après cette journée, plaisanta-t-il à moitié.

— Oui, confirma-t-elle en s'écartant de la porte et levant le bras pour l'inviter à entrer. Je t'en prie. Il n'y a aucune raison qu'on soit ennemis. Ni même jaloux l'un de l'autre. On peut être courtois. Je ne me suis jamais battue pour un homme et je ne compte pas commencer.

Trevor la dévisagea un moment. Elle était sincère. Il n'y avait rien de faux ou de prétentieux chez elle. Avec son physique de fille simple, Trevor comprenait pourquoi Damon avait ressenti une connexion instantanée.

En matière de femmes, Damon et lui avaient découvert qu'ils avaient les mêmes goûts. Bien qu'ils n'aient jamais partagé une femme auparavant, ils s'étaient souvent retrouvés en public, soit dans un restaurant, soit dans un bar ou même au centre commercial, et avaient indiqué des femmes ou des hommes qu'ils trouvaient séduisants. Sans surprise, ils avaient été attirés par les mêmes types de personnes.

C'était devenu un petit jeu pour eux, de voir s'ils choisissaient la même personne à ramener chez eux. *Si* cela avait été leur truc.

Ils n'avaient jamais franchi le pas, mais c'était amusant de fantasmer.

Plus il contemplait Mac, plus il comprenait ce que Damon lui trouvait.

— Tu rentres ? demanda-t-elle, le tirant de ses pensées.

Il la suivit dans la bâtisse et, après qu'elle eut fermé la porte, dans le couloir de son appartement à deux étages, ils se dirigèrent vers ce qui ressemblait à une cuisine.

Sa cuisine était petite, mais charmante. D'après ce qu'il avait pu voir jusqu'à présent, sa maison était propre et organisée. Un point que Damon apprécierait puisqu'il était pareil. Trevor avait tendance à être plus négligé, et Damon avait toujours insisté pour qu'il nettoie et arrête de laisser traîner des choses dans leur appartement.

Elle ouvrit son réfrigérateur et jeta un coup d'œil à l'intérieur.

— Je n'ai pas de bière... indiqua-t-elle.

— Ce n'est pas grave puisque je ne bois pas de bière.

— Du vin ? proposa-t-elle en levant la tête au-dessus de la porte ouverte.

— En vérité, je ne bois pas, avoua-t-il en secouant la tête.

Elle fit un O avec sa bouche.

— Ce n'est pas que je ne peux pas, mais je ne devrais pas le faire.

— T'es sous traitement ? s'enquit-elle en grimaçant. Non, ne réponds pas. Pouah ! Je travaille dans un domaine où je devrais savoir qu'il ne faut pas poser ce genre de question.

— Tu fais quoi ?

— Je suis enquêtrice en fraude médicale. Je travaille à domicile.

Elle désigna le coussin chauffant toujours installé sur son épaule.

— Malheureusement, je suis trop souvent assise devant un ordinateur, sur une chaise de bureau horrible que je dois remplacer. Mais celle que je veux coûte une petite fortune. Je pense que j'ai un nerf coincé ou un truc du genre.

— Je peux t'aider sur ce point.

Ses sourcils se haussèrent, mais elle ignora sa proposition.

— Un thé glacé, alors ?

— Ce serait parfait. Merci.

— Ça te dérange si je prends un verre de vin ? Je crois que j'en ai besoin.

— Non, vas-y. Ça pourrait soulager un peu la tension que t'as dans les épaules.

— Vraiment ?

— Oui, répondit-il en lui faisant un sourire entendu.

— Comment le sais-tu ?

— Je suis massothérapeute.

Elle fit un autre O avec sa bouche. C'était mignon. Surtout avec les taches de rousseur qui recouvraient son nez et parsemaient ses joues.

— C'est pour ça que t'as dit que tu pouvais m'aider.

— Oui. Je n'ai pas l'intention de t'étrangler, la taquina-t-il, puis il s'avança vers elle après qu'elle eut fermé le réfrigérateur.

Il désigna le coussin chauffant.

— Je peux ?

Il vit un air tiraillé passer sur le visage de la jeune femme. Sans un mot, elle acquiesça. Elle posa le pichet de thé glacé sur le comptoir et Trevor retira lentement le coussin chauffant de son épaule, le plaçant également sur le comptoir.

— Je vais te toucher, l'avertit-il avec douceur.

— Je me doutais que tu n'avais pas une vision à rayons X, rétorqua-t-elle en hochant la tête.

Un rire lui échappa, mais il dégrisa rapidement lorsqu'il appuya sur l'épaule de Mac avec sa main et laissa ses doigts parcourir la zone. Trevor essaya d'ignorer la chair de poule surgissant sur la peau claire.

— Un nœud. C'est ce que je pensais. Tu gardes beaucoup de tension dans tes épaules, comme je m'en doutais. T'as aussi mal au cou ?

— Oui, murmura-t-elle.

— Comme t'es souvent assise, tu vas chez un chiropracteur ?

— Occasionnellement.

— Tu devrais le faire régulièrement.

Il remonta ses doigts dans le cou de la jeune femme, le palpant délicatement. Elle frissonna et souffla un grand coup.

— Je peux travailler sur ce nœud, si tu veux. J'ai ma table de massage dans la voiture.

— Tu la transportes partout avec toi ?

— Oui, je fais des visites à domicile, car je n'ai pas encore de cabinet.

— Pas encore, répéta Mac.

— Je suis revenu en ville il y a quelques semaines. Je suis toujours en train de m'installer.

— T'étais où ?

— Pas ici.

Il fut reconnaissant quand elle se contenta de hocher la tête sans insister. Il recula et s'écarta un peu.

— Va te chercher ton vin. Je prendrai le thé avec un peu de stévia si t'en as. Je vais aller installer ma table. Dans le salon ?

— C'est parfait. Mais je n'ai pas de liquide. Tu accepterais un chèque ?

— Je ne vais pas te faire payer, assura-t-il alors qu'un coin de sa bouche se relevait. Je me suis dit qu'on pourrait apprendre à mieux se connaître pendant que je travaille.

— Mais je ne peux pas m'asseoir sur une chaise pendant que t'examines mes épaules ?

— Je ne fais pas les choses à moitié, répliqua-t-il alors que le deuxième coin de sa bouche se courbait. Je ne crois pas que ton problème vienne uniquement de ta chaise de bureau pourrie. Je pense en être en partie responsable en me pointant et en gâchant ta matinée avec Damon. Puisque c'est ma faute, j'aimerais t'aider à résoudre ce souci.

Lorsqu'elle ouvrit la bouche pour argumenter, il leva une main pour l'arrêter.

— Laisse-moi faire ça pour toi. S'il te plaît.

Elle fit une moue et acquiesça. Avant qu'elle change d'avis, Trevor se dépêcha d'aller chercher son matériel dans sa voiture.

Mac ne put s'empêcher de gémir quand les doigts de Trevor, ses paumes, les talons de ses mains, ses coudes ou d'autres parties de son corps qu'il mobilisaient, s'affairèrent sur ses muscles.

La vache ! Elle ne s'était pas fait masser depuis des lustres. Pourquoi ? Pourquoi s'était-elle privée d'un tel délice ?

Probablement parce qu'elle avait utilisé un coupon de réduction pour le dernier massage qu'elle avait eu, et que le thérapeute lui avait causé plus de désagrément que de soulagement.

Mais Trevor...

Oh, c'était un expert avec ses mains. Ce n'était pas comme si on lui avait beaucoup fait de massages dans sa vie. Ce n'était pas le cas. Elle considérait cela comme un luxe qu'elle ne pouvait normalement pas s'offrir. Mais pour les quelques massages qu'elle avait eus, les massothérapeutes étaient toutes des femmes.

Elle ne l'avait pas fait exprès. Cela s'était fait naturellement.

Mais oh...

Trevor.

Ses mains étaient grandes et fortes, et il savait parfaitement où appuyer. Elle s'était transformée en bouillie. Le seul moment où elle avait eu mal, c'était lorsqu'il lui avait défait le nœud au niveau de l'épaule. Elle avait un peu souffert. Mais il avait commencé par cet endroit, et maintenant le reste...

C'était le paradis.

Un. Paradis. Parfait.

Ses yeux s'étaient fermés. Elle n'était pas sûre d'avoir

encore des os dans son corps. Elle était prête à épouser cet homme.

Son corps vibrait sous le toucher expert de Trevor tandis qu'il s'affairait sur elle, pendant ce qui lui sembla être des heures. Elle savait que ce n'était pas le cas, mais... Comment ses mains réussissaient-elles à ne pas fatiguer ?

Damon se faisait-il masser régulièrement par lui ? Elle était vraiment jalouse !

Il avait installé sa table de massage dans son salon, l'avait recouverte de draps, avait mis de la musique apaisante à l'aide d'une enceinte portable, puis lui avait dit de se déshabiller complètement. Si elle le souhaitait, elle pouvait garder sa culotte.

Elle ne l'avait pas fait. Elle en était ravie. Il lui avait même massé le haut des cuisses et les fessiers.

Tout en sachant qu'il n'y avait rien de sexuel dans ses caresses, elle avait ressenti quelques tiraillements à des endroits où elle n'aurait probablement pas dû.

Elle avait entendu dire que les hommes pouvaient avoir des érections pendant un massage, et elle n'était pas mieux qu'eux. Ses mamelons étaient durcis, et une autre zone réclamait de l'attention.

Ce qui était totalement inconvenant.

Teeeellement inapproprié.

Mais pourtant...

Argh ! Non, « pourtant », rien. C'était choquant de souhaiter que les longs doigts puissants de Trevor lui procurent du plaisir d'une autre manière.

Pour l'instant, elle était toujours étendue sur le ventre, et il lui massait les pieds.

Un autre gémissement lui échappa.

Bon sang ! Qui aurait pu penser que se faire masser les

dix orteils et les voûtes plantaires de ses pieds pouvait provoquer un orgasme ?

Si c'était le cas, elle allait devoir le cacher.

Elle ignorait que les pieds étaient une zone érogène. Elle programmerait assurément un massage des pieds toutes les semaines pour les cinquante prochaines années. Ou cent. Peu importe.

Elle retint un gémissement de déception lorsqu'il termina et recouvrit ses pieds d'un des draps.

Puis il fut à côté d'elle.

À contrecœur, elle ouvrit les yeux, et regarda le grand et très bel homme qui avait des mains magiques et un sourire en coin.

Elle se demanda s'il était gay ou bi.

Non. Non. Non. Totalement inapproprié !

— Ça va ?

— Je peux t'assurer que je me sens bien, bredouilla-t-elle.

Bon sang ! Elle n'avait bu que quelques gorgées de vin avant de monter sur la table. Elle ne pouvait pas être ivre.

Puis elle lui fit un clin d'œil.

Merde.

Merde.

Merde.

Elle devait juguler ses réactions.

Elle retira son bras de sous le drap et se frotta rapidement l'œil fautif.

— Un truc dans l'œil, marmonna-t-elle.

— T'as besoin d'une minute ?

Avec son vibromasseur ? Oui.

— Non ! s'écria-t-elle, puis elle grimaça en s'entendant. Non. Je vais... bien.

Les yeux gris de Trevor pétillèrent et sa bouche tressaillit.

— D'accord, alors... Il est temps de se retourner.

Oh. Attendez. Du coup, il allait remarquer à quel point ses tétons étaient durs.

Il se pencha sur elle et, des deux mains, attrapa le bord du drap du côté opposé à lui.

— Je vais le tenir en l'air pendant que tu pivotes vers moi. Je te promets de ne pas regarder.

Pendant qu'il soulevait un côté du drap, elle se décala un peu vers le bas, se tourna rapidement et se retrouva sur le dos. Elle jeta un coup d'œil vers ses seins.

Ouais... Ses tétons ressemblaient à de petites fusées prêtes à décoller.

Trevor avança vers le bout de la table et retira l'appui-tête, qu'il mit de côté.

— Ça ne te dérange pas que je fasse ton cuir chevelu ? Ça va te décoiffer.

Elle tourna les yeux vers l'endroit où il se tenait. Il était à l'envers, mais cela lui donna un bon angle sur sa mâchoire carrée recouverte d'une courte barbe. Les poils drus étaient d'un brun un peu plus foncé que ceux de son crâne.

Il n'était pas seulement beau. Il était magnifique. Il avait un grand sourire, des yeux gris parfaitement expressifs et ces doigts...

— De toute façon, mes cheveux sont en désordre. Je m'en fiche.

— J'aime la couleur, confia-t-il en enroulant une longue mèche de cheveux autour de son doigt. Ce n'est pas un désastre. Ça te va bien.

— Parce que je suis affreuse ?

Mac fut fascinée par le rire de Trevor.

— Tu n'es pas un désastre. Damon déteste le désordre.

— C'est un maniaque de la propreté ?

— Non, il n'est pas maniaque, mais il aime l'organisation. Quand il rentre du travail après avoir été absent pendant des jours, il ne souhaite pas revenir dans une zone sinistrée.

— Je peux le comprendre.

Trevor commença à lui masser le sommet du crâne avec le bout de ses doigts. C'était aussi agréable que se faire laver les cheveux au salon de coiffure. Mais la vue était tellement plus belle.

Alors que ses paupières s'alourdissaient, il se mit à parler.

— Je n'ai pas dit grand-chose quand tu étais sur le ventre parce que je voulais que tu te détendes, mais je souhaite réellement apprendre à mieux te connaître.

— Oui, c'est vrai. Jauger la concurrence.

Cette fois, elle plaisantait. En quelque sorte.

Il décala ses doigts sur son visage, massant son front, ses joues et son menton de manière circulaire.

— Damon est quelqu'un de bien, commença Trevor.

— C'est facile à voir, même si ça fait peu de temps que je le connais.

— Il ne m'a pas dit depuis combien de temps vous vous connaissiez. Il a juste dit que c'était « nouveau ».

— C'est vrai. Ça fait seulement un peu plus d'une semaine. C'était le pilote sur le vol que j'ai pris pour revenir à Boston. Mais on était tous les deux sur Boston Singles. Il m'avait d'abord repérée dessus.

— Qu'est-ce que c'est ?

Les joues de Mac chauffèrent. Elle aurait dû omettre ce détail. Ses lèvres étaient aussi détendues que ses muscles.

— Une appli de rencontres.

— Damon était sur une appli de rencontres ? s'exclama Trevor alors que ses doigts se figeaient.

Mac ne savait pas quoi répondre à cela. Après son visage, Trevor s'attela à son cou et ses épaules. Son expression était impassible.

— Tu croyais qu'il ne fréquenterait plus personne ou ne coucherait plus jamais avec quelqu'un ?

— Non, souffla-t-il alors que ses doigts ralentissaient et qu'il croisait le regard de Mac.

— Il pensait que t'étais parti pour de bon, n'est-ce pas ? Tu t'es abstenu pendant tes cinq années d'absence ? ajouta-t-elle, avant qu'il puisse répondre.

La mâchoire de Trevor se serra, et il commença à faire de grands mouvements prononcés sur le haut de sa poitrine, par-dessus le drap. Mac eut le souffle coupé, car la pression était un peu trop forte.

Mac put le voir se secouer mentalement.

— Désolé. Dis-moi si la pression te convient.

— C'est bon maintenant. Inutile de poursuivre si tu ne le souhaites pas.

Il hésita une nouvelle fois.

— Tu ne veux pas que je continue ?

— Oh non, ce n'est pas ça. C'est le meilleur massage de ma vie.

— J'ai des mains habiles, déclara Trevor en souriant.

C'était vrai.

Chaque fois qu'il s'approchait du bord du drap qui se situait au niveau de ses seins, ses mamelons lui faisaient mal.

Pourquoi était-elle si réactive à son contact ? Elle n'avait jamais ressenti une chose pareille avec les autres massothérapeutes. Elle n'aimait pas les femmes, était-ce la raison ? Mais son gynécologue était un homme, et elle ne réagissait pas d'une façon curieuse quand il la touchait. Elle comptait plutôt les secondes jusqu'à ce qu'il retire sa tête d'entre ses cuisses relevées.

C'était peut-être parce qu'il était l'amant de Damon et qu'elle les imaginait ensemble. *Mmh.*

Elle eut le souffle coupé lorsque le bout des doigts de

Trevor effleura le bord supérieur du drap, juste à l'endroit où la courbe de ses seins commençait.

Qu'est-ce qui n'allait pas chez elle ? Elle ne désirait rien de plus que fermer les yeux et les imaginer ensemble, Damon et lui, pendant que les mains de Trevor la touchaient partout.

Elle devrait peut-être lui dire d'arrêter.

Il sortit un de ses bras d'en dessous le drap et, après avoir ajouté de l'huile sur ses paumes, le massa de haut en bas. Soudain, il se stoppa et leva plus haut son bras.

— C'est fou. T'as une tache de rousseur juste là.

Il passa son pouce sur la même tache de rousseur que Damon avait embrassée le matin même.

— C'est celle de Damon.

La phrase lui échappa avant de pouvoir la retenir. Elle grimaça. Merde ! C'était dangereux d'avoir la bouche indiscrète !

— Quoi ?

La chaleur lui monta aux joues. *Encore une fois*. Elle n'avait pas rougi autant depuis longtemps.

— C'est la tache de rousseur de Damon. Il l'a revendiquée.

Trevor baissa la tête pour cacher son expression, mais Mac vit clairement la tristesse qui traversa son visage.

Pas de la jalousie. Pas de la colère. Du chagrin.

Il avait le cœur brisé.

Elle était sortie avec des gars de temps en temps au lycée et à l'université, et même au cours de la dernière décennie, mais pas une seule fois elle était tombée amoureuse d'un homme. Pas une seule fois. Elle aimait l'idée de trouver l'âme sœur, de ne pas supporter d'être séparée de cette personne qui vous complétait, mais elle ne l'avait jamais vécu.

Elle avait fréquenté de vrais cons. Des trous du cul

d'alpha comme elle les surnommait. Ils ne voulaient rien d'autre que lui donner des ordres et diriger sa vie.

Elle n'imaginait donc pas ce qu'on ressentait en perdant une personne qu'on aimait profondément. Certes, Trevor était celui qui était parti, mais elle supposait que c'était pour une bonne raison. Sinon, pourquoi serait-il revenu si Damon et lui n'étaient pas compatibles, s'ils s'étaient disputés ou si l'un d'eux avait trompé l'autre ? Non, Trevor était parti pour une raison précise, et était revenu en espérant que l'homme qu'il aimait toujours lui accorderait une seconde chance.

En plus, Damon avait admis qu'il aimait toujours Trevor, lui aussi.

Ils pourraient possiblement être des âmes sœurs.

Pourquoi avait-elle l'impression d'empêcher leurs retrouvailles ? Elle ne devrait pas. Elle devrait simplement dire à Damon de suivre son cœur et accepter le retour de Trevor. Mac ne voulait pas continuer avec Damon et se demander sans cesse s'il pensait à son ex ou s'il lui manquait. Ou qu'il regrette de l'avoir rejeté.

Non, elle devait dire à Damon qu'il ferait le mauvais choix en demeurant avec elle.

Trevor finit de lui masser le bras droit, puis passa au gauche. Ils restèrent silencieux pendant ce temps.

Quelques minutes plus tard, il découvrit sa jambe gauche et glissa le drap entre eux. Alors qu'il la massait, elle sentit la chaleur de sa peau entre ses cuisses, et sa chatte se serra fortement.

Elle fixa le plafond et se força à ignorer son contact.

Du moins, de manière sexuelle.

Ce n'était pas approprié. Ses actes. Ses pensées...

Elle devait visualiser des fruits ou des légumes. Ou même penser au temps qu'il faisait. N'importe quoi pour la distraire.

— Trevor, dit-elle d'une voix un peu rauque. Damon doit te donner une seconde chance.

— C'est à lui de décider.

— Je lui parlerai.

Ses doigts pétrissaient et malaxaient les muscles de sa cuisse. Elle retint un gémissement.

— Non, je ne suis pas venu ici pour ça. Si Damon découvre que je suis venu...

— Pourquoi es-tu venu ici ?

— Honnêtement, pour apprendre à te connaître. Pour voir si tu es faite pour Damon. Je suis prêt à abandonner si c'est le cas.

— Si tu es d'avis que je ne le suis pas ?

— Alors je laisserai Damon choisir.

Mon Dieu, il frottait *juste au bon endroit*. Elle avait du mal à réfléchir.

— Trevor...

— Mmmh ?

— Pourquoi doit-il décider ?

— Qu'est-ce que tu suggères ? demanda Trevor, dont les doigts se figèrent.

Mac se hissa sur les coudes et attrapa vite le drap avant qu'il glisse complètement de sa poitrine.

— Pourquoi ne peut-on pas choisir pour lui ?

— Je suis perdu, répondit-il en fronçant les sourcils et secouant la tête.

— Pourquoi on ne pourrait pas explorer ce qu'on a avec lui ? Lui donner le temps de comprendre ce qu'il désire. Nous donner le temps de découvrir ce qu'on veut. Franchement, c'est nouveau pour moi aussi. On n'est pas exclusifs. On ne sort même pas vraiment ensemble. Je crois qu'on prenait cette direction. Mais encore une fois, je ne sais même pas si je veux un truc sérieux avec lui.

— Je pense qu'avec le temps, ce sera le cas.

— T'as peut-être raison. Mais pendant que tu me massais, je réfléchissais. Si je suis avec Damon et qu'il regrettait de t'avoir laissé partir ? Tu ne te poserais pas la même question ? S'il finissait avec toi, tu ne te demanderais pas s'il regrettait de ne pas m'avoir donné une chance ?

— C'est tordu.

— Je sais, dit Mac en souriant. Je pense que mon cerveau est en bouillie après ton massage.

Elle s'effondra sur la table et fixa à nouveau le plafond.

— Trevor.

Soudain, il fut là, au niveau de sa tête, les yeux baissés vers elle.

— Quoi ?

— Tu veux entendre un autre truc dérangé ?

— Est-ce que c'est torride ?

— Oui.

Les lèvres de l'homme tressaillirent.

— Alors, crache le morceau.

— Tout ce temps où tu m'as touchée...

Bon sang, elle rougissait bien trop facilement !

— J'ai aimé ça.

— Je sais, dit-il en souriant.

— Pas comme tu le penses.

— Mac...

— Ce n'est pas tout.

Il la fixa et arqua un sourcil, son visage au-dessus du sien. Soudain, elle eut l'impression d'être scrutée.

— Crache le morceau, chuchota-t-il.

— Chaque fois que je fermais les yeux, je t'imaginais avec Damon...

— Faire quoi ?

— Tu sais quoi.

— Ça t'excite ?

Elle acquiesça.

— T'as déjà fréquenté des hommes bi ?

— Juste Damon.

— Mais pas plus d'un ?

— À la fois ? couina-t-elle.

— Oui.

— À ma connaissance, Damon est le seul bisexuel avec lequel j'ai été. Tu n'as pas dit si tu étais bi ou gay.

— Ce n'est pas un truc que j'annonce habituellement en venant chez quelqu'un.

— J'ose espérer qu'une personne ne juge pas ça assez important pour que tu sois obligé de le faire.

— Eh bien, dans le contexte...

— Cette situation est atypique. Ta réponse peut déterminer la façon dont on va procéder.

Elle se remit en position assise, plaquant le drap contre sa poitrine.

— Damon et moi avons les mêmes goûts.

— En matière d'hommes ?

Il acquiesça.

— Et de femmes.

Mac fut submergée par l'excitation. Ce qu'elle suggérait était un peu fou...

— J'ai juste besoin d'éclaircir un point, dit Trevor en la scrutant. Est-ce que tu parles de Damon qui sortirait avec nous en même temps, mais séparément ? Ou de nous fréquenter *en même temps*. Qu'on soit tous les trois ensemble *en même temps*.

— Je n'en sais rien, avoua-t-elle en plaquant sur sa joue brûlante la main qui ne tenait pas le drap. Mais ça m'a traversé l'esprit.

— Je t'intéresse ? Tu me connais depuis une heure à

peine.

— Damon m'a attirée au bout de cinq minutes.

— Moi aussi, répondit Trevor en riant, puis il pencha la tête et prit un air songeur. Je n'ai jamais partagé d'amant auparavant.

— On n'est pas obligé de baiser. Je pense qu'il faut juste passer du temps ensemble pour apprendre à se connaître.

— Tu ne veux pas coucher avec moi ? demanda-t-il alors que ses yeux se plissaient.

Bon sang ! Des boursouflures allaient bientôt apparaître sur ses joues brûlantes.

— Je te trouve très séduisant.

— En plus, je suis doué de mes mains.

— Il y a ça aussi.

— En fait, on peut sortir ensemble et se fréquenter, puis progresser si on découvre qu'on est sexuellement compatibles. Il n'y a pas d'urgence, n'est-ce pas ?

— C'est vrai, accorda Mac.

— Je suis sûr que les plans à trois peuvent être compliqués. Est-ce que c'est possible de ne pas être jaloux ?

Elle n'était pas certaine de savoir comment procéder en matière de possessivité, de jalousie et pour ne pas faire de favoritisme. Mais elle connaissait quelques experts dans ce domaine.

— J'ai une amie...

Trevor fit un bruit.

— Non, pas comme ça, se défendit-elle rapidement. Elle a deux frères.

Les sourcils de Trevor se hissèrent presque jusqu'à la racine de ses cheveux.

— T'as été avec eux ?

— Non ! Laisse-moi t'expliquer.

Trevor hocha la tête, mais demeura silencieux.

— Les deux sont bisexuels.

— Tous les deux ?

Mac arqua un sourcil.

— Désolé, s'excusa-t-il en levant la main. Continue.

Puis il verrouilla sa bouche avec sa main et jeta la clé.

Si la situation n'était pas si critique, elle aurait ri.

— Ses deux frères sont dans des relations qui sont... Je ne sais pas comment on les appelle...

— Des ménages à trois ?

— Oui, mais ce sont des relations sérieuses. Engagées. Par exemple, un ménage à trois a récemment eu des enfants. Ils ont fondé une famille.

— Ça arrive.

— Vraiment ? T'en connais ?

— Pas personnellement, non. C'est ce que tu proposes ?

— Je ne sais pas ce que je suggère, confia Mac en frottant son front. Il faut peut-être que j'aille parler à Gia.

— Gia ?

— Mon amie.

— Mais elle n'est pas dans un ménage à trois, n'est-ce pas ?

— Non, mais elle est en ville en ce moment et loge chez la famille de son frère. Ce serait le moment idéal pour lui rendre visite avant qu'elle parte et... et... observer ? Je connais ses frères depuis les années que j'ai passées avec Gia à l'université, alors je pourrais peut-être leur poser quelques questions.

— Comme la qualité du sexe ?

— Peut-être pas celle-là, répliqua-t-elle en plissant le nez.

— Ce serait une bonne question à poser.

— Je ne demanderais pas un truc auquel je ne voudrais pas répondre moi-même.

Elle pourrait peut-être discuter avec Paige en privé ou

même aller dîner chez Gryff, et parler à Rayne. C'était inutile de commencer quelque chose si était voué à l'échec.

Elle envisageait de s'impliquer dans une relation avec un homme qu'elle connaissait depuis une heure et un autre avec qui elle avait déjà couché, mais qu'elle ne connaissait que depuis une semaine.

Elle avait eu un grand passage à vide... Était-ce pour cela que l'idée l'emballait autant ? Deux hommes...

D'accord, Mac, ça ne veut pas dire que tu baiseras avec les deux en même temps. Mais l'option existait si tout le monde était partant.

Merde.

— On n'oublie pas quelque chose d'important ?

— Quoi ? demanda Trevor en fronçant les sourcils.

Pas quelque chose, mais *quelqu'un.* Quelqu'un qui ignorait ce que Trevor et elle prévoyaient, et qui pourrait même refuser.

— Damon.

Chapitre Douze

Dans la journée de samedi, elle avait ensuite repoussé sa discussion avec Damon en s'excusant par texto. Après avoir contacté Gia, Mac avait été conviée à dîner chez Gray le dimanche soir. Ou plutôt, elle s'était invitée. D'ici là, Damon serait de retour dans les airs.

Trevor et elle avaient décidé qu'elle recueillerait quelques informations, puis qu'ils se réuniraient et élaboreraient un plan avant d'approcher Damon ensemble.

Si celui-ci rejetait l'idée, ils auraient perdu leur temps, mais au moins elle aurait eu une excuse pour voir Gia. Elle ignorait combien de temps la jeune femme resterait en ville pour s'occuper des jumeaux.

Lorsqu'elle avait parlé à Gia au téléphone, son amie avait paru épuisée. Mais cela pouvait être dû aux deux bébés qui pleuraient en arrière-plan. Elle les surveillait pendant que Gray et Connor faisaient leurs tâches d'hommes de maison, et que Paige faisait une sieste bien méritée.

À cause des cris des bébés, Gia avait écourté l'appel et n'avait pas eu le temps de demander la raison pour laquelle

Mac souhaitait se joindre à eux pour le dîner. Heureusement pour elle, car Gia ne cessait de s'intéresser à la vie personnelle de son amie.

Mais à présent, alors que la porte d'entrée du petit manoir des Ward s'ouvrait, elle affronta son amie qui affichait une expression suspicieuse.

— Pourquoi voulais-tu venir dîner ici ? Tu sais que mon cerveau a tourné en boucle pour envisager toutes les possibilités depuis que je t'ai parlé hier. T'as de la chance, j'étais très occupée avec ma nièce et mon neveu.

— Eh bien, bonjour à toi aussi, répondit sèchement Mac en passant devant elle pour pénétrer dans le grand hall haut de plafond.

— Tu n'as pas besoin d'une raison pour venir me rendre visite, mais, bon sang... dit Gia en plissant le nez. Ça pue au Danemark.

— On ne dit pas ça.

— En tout cas, tu m'as compris, rétorqua Gia en agitant la main.

Oui, elle avait saisi ce que son amie voulait dire.

— Alors, crache.

Les mots de Gia amenèrent Trevor à son esprit. Le cœur de Mac voltigea un peu en pensant à la raison pour laquelle elle était là. À part rendre visite à sa meilleure amie, bien sûr.

— Si possible, j'ai besoin de parler à Paige.

— Elle sera au dîner, répondit Gia en faisant une moue et plissant les yeux, puis elle pivota sur ses talons et se dirigea vers le fond de la maison.

— Seule.

Gia se stoppa brusquement et Mac la percuta.

— Tu vas arrêter de faire ça ? T'as besoin de te coller des feux arrière aux fesses.

Gia lui tourna autour.

— Je collerais pas que des feux arrière à mes fesses, rétorqua-t-elle, puis elle agita à nouveau la main en l'air. Mais ne nous égarons pas. Pourquoi tu dois parler à Paige ? T'envisages d'avoir des jumeaux ?

Maintenant, son amie faisait la maligne.

— Oui, j'ai pris rendez-vous dans une banque de sperme parce qu'il n'y a rien de plus séduisant que l'idée d'avoir deux bébés criards, les couches remplies de merde, tout en vomissant en même temps.

— Amen, marmonna Gia. Dès que je rentre en Arizona, je me fais ligaturer les trompes.

Quand Mac essaya de passer devant Gia pour avancer dans le couloir, son amie la bloqua d'un bras.

— Non. Hein, hein. Tu ne vas pas plus loin. En ce moment, je suis la gardienne de Paige. Tu dois me dire ce qui se passe avant que je t'autorise à continuer.

— T'es dérangée.

— Tu vois ça ? s'exclama Gia en tirant sa chemise près d'une tache séchée. Tu sais ce que c'est ? De la bave. Alors oui, je suis dans un sale état.

— Tu crois que je peux avoir quelques instants d'intimité avec Paige ?

— Pas sans moi, répondit Gia en plissant les yeux une fois de plus.

Mac soupira.

— Très bien. À trois. Ça nous donnera une bonne excuse pour l'éloigner de ses hommes. Une discussion entre filles.

Les yeux bruns de Gia s'écarquillèrent et elle trépigna en tapant dans ses mains.

— Ça a intérêt à être une bonne discussion entre filles. Tu me caches quelque chose ? Attends, ça concerne le pilote ?

Elle poussa un petit cri et plaqua une main sur sa bouche.

— Ça *a* un rapport avec le pilote. Oh, il est coquin ?

— Respire, s'il te plaît. Et oui, c'est en rapport avec Damon.

— *Ouiiiiii*. Frère Damon à la peau foncée.

Son amie se lécha les lèvres, puis ses yeux se plissèrent à nouveau, et elle pencha la tête, scrutant Mac.

— Pourtant... Je ne comprends pas pourquoi t'as besoin de parler à Paige. Est-ce que ça concerne le mélange ? demanda-t-elle en faisant tourner son doigt en l'air. C'est ton premier mélange ?

— Un mélange ? répéta Mac en fronçant les sourcils.

Gia leva les yeux au ciel.

— Tu sais, le mélange de chocolat et de vanille ? La réponse a intérêt d'être oui parce que je ne me souviens pas que tu m'aies dit quoi que ce soit à ce sujet.

— Ce n'est pas ça, rétorqua Mac, la chaleur envahissant son cou.

— Tu m'as caché quelque chose ! s'exclama à nouveau Gia.

— Est-ce que j'ai déjà été avec quelqu'un qui méritait qu'on en parle ?

— Euh... songea Gia en se tapotant la lèvre inférieure et regardant le plafond. Non. Mais tu n'as pas eu beaucoup de chance avec les hommes, quelle que soit leur espèce.

— Et toi t'en as eue ? répliqua platement Mac.

— Ne projette pas tes problèmes sur moi. C'est toi qui choisis sans cesse ces trous du cul d'alphas, comme tu les surnommes. Est-ce que Damon est un trou du cul d'alpha ?

— Si c'est le cas, il le cache bien.

— Donc, il est prometteur. Alors encore une fois, pourquoi t'as besoin de...

— Gia !

L'appel à tue-tête provenait de l'autre pièce.

— Tu dois venir ici pour m'aider.

— Rien de plus qu'une femme de ménage, grommela Gia en levant les yeux au ciel à la demande de Gray. Ils feraient mieux de faire attention, ou j'attrape le prochain vol pour Phoenix.

Elle pointa Mac du doigt.

— On n'en a pas fini avec cette discussion.

— On pourra poursuivre une fois qu'on sera seules avec Paige.

Gia s'offusqua bruyamment et se dirigea vers la cuisine, Mac sur ses talons.

— Je vais exercer ma magie.

Mac sourit.

Trevor accepta le verre de thé glacé plein de condensation que Mac lui tendait. Depuis qu'il était arrivé chez elle, ce n'était pas la première fois qu'il se surprenait à laisser son regard errer sur les cheveux roux de la jeune femme, ses taches de rousseur et ses hanches élancées qui présentaient juste assez de courbes.

Ouais... Damon et lui avaient les mêmes goûts, c'était certain. Comme Damon, il préférait les hommes aux femmes. Mais avant de rencontrer celui-ci et se poser avec lui, il avait apprécié la compagnie de quelques femmes. Et après...

Après... Toutes les personnes qu'il avait fréquentées n'étaient pas là pour lui donner du plaisir. C'était juste pour satisfaire son besoin anormal.

Mais depuis le massage qu'il lui avait fait samedi pendant lequel il avait vu ses discrètes réactions à son égard, celles qu'elle avait tenté de cacher sans y parvenir, il s'était ouvert à l'idée d'être à trois.

Il se retrouvait donc à nouveau chez elle, à parler avec

une femme que Damon désirait, ignorant ce qui se passait dans son dos.

Cela pouvait bien entendu se retourner contre eux. Contre eux deux.

Au pire, il espérait que Damon sortirait au moins avec eux deux pendant un certain temps, même séparément, et qu'il se baserait là-dessus.

Atypique ? Oui. Mais il y avait de nombreux couples qui n'étaient pas exclusifs ou qui avaient une relation ouverte et qui, tout en ayant leur « partenaire principal », fréquentaient d'autres personnes.

Ces trois derniers jours, Trevor n'avait pensé à rien d'autre. À chaque client qu'il avait eu lundi et aujourd'hui, son esprit avait dérivé et il avait imaginé à quoi ressemblerait un ménage à trois avec Damon et Mac.

Bien que Damon et lui en eussent parlé pour plaisanter, ils ne l'avaient jamais sérieusement envisagé. Damon n'avait jamais cherché à intégrer quelqu'un à leur relation. De son côté, Trevor n'était pas certain qu'il aurait évité cette spirale infernale avec l'ajout d'un troisième partenaire. Probablement pas.

À côté de Trevor, Mac prit son verre de thé glacé et s'adossa au comptoir. Elle leva son verre et il trinqua.

Sans trop y réfléchir, il tendit la main et enroula une mèche de cheveux autour de son doigt, pour en examiner la couleur. Comme elle ne portait qu'un caraco bleu roi et un short en coton blanc, il ne rata pas les tétons qui pointèrent sous le tissu élastique.

— Ce bleu met vraiment tes cheveux en valeur, murmura Trevor.

Il avait envie de toucher plus que ses cheveux.

— Et tes yeux.

— T'y as pensé autant que moi ? demanda-t-elle en approchant le verre de ses lèvres.

Trevor but une gorgée de son thé, posa son verre derrière lui et se tourna vers elle, appuyant sa hanche sur le comptoir.

— La vérité ?

Mac acquiesça, évitant son regard. Une rougeur s'élevait déjà sur sa poitrine. Elle avait la peau si claire qu'il lui en fallait peu pour marquer.

— Je ne pense qu'à ça. Non seulement j'ai eu une érection constante, mais j'ai massé le pied gauche d'une de mes clientes pendant vingt minutes au lieu des cinq minutes de mise.

— Pourquoi elle n'a rien dit ? rit Mac en tournant enfin les yeux vers lui.

— Elle s'est endormie.

— Tu as ce genre d'effet sur les gens.

— Tu veux dire que je suis soporifique ?

— Je dis que tes mains sont magiques, rectifia-t-elle en souriant.

— Je suppose que tu ne refuseras pas un autre massage, rétorqua-t-il en lui rendant son sourire.

— Mets-moi sur ton planning, une fois par semaine.

— C'est noté. J'ai hâte de reposer mes mains magiques sur toi, avoua-t-il en remuant les doigts.

Elle posa son verre et se tourna vers lui, mais resta silencieuse une minute.

Il haussa des sourcils interrogateurs, puis déglutit lorsque les yeux de Mac fixèrent ses lèvres. Machinalement, il les lécha.

— J'ai une alchimie avec Damon, dit-elle.

— Je sais.

— Avant qu'on lui présente tout ça, je pense qu'on doit découvrir si c'est le cas pour nous aussi.

— C'est ce que ton amie a dit ?

Elle acquiesça, sa lèvre inférieure coincée entre ses dents.

— Je dois t'embrasser ? proposa-t-il timidement.

Elle hocha une nouvelle fois la tête et relâcha sa lèvre, faisant courir le bout de sa langue au coin.

Trevor fut envahi par l'excitation qui atterrit dans ses couilles. Il pouvait deviner qu'ils auraient une sorte de connexion, même si elle n'était que sexuelle.

Il tendit lentement la main et passa son pouce sur la lèvre inférieure de Mac, puis décala sa hanche le long du comptoir jusqu'à combler le léger écart qui les séparait.

— Alors je vais t'embrasser, l'avertit-il, leurs regards fixes.

Elle hocha une nouvelle fois la tête, sans rien dire.

Était-elle nerveuse ?

Lui-même l'était, bon sang. Ils naviguaient en terrain inconnu. La dernière chose qu'ils souhaitaient, l'un comme l'autre, c'était de heurter un iceberg et se mettre Damon à dos.

Les lèvres de Mac s'écartèrent légèrement lorsqu'il glissa sa main sur sa mâchoire, attrapant son visage et l'inclinant vers le haut.

— Prête ? murmura-t-il en ne rompant pas leur regard et baissant la tête.

Le souffle chaud de son haleine frappa les lèvres de Trevor juste avant qu'il s'empare de sa bouche. Les lèvres de Mac étaient douces et il perçut son goût de thé sucré lorsqu'il introduisit sa langue à l'intérieur.

Alors qu'un gémissement s'élevait de la gorge de la jeune femme, il approfondit le baiser. Son sang commença à dévaler son corps vers la région sud pour se regrouper dans sa queue. Elle pouvait probablement la sentir contre son bas-ventre.

Cela faisait sûrement plus d'un an qu'il n'avait pas été

avec une femme, et il fut surpris de constater à quel point Mac l'excitait. La douceur de ses lèvres, la pression de ses seins contre son torse. Homme ou femme, bien qu'il aime les deux, chaque sexe avait quelque chose de différent à offrir.

Il ne voulait pas exagérer... D'accord, il *voulait* le faire, mais il savait que ce n'était pas le bon moment. Il s'efforça de garder son sang-froid. Même s'il avait envie de la toucher partout, et pas pendant un massage, il savait qu'il valait mieux attendre. Damon devait participer. Bon sang, il devait être au courant. Il ne l'était pas.

Trevor rompit le baiser, se retrouvant aussi essoufflé que Mac.

Les joues rougies de la jeune femme faisaient briller ses yeux. Non seulement elle était charmante, mais elle était aussi sexy. En plus, elle embrassait très bien.

Il recula à contrecœur, ses doigts souhaitant absolument ajuster son érection, qui était coincée de travers dans son caleçon.

— Maintenant quoi ? demanda-t-elle, un peu à bout de souffle.

— Maintenant, on discute de la façon d'aborder le sujet avec Damon. On a tous les deux adoré le baiser. J'en voulais plus, et toi ?

— Oui.

— T'as appris quoi du trio avec lequel t'es allée parler ?

— Je n'ai parlé qu'à la femme dans la relation.

— Et ?

— Eh bien, voici le problème avec Paige. Elle était mariée à Connor quand ils ont cherché un troisième partenaire. Ils avaient déjà un lien, une relation au sein de laquelle ils voulaient explorer. On n'est pas dans ce cas-là. T'avais une relation avec Damon, mais elle a été interrompue. Je suis la nouvelle personne dans l'équation.

— Parce qu'elle a été endommagée, c'est comme si on repartait de zéro ?

— Je ne pense pas. Même si vous n'êtes pas ensemble, vous vous aimez toujours, vous avez encore des sentiments l'un pour l'autre. Même si Damon essaie de les combattre. Quoi qu'il en soit, je suppose que je suis la troisième roue du carrosse. Elle a suggéré qu'on... et quand je dis on, je veux dire nous trois... dîne avec Gryff, Rayne et Trey.

— C'est qui ?

— La belle-famille de Paige. Gryff est le frère de Gray. D'après ce que Paige et Gia ont dit, il a commencé à peu près au même moment sa relation avec Rayne et Trey.

— Aucun d'entre eux n'était en relation avant ?

— Non.

Intéressant.

— Tu crois qu'ils seraient prêts à nous rencontrer, pour qu'on puisse voir leurs dynamiques ?

— Oui, je pense. Gia a appelé son frère pour lui expliquer la situation. Mais ils ne sont pas les seuls à devoir être d'accord.

— C'est vrai. Il y a encore une personne qui n'est pas au courant.

— S'il dit non...

Mac laissa sa phrase en suspens.

— Alors, il dit non. Ma relation avec lui est à jamais brisée et la relation que j'espère développer avec toi ne verra jamais le jour.

— Tu souhaites créer une relation avec moi ?

Trevor fixa ses pieds pendant quelques secondes, le temps de rassembler ses idées. Il devait faire attention à la façon dont il formulait la suite.

— Je veux réparer ma relation avec Damon. Si t'es incluse

dans l'équation, alors je suis prêt à essayer. Mais la vérité, c'est que tu m'attires aussi. Ce que je trouve le plus surprenant, c'est que je ne ressens aucune jalousie en vous imaginant Damon et toi.

— Aucune ?

Elle ne le croyait pas.

— Aucune depuis samedi. J'ai un peu appris à te connaître. J'ai pu découvrir ce que Damon voit en toi. Je n'ai pas non plus senti de jalousie de ta part.

— C'est parce que je n'ai aucune raison d'être jalouse. Damon et moi nous connaissons depuis un peu plus d'une semaine. On...

Elle laissa sa phrase en suspens, et une rougeur envahit son visage, si vive qu'elle atteignit même le bout de ses oreilles.

Trevor se rapprocha, glissa sa main sous le menton de Mac et lui leva le visage.

— Mac, tu t'embarrasses beaucoup trop facilement. Je sais ce qui s'est passé entre vous vendredi soir. Il n'y a aucune raison d'être gênée. Même si j'étais un peu contrarié samedi matin, ça ne me pose aucun problème. Honnêtement, je n'ai pas le choix.

Il caressa son menton avec son pouce.

— Je devrais probablement être jaloux, mais pas parce que t'étais avec Damon. Ou pas parce que Damon était avec toi. Depuis samedi, je veux moi-même en faire l'expérience. Si Damon n'est pas d'accord, alors je ne pourrai peut-être jamais le vivre.

— À moins qu'il nous repousse tous les deux pour avoir pensé à des trucs aussi fous.

— C'est vrai, accorda-t-il en riant. Il pourrait très bien le faire. Mais j'espère que non.

Trevor finit sa phrase en un murmure.

— J'espère qu'il ne le fera pas non plus, dit-elle tout aussi doucement.

— On ne connaîtra pas sa réaction tant qu'on ne lui en aura pas parlé.

— Ce sera quand ? Gia a indiqué qu'elle allait voir si Gryff et ses partenaires étaient disponibles ce week-end.

— Alors on le fera quand Damon aura fini son planning.

— Demain, il m'a dit.

Demain. Trevor fut à la fois excité et effrayé. Il souffla un grand coup.

Son cul se mit à sonner. Il sortit son portable pour ignorer l'appel et l'envoyer sur la messagerie vocale lorsqu'il vit qui le contactait.

Merde.

Il tourna le téléphone pour que Mac puisse voir le nom de la personne s'affichant à l'écran.

— Merde, dit-elle, faisant écho à sa pensée.

Il leva pour lui dire d'attendre et mit le portable à son oreille.

— Day.

Trevor fronça les sourcils lorsque la voix furieuse de Damon résonna dans le téléphone.

— Je suis garé derrière ta voiture. Trevor, pourquoi ton véhicule est dans l'allée de Mac ?

Trevor prit une inspiration pour répondre, mais Damon ne s'arrêta pas.

— Tu ferais mieux d'avoir une très bonne raison. Une *très* bonne raison. Dis à MacKenzie d'ouvrir la porte et il vaudrait mieux pour vous deux que vous soyez habillés.

Le téléphone s'éteignit. Trevor l'éloigna et vit qu'il avait raccroché.

Puis quelqu'un commença à frapper à la porte d'entrée.

Merde.

— Merde, lâcha Mac, répétant ses pensées. C'est lui ?

— Il n'est pas content, confirma Trevor en hochant la tête, se sentant blêmir.

— On ne dirait pas. Comment il sait où j'habite ?

Leurs regards se croisèrent.

— Google ! crièrent-ils en même temps.

— Argh ! s'exclama Mac en portant une main à son front.

Ses yeux écarquillés croisèrent ceux de Trevor.

— Je dois aller ouvrir ? On n'est pas prêts.

— Je suppose qu'on va devoir improviser.

— T'es sûr qu'on veut lui proposer ce plan ?

— Et toi ? demanda-t-il à son tour.

Elle répondit à sa question en se précipitant vers la porte d'entrée.

Merde.

Chapitre Treize

La porte d'entrée de l'appartement s'ouvrit et après un rapide coup d'œil à Mac, il regarda au-dessus de sa tête pour faire les gros yeux à Trevor. Il se tenait au bout d'un couloir qui semblait mener à une cuisine.

Fumier.

— Tu m'évites, lâcha-t-il après avoir desserré les mâchoires. Maintenant, je sais pourquoi.

Mac inspira un grand coup, ramenant l'attention de Damon sur elle.

— Je ne pensais pas que tu rentrerais avant demain soir.

Super agréable.

— J'ai changé de trajet avec un autre pilote. Tu ignorais mes appels et je me suis dit que je ferais mieux d'en découvrir la raison.

Son regard revint sur Trevor.

— Maintenant, je sais. Sérieusement, Trev ? T'as agi dans mon dos et fait des avances à la femme qui m'intéresse ? Qu'est-ce que tu fous ici ?

Même de là où il se trouvait, il put voir les lèvres de Trevor faire une moue.

— Ce n'est pas ce que tu crois...

Lorsque Mac laissa sa phrase en suspens, Damon l'aperçut grimacer.

— Non ?

— Eh bien, ce n'est pas *tout à fait* ce que tu penses, corrigea-t-elle.

— Ça devrait me plaire, marmonna-t-il.

Pourquoi était-il encore là ? Il devait tourner les talons et s'en aller. Si la femme qu'il désirait était poursuivie par celui qui avait été son amant, alors...

Alors, il n'avait pas à s'en mêler.

Il secoua la tête et rebroussa chemin.

— Non ! l'appela Trevor, l'arrêtant net. Damon ! Ne pars pas.

Il resta sur le bord du perron en béton, fixant la voiture de son ex dans l'allée, tandis qu'il entendait l'homme se précipiter dans le couloir.

Son cœur se mit à battre beaucoup trop fort à son goût.

— Damon, répéta Trevor plus doucement. Ce n'est vraiment pas ce que tu crois.

Il jeta un coup d'œil par-dessus son épaule. Dans l'embrasure de la porte, Trevor se tenait derrière Mac et avec le mètre quatre-vingt-cinq de Trevor, la femme sembla plus petite qu'elle ne l'était en réalité.

— Tu sais, je t'ai accordé la possibilité de m'expliquer pourquoi t'es parti il y a cinq ans. Je ne suis pas sûr d'avoir la patience de te laisser m'expliquer ce qui se passe. T'as gagné, Trev, et t'as rendu ma décision beaucoup plus facile à prendre. Tous les deux.

— Damon, s'il te plaît, entre et écoute-nous. Si tu ne le

laisses pas éclaircir la situation, accorde-moi cette chance. *S'il te plaît*, supplia Mac.

Damon ferma les yeux. Quand il les ouvrit, la voiture de Trevor était toujours dans l'allée de Mac. Cela n'avait aucun sens.

— T'essaies encore de me faire souffrir, Trev ? demanda-t-il en se tournant vers eux. Est-ce que je t'ai fait un truc dont je ne suis pas conscient pour que tu continues à me briser le cœur ? Tu peux me dire ce qui t'aurait poussé à faire une chose pareille ?

— Je n'essaie pas de te faire du mal. Je tente de te rendre heureux.

— Comment ? s'étonna Damon en secouant la tête, incrédule.

Son ex passa devant Mac pour se placer face à Damon. Suffisamment près pour que celui-ci puisse voir les taches grises et argentées de ses iris. L'odeur familière de Trevor envahit ses narines.

— Je sais que ça donne mauvaise impression. Mais ce n'est pas le cas. Ou du moins, ce n'était pas l'intention. Je suis venu ici samedi après-midi pour apprendre à connaître Mac. Je m'étais dit que si je découvrais qu'elle était parfaite pour toi, j'abandonnerais. Parce que je *veux* que tu sois heureux, Day. Il n'y a rien que je désire plus. Tu le mérites après ce que j'ai fait.

— Te trouver ici ne me ravit pas vraiment.

— Je sais. On n'avait pas prévu que ça se passe comme ça.

Prévoir ? Qu'avaient-ils planifié ? Et pourquoi ?

— Tu veux me dire comment t'as fait pour te retrouver là samedi ?

— Il est venu me parler, intervint Mac qui les rejoignit et se mit à côté de Trevor. Pour m'expliquer pourquoi il s'était présenté à ta porte ce matin-là.

Si elle croyait aider Trevor, elle se trompait.

— Pourquoi t'as fait ça, Trev ? Je t'ai dit que j'avais besoin d'y réfléchir. Je suis venu m'excuser, Mac, pour l'arrivée inopinée de Trevor samedi matin. J'ai essayé de t'appeler plusieurs fois, et tu m'as ignoré. Si tu n'es plus intéressée, t'aurais pu me prévenir. Je t'ai répété que la communication et l'honnêteté étaient essentielles pour moi.

— Day, rentre, insista Trevor en posant une main sur le bras de Damon. Mettons les choses au clair.

— T'as couché avec elle ?

— Non, assura Trevor en le regardant droit dans les yeux.

Pourquoi cette réponse ne le soulageait-il pas ? Parce qu'il se passait autre chose. Dans son dos. Il n'aimait pas cela. Pas du tout.

Il aurait peut-être dû poser la question différemment.

— Tu veux baiser avec elle ?

— Est-ce qu'on peut faire ça ailleurs, s'il te plaît ? demanda Trevor en lui pressant le bras.

Damon fixa les doigts enroulés autour de son biceps. Il devrait être en colère contre Trevor, et non pas être en manque de lui. Il essaya de repousser cette idée.

— Ce n'était pas une réponse, Trev. Ce n'était certainement pas un non.

— Non, en effet, dit Trevor doucement.

La colonne vertébrale de Damon se raidit et il se redressa.

— Alors je n'ai aucune raison d'être ici.

Lorsqu'il voulut se retourner, Trevor lui serra le bras plus fort pour l'empêcher de partir, à moins de l'arracher.

— Trev, lâche-moi.

— Je ne te laisserai pas t'en aller.

Les yeux de Damon passèrent de la main de Trevor à ses yeux gris. Ils contenaient une détermination et une autorité qu'il n'avait jamais vues, même toutes ces années auparavant.

Trevor avait toujours permis à Damon de contrôler leur relation, mais il semblait que l'homme avait vécu une deuxième vie pendant son « périple », alors les choses avaient peut-être changé.

Cette confiance, cette force, provoqua l'agitation de la bite de Damon dans son pantalon, ce qui le surprit.

— Viens à l'intérieur et laisse-nous te parler, dit Trevor plus fermement, ses doigts se crispant sur les bras de Damon.

Trevor n'accepterait pas de refus. Le pouls de Damon commença à s'emballer. Il contempla l'homme face à lui, et un mélange de passion, de désir et d'amour inonda sa poitrine.

— T'as changé, murmura Damon.

— Je n'avais pas le choix. Je devais reprendre le contrôle de ma vie, sinon elle m'aurait détruit.

Le regard de Damon se porta sur Mac, qui avait une main sur la hanche de Trevor. Était-ce pour intervenir si les choses devenaient physiques entre eux ? Si c'était le cas, elle finirait blessée, et non pas à aider.

Mais de toute façon, il n'y avait aucune crainte à avoir. Il ne frapperait jamais Trevor, même sous le coup de la colère. Les vrais hommes ne font pas un truc pareil aux personnes qu'ils aiment. Ils discutent. Une chose que Trevor lui avait refusée par le passé.

Il allait rejeter cette même chance à Trevor.

Il acquiesça, plus pour lui-même que pour les autres, et ravala la boule dans sa gorge.

— D'accord, parlons.

— Merci, souffla Trevor alors que sa poigne se desserrait.

Damon se força à hocher à nouveau la tête et les suivit à l'intérieur. Mac leur indiqua un endroit près de l'entrée, qui s'avérait être un salon.

— Je vous en prie, asseyez-vous. Une bière, Damon ?

Une bière n'allait pas être assez puissante pour tempérer ses nerfs.

— Tu n'as rien de plus fort ?

— Du Captain Morgan ?

Ce n'était pas son alcool préféré, mais cela ferait l'affaire.

— S'il te plaît, dit-il en s'installant au bout du divan, et il fut surpris de voir que Trevor ne l'imitait pas.

— Je vais t'aider, annonça son ancien amant à la place, puis il suivit Mac hors de la pièce.

Eh bien, bon sang !

Ses pensées commencèrent à partir en vrille alors qu'il renversait sa tête sur le canapé et fixait le plafond. Pourquoi n'arrivait-il pas à réaliser que Trevor était chez Mac ?

Ce n'était pas de la jalousie qu'il ressentait. C'était de la déception. Il était dépité que Trevor ait contacté Mac alors qu'il n'en avait pas le droit.

Oh, attendez. La raison qu'il avait donnée, c'était d'éclaircir pourquoi il s'était présenté à la porte de Damon samedi matin dernier. Cette explication aurait dû venir de lui, pas de Trevor. Damon en était tout aussi capable.

Celui-ci se redressa en entendant des pas. Trevor entra le premier et lui tendit un verre.

— Bon sang, c'est fort ! s'exclama-t-il en toussotant après avoir bu une gorgée.

Les lèvres de Trevor se courbèrent légèrement aux coins.

— Je me suis dit que t'en avais besoin.

— J'ai aussi besoin de conduire.

— Pas encore. Tu seras bon.

Cette fois, Damon prit une plus longue gorgée en se préparant à la brûlure qu'il ressentirait dans son œsophage.

— Est-ce qu'il y a du soda dedans ?

— Oui.

Damon regarda le verre dans la main de Trevor qui s'asseyait à l'autre bout du canapé, laissant un grand espace entre eux.

— Qu'est-ce que tu bois ?

Le verre semblait moins corsé que celui de Damon, mais ce n'était pas de la bière.

— Du thé glacé. Elle le fait maison.

Elle le fait maison.

Trevor savait quelque chose sur elle que Damon ignorait. *C'était quoi ce bordel ?*

— Je ne bois plus, expliqua Trevor d'une petite voix.

— Je croyais que tu n'étais pas toxico, répliqua Damon en tournant la tête vers lui.

— Ce n'est pas le cas.

— C'est un choix personnel, alors ?

Après avoir avalé une gorgée de son thé glacé, Trevor prit son temps pour poser son verre sur la table basse devant le canapé en saisissant un dessous de verre.

— Oui. C'est mieux.

— Trevor, chuchota Damon en attrapant la main de son ex avant qu'il la remette sur ses genoux. C'était pire que ce que tu m'as raconté.

— Oui, confirma Trevor sans rencontrer le regard de Damon.

— Je suis désolé.

— Moi aussi.

Mac revint dans la pièce. Elle avait en main une boisson similaire à celle de Damon, sauf que son verre était déjà à moitié vide. Elle le posa sur la table basse, à côté de celui de Trevor, et tira une chaise face au canapé.

Alors qu'elle s'asseyait, Damon laissa son regard errer sur elle. Il devrait lui en vouloir d'avoir permis à Trevor d'entrer chez elle, de pénétrer dans sa vie, dans leur relation naissante.

Ce n'était pas le cas. Il espérait qu'il y avait une bonne raison.

Il avala encore un peu de sa boisson corsée, la chaleur envahissant ses entrailles, puis il mit le verre de côté et croisa les bras sur sa poitrine.

Il avait hâte de connaître cette raison.

Après que Trevor était parti pour apporter son verre à Damon, Mac était resté quelques minutes dans la cuisine.

Ils avaient échangé peu de mots parce qu'ils étaient tous les deux trop nerveux pour élaborer un meilleur plan d'action. Ils allaient devoir improviser.

Après avoir préparé son verre, aussi fort que celui de Damon, elle repensa à sa conversation avec Gia. Bien qu'elles aient réussi à isoler Paige, c'était Gia qui avait fini par parler le plus, ce qui était typique de son amie. Paige n'était intervenue que lorsque c'était nécessaire.

Quand Gia avait compris pourquoi Mac souhaitait discuter avec Paige, elle avait failli exploser. Sans détour, elle avait déclaré que Mac était une idiote si elle laissait filer l'occasion d'être avec deux hommes.

Étonnamment, Gia avait presque été la voix de la raison.

— C'est quoi la différence entre « fréquenter » un homme ou deux ? Tu dois quand même passer par l'étape durant laquelle tu détermines si c'est le bon, si c'est quelqu'un avec qui tu veux être afin d'envisager un potentiel futur. La différence, c'est que tu dois voir si tu t'entends bien avec deux hommes plutôt qu'un.

— C'est déjà assez difficile avec un seul homme, se plaignit Mac.

— Mais tu l'aimes bien. Le sexe est plaisant ? demanda

Gia en levant la main. S'il te plaît, dis-moi que le sexe est torride. Parce que je peux juste fermer les yeux et m'imaginer avec ce sexy pilote dans cet uniforme qui fait saliver. S'il te plaît, accorde-moi ce fantasme pour me réchauffer ce soir.

— C'est... On a seulement... Honnêtement, c'était le meilleur coup de ma vie.

C'était évidemment vrai, même si cela n'avait duré qu'une nuit.

Et un matin.

— L'autre type, l'ex, celui qui est arrivé à l'improviste, il est canon ? s'enquit Gia en agitant la main.

— Honnêtement, il est... magnifique. Sexy. Mais ils ont une connexion puisqu'ils ont été ensemble pendant des années. Je ne suis pas sûre de pouvoir trouver ma place.

— Oh, si tu peux. Tu peux te glisser, te caler, te faufiler entre eux. Ensuite, tu pourras les découvrir tous les deux. Pfiou !

Gia s'éventa le visage.

— Je commence à avoir chaud rien qu'en y pensant.

— Écoute... dit finalement Paige. J'étais folle amoureuse de Connor avant de rencontrer Gray. Même si ça a été un peu difficile au début, une fois que tout s'est arrangé...

Elle sourit.

— Ça en vaut vraiment, vraiment, *vraiment* la peine. Est-ce que les choses sont encore un peu mouvementées ? Oui, même avant les jumeaux. Mais l'important, c'est de mettre la jalousie de côté et que tout le monde soit sur un pied d'égalité. Pas de favoritisme. Mais ça ne veut pas dire non plus que vous devez tous coucher ensemble en même temps. À certains moments, Gray traîne Connor au lit un peu plus tôt. Est-ce que je peux me joindre à eux ?

Paige haussa les épaules.

— Bien sûr, ils ne diraient pas non. Mais parfois, ils ont

besoin de passer du temps ensemble, juste tous les deux. Puis j'ai beaucoup de moments intimes, où je suis seule avec Gray, lorsque Connor est en déplacement pour le travail. C'est la même chose avec Connor quand Gray part dans des universités pour recruter des footballeurs. Mais laisse-moi te dire à quel point c'est torride lorsque je suis là et qu'ils...

Un sourire traversa son visage et son expression s'adoucit.

— C'est très excitant, du moins pour moi, de regarder les deux hommes que j'aime faire l'amour. Quand ils tournent tous les deux leur attention vers moi...

— C'est comme ça que t'es tombée enceinte et que t'as maintenant un bébé de chacun d'eux, lui avait rappelé Gia. T'as amené le terme mélange « chocolat-vanille » à un autre niveau.

— En effet, marmonna Paige.

Mac sursauta lorsque Gia frappa la table où elles étaient assises, au bord du lac.

— Comment ça se fait que ça continue ? Je veux un putain de ménage à trois, et tous les autres tombent dessus d'une manière ou d'une autre ! Si Gayle annonce qu'elle est dans un ménage à trois, je saute d'une putain de falaise.

— Tu n'as jamais pensé que tu n'étais pas destinée à faire partie d'une triade ? Qu'il n'y a peut-être qu'un seul homme pour toi, prêt à vénérer le sol sur lequel tu marches ? Ça ne te suffirait pas ?

Gia fit une moue en considérant les mots de Paige, puis secoua la tête.

— Non. S'il existe, il ferait mieux de se mettre au travail pour nous trouver un troisième partenaire. Parce que c'est le but de ma vie. Être adorée par deux hommes.

— La quantité ne fait pas la qualité, murmura Mac.

— Dis la femme qui a une opportunité pour laquelle je serais prête à tuer. Tu dois au moins tenter. T'aimes bien

Damon. Si tu n'essaies pas, tu crois que tu vas le perdre ? demanda Gia, après avoir marqué une pause.

— Je ne sais pas. Comme je l'ai dit, il existe une forte connexion entre eux. Bien qu'elle soit effilochée et endommagée, d'après le peu d'interaction que j'ai vu, je pense qu'il n'en faudra pas beaucoup pour qu'elle se consolide.

— Il y a vraiment une connexion entre Damon et toi ? demanda Paige.

— Oui.

— Et avec ce Trevor ?

— Oui, au moins sur le plan sexuel. On n'a pas passé assez de temps ensemble pour qu'il y ait plus.

— Attends ! s'écria Gia, faisant grimacer Paige et Mac. T'as aussi couché avec Trevor ?

— Pas encore. Mais quand il m'a fait un massage, ce n'était pas ordinaire.

Une chaleur monta aux joues de Mac.

— Un massage avec une issue heureuse ?

— Non, mais j'ai senti un truc entre nous. Encore une fois, ce n'était qu'une attirance sexuelle.

— C'est tout ce dont t'as besoin pour commencer, dit Paige. Écoute, j'ai failli fondre quand j'ai aperçu Gray à l'autre bout de la pièce, et mon mari était assis à côté de moi.

— Ça ne l'a pas dérangé ? s'enquit Mac en haussant les sourcils.

— Non, il était aussi intéressé.

— Cela semble trop facile.

Sans oublier que ce n'était assurément pas un mariage normal.

— Comme je l'ai dit, ce n'était pas le cas. On a eu des moments difficiles au début. Le sexe était génial, mais Gray avait le sentiment d'être la troisième roue du carrosse parce que Connor et moi étions ensemble depuis longtemps. On avait cette forte connexion dont tu parles.

— C'est ce que je crains. Avoir l'impression d'être la troisième roue du carrosse. Trevor et Damon ne sont peut-être plus ensemble maintenant, mais ils l'étaient. Ils ont un passé.

— Réécris l'histoire, suggéra Gia en fronçant les sourcils.

— On ne peut pas réécrire le passé, dit Paige. Il faut se dessiner un nouveau chemin. Tu devras peut-être te frayer un passage avec une machette. Mais, encore une fois, ça peut en valoir la peine. En tout cas, c'était le cas pour nous. Pour mon frère et celui de Gray aussi.

— C'est Trey ton frère ?

— Mon frère est Logan, répondit Paige en souriant. Il fait également partie d'une triade, et eux aussi ont des enfants maintenant.

— Bon sang, murmura Mac.

— N'est-ce pas ? s'exclama Gia. Je dois découvrir quel parfum de Capri-Sun vous buvez tous.

— Si vous êtes tous les trois prêts à essayer, invite-les à venir ici. Traînez avec Gryff, Rayne et Trey. Parfois, Logan, Ty et Quinn organisent des soirées à la ferme. Voyez quelles sont les dynamiques dans un trio par rapport à un couple.

— Je ne savais pas qu'il y avait autant de gens qui étaient polygames, chuchota Mac, surprise.

— Même si ce n'est pas fréquent, ce n'est pas inhabituel non plus, confirma Paige. Pour la plupart, on ne le cache pas. Ce n'est pas le cas de toutes les relations polyamoureuses. Une relation considérée comme « différente » peut être mal vue par les autres, qui pourraient penser qu'on n'est pas « normaux ».

Paige haussa les épaules.

— Chacun ses goûts. On est tous des adultes consentants qui ont créé une famille. Si les autres ne sont pas contents, qu'ils se mêlent de leurs oignons, conclut Paige, puis elle remonta vers la maison pour allaiter les jumeaux.

Gia et Mac étaient restées sur le quai.

— Tu dois au moins explorer cette possibilité.

— On n'en a même pas encore parlé à Damon.

— Alors, fais-le.

— S'il n'est pas d'accord ?

— Alors, c'est un imbécile.

Mac n'était pas sûre que ce soit vrai. C'était peut-être elle l'idiote qui avait suggéré cet arrangement en premier lieu. Mais maintenant, assise sur une chaise face aux deux hommes installés dans le canapé, elle essayait de ne pas gigoter.

Elle jeta un coup d'œil à Trevor et lui lança un regard interrogateur, se demandant qui devait commencer. Discrètement, celui-ci la désigna d'un doigt près de sa cuisse, là où Damon ne pouvait pas voir le geste.

Merde.

— Damon... souffla-t-elle après avoir pris une profonde inspiration.

Elle attrapa vite son verre et avala une grande gorgée avant de le reposer, car sa main tremblait.

— J'ai vraiment apprécié le temps qu'on a passé ensemble à parler, à apprendre à se connaître et... d'autres choses.

Bon sang, même le bout de ses oreilles était en feu.

— *D'autres choses*, murmura Damon avec une expression maussade.

Elle jeta un rapide coup d'œil à Trevor, qui avait l'air un peu amusé.

— Elle parle de sexe, Day.

L'air renfrogné de Damon s'accentua et il tourna la tête vers Trevor.

— Je sais de quoi elle parle, dit-il, puis il se retourna vers

Mac. J'ai également apprécié. C'est pour ça que je suis surpris de trouver Trevor ici et de découvrir qu'il est chez toi samedi.

— Il... euh... On... euh...

Mac se mordit la lèvre inférieure, tentant de rassembler ses pensées dispersées.

— Bien qu'il se soit présenté à l'improviste samedi, je lui ai accordé une chance, Damon. Je n'ai pas simplement fermé la porte.

— Et ce soir ?

— Il était invité.

— Pour ?

— Une discussion sur la façon d'avancer.

Alors que Damon fronçait encore plus ses sourcils foncés, Mac se dépêcha de continuer.

— J'ai vu... je *vois* à quel point il t'aime... encore, et à quel point il souhaite que tu lui donnes une seconde chance.

— Je ne pouvais pas non plus ignorer ce que tu voyais en Mac, intervint finalement Trevor. On a toujours eu les mêmes goûts en matière d'hommes ou de femmes. N'est-ce pas ?

Les sourcils de Damon étaient toujours froncés, mais il fixait maintenant Trevor.

— C'est quoi le rapport ?

— Lors de ma présence ici, Mac a eu un nœud qui la faisait souffrir. Au niveau des muscles d'une épaule.

— Oh ! T'as eu la gentillesse de la soulager de ce nœud ?

— En effet, le coupa Mac.

Damon la fixa pendant un trop long moment.

— Et une chose en a entraîné une autre ?

— Pas tout à fait, marmonna Trevor en se frottant le visage.

Il se tourna sur le canapé pour faire face à Damon.

— On a ressenti une petite attirance l'un pour l'autre...

— Une petite ?

— D'accord, une grande, avoua Trevor. On en a parlé.

— Ah, oui, la clé c'est la communication, lâcha sèchement Damon.

— Je me suis senti mal de t'avoir mis dans cette situation.

— Il n'y a pas de situation. Je suis attiré par MacKenzie.

Les yeux sombres de Damon la clouèrent soudain à sa chaise.

— Ou je l'étais.

— Si tu ne l'étais plus, tu ne serais pas assis ici, rétorqua Trevor d'une petite voix.

— Alors, pouvez-vous tous les deux en venir à l'essentiel ? Pourquoi je reste posé là ?

Chapitre Quatorze

Ce pouvait être la fin. Damon pourrait se mettre en colère et partir en trombe. Trevor lança un coup d'œil à Mac, dont le visage était plus pâle que d'habitude.

C'était elle qui devrait se jeter à l'eau. Après tout, c'était son idée, même s'il convenait qu'elle était bonne.

Damon pourrait considérer plus sérieusement la proposition si elle la lui présentait. Il craignait qu'il refuse si Trevor l'exposait. Il rejetterait la suggestion avant même de l'avoir envisagée.

Trevor haussa un sourcil à l'intention de Mac, dont les lèvres tressaillirent nerveusement. Mais elle puisa au plus profond d'elle-même et se tourna vers Damon avec assurance.

— On s'est dit que tu pourrais nous fréquenter tous les deux.

La bouche de Damon s'ouvrit, mais rien n'en sortit. Toisant Mac, il frotta son front avec le bout de son pouce.

— Je ne comprends pas.

— Réfléchis, on commence juste à se connaître. Bien sûr,

on peut continuer. Trevor et toi pourriez aussi arranger les choses entre vous deux, si tu le souhaites.

— En même temps ? demanda-t-il alors qu'une expression confuse traversait son visage. Je ne suis toujours pas certain de saisir. Tu veux dire qu'un soir, j'aurais un rendez-vous avec Trevor, et que le lendemain, je te verrais ?

— Eh bien...

Bon sang ! Trevor devait intervenir avant que la situation tourne au vinaigre.

— Oui, c'est envisageable, mais on a aussi imaginé une autre possibilité.

— Tu veux dire que je verrais MacKenzie pendant que tu continues à vivre ta vie ?

— Non, répondit Trevor en essayant de cacher sa déception. Mac a suggéré qu'on te côtoie tous les deux. Qu'on s'explore les uns les autres.

— S'explorer les uns les autres, répéta Damon dans un murmure.

Il tendit la main, ramassa son verre délaissé et en avala la moitié.

— On pourrait se fréquenter séparément, mais aussi simultanément, dit Mac, les yeux rivés sur le verre de Damon alors qu'il le soulevait à nouveau et en engloutissait le reste. Je l'ai pas mal corsé.

— Pas assez, répondit Damon en reposant le verre vide sur la table basse. Parce que je jurerais t'avoir entendu suggérer un... un ménage entre nous trois ? Au lit ?

— En dehors aussi, ajouta rapidement Trevor.

— C'est ce que vous désirez tous les deux ?

— C'était une idée, dit Mac en pressant une main sur sa joue brûlante.

— Tu veux coucher avec deux hommes en même temps ? demanda Damon en la dévisageant.

— Tu ne l'as jamais envisagé toi-même ? rétorqua-t-elle.

Damon ferma sa bouche béante et se recala dans le canapé, fixant ses mains, qui étaient maintenant crispées sur ses cuisses.

Pendant un long moment inconfortable, tout le monde resta silencieux.

Damon releva finalement la tête et toisa Trevor, dont le cœur battait frénétiquement.

— On a plaisanté, fantasmé à ce sujet, mais on n'a jamais introduit un troisième partenaire.

— Maintenant, on a cette chance, murmura Trevor, qui tendit la main pour attraper l'un des poings serrés de son ex.

Damon le mit hors de portée.

— Seulement si je te permets de revenir dans ma vie. Quand je suis venu ici aujourd'hui, j'avais pris la décision de ne pas le faire, Trevor. Je souhaitais continuer avec Mac.

— À présent, ça peut continuer.

Putain ! Damon allait couper les ponts avec lui.

— Mais tu veux que je la partage avec toi.

— Et que je te partage avec elle.

— Et que je vous partage, ajouta Mac d'un air entendu.

— C'est insensé. Est-ce que vous vous foutez de moi ? Parce que c'est l'impression que j'ai.

— Si tu n'es pas intéressé, alors tu n'es pas intéressé, dit Mac avec fermeté, surprenant Trevor par son cran. Alors, choisis.

Il grimaça. *Oh, merde* ! Si Damon était obligé de choisir, Trevor serait le perdant, il le savait. Que faisait-elle ?

Trevor se raidit quand Damon ouvrit la bouche pour répondre. Tout prenait fin à cet instant. Sa seconde chance avec Damon était ruinée. Finie. Détruite. Ils s'y étaient pris de la mauvaise façon.

— Je ne peux pas me décider, annonça doucement Damon.

Trevor secoua la tête en se demandant s'il n'avait pas imaginé ce qu'il avait entendu.

— Qu'est-ce que t'as dit ? T'as dit quelque chose ? s'enquit Trevor. Je crois l'avoir loupé.

— Tu n'as rien loupé, dit Damon plus fort. Tu sais exactement ce que j'ai dit.

— Si tu ne peux pas, alors c'est la solution parfaite, déclara Mac d'un ton sans appel, ce qui stupéfia encore une fois Trevor.

La femme rougissait à vue d'œil, l'entendre maintenant lui fit réaliser qu'elle était plus forte qu'il le pensait.

— Je n'arrive pas à croire que ça t'intéresse, souffla Damon en la dévisageant.

— Pourquoi ? rétorqua-t-elle en fronçant les sourcils. Pourquoi je ne pourrais pas ? Pourquoi ne pourrais-je pas aimer le sexe autant que n'importe quel homme ? Pourquoi ne pourrais-je pas être égoïste et avoir deux hommes pour moi ? Deux hommes pour répondre à mes besoins ?

Merde ! Voilà qu'elle se mettait en colère, ce qui risquait de ne pas arranger la situation.

— Ce que tu proposes n'a rien à voir avec Big Love ni Sister Wives, MacKenzie, répliqua Damon, avant que Trevor puisse intervenir.

— Non, t'as raison, c'est différent. L'homme qui est au milieu ne couche pas avec toutes ses femmes en même temps. Elles se relaient. Ça veut dire qu'il y a beaucoup de nuits où l'une des femmes reste de côté. Ça peut susciter de la jalousie et des rivalités.

Trevor fixa Mac. Avait-elle fait des recherches en plus d'avoir parlé à son amie Gia et sa famille ?

— Même si j'acceptais d'essayer, je serais absent beaucoup de nuits à cause de mon travail. Et puis quoi ? Je pars bosser et vous avez des relations intimes sans moi ?

Trevor espérait que Mac avait une bonne réponse à cette question.

— Oui.

Merde. Ce n'était pas la réponse qu'il escomptait.

Mac n'avait pas fini.

— Il y aura des moments où toi et moi passerons exclusivement du temps ensemble.

Elle balança une main en direction de Trevor.

— Ou Trevor et toi. Ça arrive dans toutes les relations polyamoureuses, à moins qu'il ne soit décidé à l'avance que c'est inacceptable. Définir clairement des règles de base est essentiel.

Bon sang ! Elle *avait* fait plus de recherches.

— Polyamour, répéta Damon, presque comme s'il se gargarisait du mot, le testant.

Trevor attendait qu'il le recrache comme un pépin de pastèque.

Il n'en fit rien.

— Je ne pourrais pas me concentrer en sachant que tu la baises dans mon dos, dit-il à la place à Trevor.

— Ce ne serait pas dans ton dos. Ce serait avec ta permission. Tout comme je te donnerais le droit de coucher avec Mac quand je ne suis pas présent. Et ainsi de suite...

— Je ne vous empêcherai jamais d'avoir des moments intimes ensemble si je ne suis pas là, Damon. Je ne crois pas que ce serait juste, dit Mac.

— Je pense qu'au début, on devrait tous être ensemble pendant ces moments. Peut-être plus tard... quand...

Damon se couvrit le visage avec ses mains et lâcha un gros gémissement.

— Je suis fou ? s'exclama-t-il en laissant tomber ses mains. Je suis vraiment en train de le considérer.

Trevor leva le menton vers Mac et remua les yeux pour lui dire de venir s'asseoir entre eux. Cette histoire de « chacun dans son coin », c'était de la folie. S'ils devaient coucher ensemble, ils devaient avancer. Un lien physique devait être établi entre eux trois. Cela effacerait peut-être en partie les doutes de Damon.

Mais celui-ci serait-il prêt à faire ce pas aujourd'hui ?

Le cœur de Trevor s'emballa et sa bite s'éleva. Allait-il enfin pouvoir se retrouver avec Damon ? Il n'était pas sûr que ce soit possible. Grâce à la femme qui contournait la table basse, cela se réaliserait peut-être. Mais, encore une fois, cela signifiait qu'il acceptait de partager avec elle l'homme qu'il aimait.

En réalité, pouvait-il vraiment le supporter ?

Au lieu de s'asseoir entre eux, elle s'arrêta devant Damon et lui tendit la main. Il la fixa comme s'il était indécis. Elle la maintint et présenta sa main droite à Trevor.

Il n'hésita pas et la prit en se levant. La main de Mac pressa la sienne avec vigueur, et il perçut un léger tremblement. Eh bien, lui aussi.

Leur situation pouvait finir par bien se passer ou par être un désastre.

— Damon, murmura-t-il, comme pour l'implorer.

Le cœur de Trevor se serra lorsque son ex tendit timidement la main à Mac. Elle ne recula pas quand il se mit debout, mais tira la main de Trevor pour l'attirer plus près.

Ils étaient si proches tous les trois que leurs pieds se touchaient.

Plein d'espoir, Trevor laissa échapper un frisson.

Quelqu'un devait faire le premier pas. Ils ne pouvaient pas rester ici toute la nuit, à se tenir la main.

— Qu'est-ce qu'on fait ? demanda Damon.

Trevor n'avait jamais vu son ancien amant aussi peu sûr de lui. Il était toujours confiant, avec un air plein d'assurance.

— Ce qui nous vient naturellement, répondit Trevor.

— Il n'y a rien de naturel là-dedans, murmura Damon en le regardant, puis Mac.

— D'après qui ? s'enquit Mac. On peut établir nos propres règles, suivre nos propres désirs. On est les seuls à pouvoir se mettre en travers de notre chemin.

— T'es sûre de ça ? lui demanda Damon.

Elle sourit, devenant soudain la personne la plus confiante de la pièce.

— Maintenant, oui.

Damon se trouvait au centre de la chambre de Mac, absorbant toute la pièce. Elle n'avait qu'un lit queen-size, et il se demandait comment leur arrangement allait fonctionner.

Le sexe. L'exploration. La potentielle relation.

D'un côté, il ne réalisait pas avoir accepté, même s'il avait encore le temps de faire marche arrière puisque personne n'était nu. D'un autre côté, il ne pouvait concevoir autre chose maintenant qu'ils étaient à l'étage. Plus il s'imaginait avec Trevor et Mac en même temps, plus son sang bouillonnait.

Dans le passé, le sexe entre Trevor et lui avait été facile. Ils connaissaient ce qu'ils aimaient et ce qui les répugnant. Enfin, jusqu'à ce que Trevor le supplie d'être malmené, les choses étaient alors devenues pénibles. Avant cela, ils s'étaient parfaitement entendus dès le début.

Le sexe avec Mac avait été spectaculaire et il ne parvenait pas à se la sortir de la tête. Non seulement depuis le moment où il l'avait rencontrée, mais son désir pour la rousse s'était encore plus intensifié depuis samedi.

Cependant, il était vrai qu'il n'arrivait pas non plus à chasser Trevor de ses pensées.

Cela l'avait tracassé. Il avait été partagé entre son amour pour Trevor, qui restait profondément ancré et indéniable, mais aussi son incapacité à oublier ce que Trevor avait fait, et sa flamme imprévue pour MacKenzie.

En fin de compte, il avait décidé qu'il voulait se donner une chance avec Mac et qu'il ne souhaitait pas tout foutre en l'air. Mais trouver son ancien partenaire chez elle...

Il avait été dévasté. Il avait cru que son cœur allait être, une fois de plus, arraché de sa poitrine.

L'espoir qu'il avait eu sur ce que Mac et lui pourraient avoir ensemble avait été anéanti.

Maintenant, ces attentes étaient de retour.

Avec un élément en plus.

Cet élément, c'était Trevor, qui enlaçait et embrassait Mac avec tant de fougue que la bite de Damon était dure comme de la pierre, du précum fuitant au bout.

Il attendit qu'une pointe de jalousie l'envahisse. Mais, étonnamment, ce ne fut pas le cas. Au lieu de cela, il voulait s'élancer pour les rejoindre. Qu'ils se relaient tous les deux pour la faire gémir, ce qu'elle faisait déjà. Ses doigts agrippaient la chemise de Trevor, sa poitrine se soulevant et s'abaissant rapidement, tandis que les pouces de l'homme passaient et revenaient sur les pointes dures qui se pressaient à travers le tissu de son débardeur.

Trevor était essoufflé, et ses yeux gris étaient sombres et mi-clos lorsqu'il tourna son visage vers Damon.

— Je veux que tu sois toi-même, Day. J'ai besoin que tu prennes les rênes.

— C'est nouveau pour moi.

Damon entendit le tremblement dans sa voix. Si c'était en partie dû à sa nervosité, la plus grande partie était due à la perspective de ce qui l'attendait.

— C'est nouveau pour nous tous, dit Mac, les lèvres écartées et légèrement gonflées par le baiser de Trevor.

— C'est vrai, Trev ? demanda Damon en jetant un coup d'œil à son ex.

Quelque chose traversa le visage de Trevor, mais il le cacha rapidement.

— Non, j'étais dans des situations où...

— Tu n'as pas à en parler maintenant, lui assura Mac.

— Mais il faudra bien que tu le saches un jour ou l'autre, rétorqua Trevor en baissant les yeux vers elle.

— Mais pas ce soir.

— Je suis d'accord, affirma Damon, désireux de soulager son ancien amant de tout embarras. Pas ce soir. Ce sera assez gênant, j'en ai peur. On va devoir trouver notre place les uns par rapport aux autres. Tu devrais peut-être prendre les commandes, Trev, puisque t'as déjà été avec... plus d'un partenaire.

— Non, répondit Trevor en secouant la tête. J'ai besoin que tu sois toi-même.

— Ça ne déclenchera rien ?

Trevor hésita trop longtemps au goût de Damon.

— Bébé, insista-t-il d'une voix plus douce cette fois. Ça ne déclenchera rien ?

Les narines de Trevor se dilatèrent quand Damon utilisa le surnom qu'il lui avait donné des années plus tôt.

— Ça ne devrait pas.

— Si c'est le cas, on changera de tactique, assura Mac, la voix de la raison.

Elle se dégagea des bras de Trevor et s'approcha de Damon.

— Trevor m'a coupé le souffle quand il m'a embrassée, alors j'ai besoin d'emprunter le tien, déclara-t-elle en tendant la main vers lui, la passant derrière la tête de l'homme et l'attirant dans un baiser.

Damon attrapa automatiquement le visage de Mac entre ses mains alors que ses lèvres bougeaient avec les siennes. La langue de la jeune femme taquina la jointure de ses lèvres jusqu'à ce qu'il s'ouvre à elle, lui permettant de prendre le contrôle pour le moment.

Lorsqu'elle introduisit sa langue dans la bouche de Damon, il la repoussa avec la sienne. Il prit le dessus, approfondissant leur baiser, arrachant un gémissement à la jeune femme.

À présent, sa bite palpitait, impatiente de s'enfoncer dans sa chaleur. Son intense besoin de la marquer à l'intérieur et à l'extérieur l'arrêta. Il rompit leur baiser, le temps de reprendre son souffle. Il passa ses pouces sur ses joues rougies où rayonnaient ses taches de rousseur. Ses yeux bleus, embrumés par la passion, croisèrent les siens.

Il leva la tête et découvrit Trevor debout près du lit, la main plaquée contre la longue ligne dure de sa bite dans son jean. Lorsque leurs regards se rencontrèrent, il fut submergé par le désir de marquer Trevor de la même manière que Mac. Il avait besoin de revendiquer Trevor une fois de plus.

Il le ferait ce soir. Trevor et Mac lui appartiendraient, tous les deux.

En retour, il leur appartiendrait. Quoi qu'ils désirent, il ferait de son mieux pour le leur donner. Il espérait que ce serait réciproque et que, quoi qu'il demande ou exige de Trevor ou Mac, ils feraient de leur mieux pour s'y soumettre.

Mais il avait peur.

Il craignait de se perdre dès qu'il aurait embrassé et touché Trevor. D'être aspiré à nouveau dans une dévotion totale à un homme qu'il aimait tant. Il devait se rappeler que ce n'était pas uniquement Trevor et lui. Ce n'était pas seulement Mac et lui.

Ils étaient trois. Il ne pouvait pas trop craquer pour l'un d'entre eux. Il devait maintenir un équilibre rigoureux pour que cela fonctionne.

Ce qu'il avait avec Mac était nouveau. Ce qu'il avait avec Trevor était familier, même si c'était un peu rouillé.

Trevor était dans la même position que lui.

Ils devaient fournir un effort conscient pour n'exclure Mac d'aucune façon. C'était grâce à elle qu'il donnait une seconde chance à Trevor. Il ne voulait pas qu'elle le regrette.

En fait, il voulait qu'aucun d'eux ne regrette cette décision. Même s'il était le dernier à être au courant, Trevor souhaitait qu'il prenne les rênes.

À cet instant, Damon ne désirait rien de plus, sauf les deux personnes qui étaient encore habillées.

Il désirait voir Mac nue, à genoux, enlevant les chaussures de Trevor avant de le dépouiller du reste de ses vêtements. Damon devait seulement déterminer qui de Trevor ou lui la déshabillerait.

Mais avant de procéder, il avait besoin de savoir...

— Vous avez des préservatifs et du lubrifiant ?

Après le passé autodestructeur de Trevor, il était hors de question que Mac ou Damon s'abstienne d'utiliser un préservatif avant que l'homme fasse un test récent. En fait, il s'assurerait qu'ils en feraient tous les trois un, juste pour dissiper toute inquiétude. Mais pour l'instant, ils seraient très prudents. Ce moment se terminerait tout de suite s'ils n'avaient pas ce qu'il fallait.

— J'ai un préservatif dans mon portefeuille, indiqua Trevor en le sortant de sa poche arrière. Et un petit sachet de lubrifiant, mais ça ne sera peut-être pas suffisant.

— Un préservatif ne sera pas suffisant. J'en ai aussi un dans mon portefeuille, mais pas de lubrifiant.

Damon baissa les yeux vers Mac, dont les oreilles étaient écarlates.

— Je n'ai pas de préservatif, mais j'ai un petit tube de lubrifiant.

Cela suffirait pour l'instant.

— Où ?

— Dans ma table de nuit.

Damon donna son premier ordre.

— Trevor, va le chercher.

— Attends ! cria Mac, figeant Trevor sur place. Je m'en occupe.

— Elle a des jouets, commenta Trevor en tournant son regard amusé vers celui de Damon.

— Apparemment, murmura Damon.

Alors que Mac commençait à s'éloigner, il lui attrapa le bras et la tira en arrière.

— Maintenant, tu dois patienter. Je veux que tu sois nue avant de récupérer le lubrifiant.

Il la fit pivoter pour qu'elle lui tourne le dos et qu'elle soit face à Trevor. Il se pencha jusqu'à ce que sa bouche soit près de son oreille.

— Ça te pose un problème que je dirige et donne des ordres ?

— Non, répondit-elle en frissonnant alors que la chair de poule apparaissait sur sa peau.

— Si c'est trop, dis-le-moi. N'oublie pas, je veux une communication franche.

Elle acquiesça.

Il glissa ses doigts sous les fines bretelles de son caraco et les enleva de ses épaules, puis abaissa le haut jusqu'à révéler ses seins. Le tissu plissé agit comme une étagère, les remontant. Passant ses doigts dessus, il s'émerveilla devant la différence des nuances de sa peau. La sienne était si foncée par rapport à la pâleur de la jeune femme. Au niveau de sa poitrine, ses taches de rousseur étaient rares, mais elles étaient présentes. Il fit dériver le bout de son doigt de l'une à l'autre, les reliant par un dessin invisible.

Mac inspira en tremblotant.

Près de son mamelon, il effleura une des taches de rousseur, bien apparente, avec son pouce.

— Je revendique celle-là, déclara Trevor, qui n'avait pas bougé de sa place près du lit.

Damon leva les yeux vers lui.

— T'as revendiqué celle qui est près de son coude. Je veux celle-là. Elle est à moi.

— C'est la sienne, confirma Damon en sillonnant le bord de l'oreille de Mac avec sa langue.

La respiration de Mac devint plus saccadée.

Damon poursuivit l'exploration de ses seins, décrivant des cercles avec ses doigts autour des petits tétons durcis, mais sans les toucher. Au lieu de cela, il la taquinait. Il voulait qu'elle se tortille, à la recherche de ses caresses.

Il continua à dessiner des cercles et parcourir la peau douce de ses seins.

— *S'il te plaît*, gémit-elle.

Il ignora sa supplication, saisit le débardeur plissé et le remonta sur ses seins, puis par-dessus sa tête, avant de la jeter de côté. Il passa ses doigts le long de ses côtes, sur sa taille gainée, puis sur la légère courbe de ses hanches, glissant ses pouces dans la ceinture élastique de son short en coton. Il le descendit lentement, s'assurant d'entraîner la culotte avec.

Il s'arrêta juste au-dessus du petit carré de poils roux. Il leva à nouveau les yeux vers ceux mi-clos de Trevor, qui avait les pieds bien écartés, et dont la main bougeait plus rapide-ment sur son jean, caressant son érection.

— Putain, murmura Trevor en croisant son regard.

— Tu l'as déjà vu ?

Il vaudrait mieux que la réponse soit...

— Non.

Mac attira une nouvelle fois l'attention de Damon quand elle frissonna.

— Patience, chuchota-t-il, et il abaissa le short et la culotte sur les cuisses de la jeune femme, les laissant tomber autour de ses pieds nus. Quitte-les, tourne-toi vers moi et mets-toi à genoux.

Damon ignora le bruit que fit Trevor, se concentrant plutôt sur Mac qui s'exécuta. Le corps de Damon ronronnait, ses couilles étaient tendues et sa bite voulait se soulager.

Patience, se dit-il. Tout pouvait s'arrêter net s'il perdait le contrôle.

À genoux devant lui, il releva la tête de Mac avec un doigt sous son menton et croisa ses yeux bleus.

— Ouvre la bouche.

Lorsqu'elle obéit, il y plongea son pouce et sentit le souffle chaud de la jeune femme envelopper ses doigts. Il recueillit un peu de salive et l'étala sur sa lèvre inférieure.

— Ne bouge pas.

Il déboucla rapidement sa ceinture, et le bruit du cuir glissant sur le tissu de son pantalon la fit à nouveau frémir. Il jeta sa ceinture sur le lit pour s'en servir éventuellement plus tard. Prenant son temps, il déboutonna son pantalon et descendit la fermeture éclair. Introduisant sa main dans son caleçon, il attrapa sa bite dans ses mains et la sortit.

— Ouvre plus grand, exigea-t-il. Et tire la langue.

Le regard de Mac rivé sur le sien lui donna envie de voir

les taches de rousseur recouvertes de son sperme, montrant extérieurement qu'elle lui appartenait. Il se battit contre son frisson à cette image. Il devait d'abord la marquer de l'intérieur.

— Bébé, viens te placer derrière elle, mais ne la touche pas.

Il ne prit pas la peine de regarder Trevor alors que celui-ci se dirigeait vers l'endroit indiqué, parce qu'il était concentré sur Mac. Elle avait la bouche ouverte, la langue sortie, patientant tout bonnement.

— Bonne fille, murmura-t-il.

Une fois de plus, une rougeur remonta de sa poitrine à son visage, et elle vacilla un peu sur ses genoux. La bite en main, il se rapprocha.

— Les mains sur mes cuisses.

Elle s'exécuta rapidement, ce qui l'aida à garder son équilibre.

— Ne les bouge pas, sauf si je te dis le contraire.

Il amena le bout de sa verge sur sa langue, y essuyant le filet de précum qui avait commencé à couler. Puis il la nourrit de sa bite, l'introduisant autant qu'il le put dans sa bouche, puis tapotant sous son menton pour lui indiquer qu'elle devait entourer son sexe de ses lèvres.

— Garde-la à ce niveau. Savoure-la un instant.

Un son jaillit du fond de la gorge de Mac tandis qu'elle maintenait sa bouche en place, mais ne faisait rien d'autre. Il rassembla ses cheveux en une queue de cheval improvisée et les enroula autour de son poing, tirant dessus.

Il voulait fermer les yeux et s'enfoncer comme un dératé dans la chaleur humide de sa bouche. Il ne pourrait pas le supporter très longtemps et n'avait même pas encore commencé à bouger. Mais le sang bouillonnait dans ses oreilles et ses couilles se tendaient à l'idée que Trevor les observait alors qu'il était dans la bouche de Mac. Il lutta pour garder le contrôle.

Quand il lui ordonna de sucer, les joues de la jeune femme se creusèrent tandis qu'il s'élançait en avant, contrôlant le rythme avec les cheveux de Mac. Il ignorait la profondeur à laquelle elle pouvait l'avaler, alors il testait un peu plus à chaque mouvement de ses hanches.

Une fois qu'elle eut un haut-le-cœur, il recula d'un poil et trouva un rythme auquel il pourrait peut-être tenir un peu. Les yeux bleus de Mac étaient toujours levés vers lui, ce qui rendait la situation torride. Elle le suçait avec un enthousiasme qu'il n'avait pas connu depuis longtemps.

Depuis Trevor, pour être exact.

Il détacha ses yeux de Mac et vit que Trevor commençait à défaire son jean.

— Non ! aboya-t-il d'une voix cinglante, et Trevor laissa rapidement tomber ses mains, leurs regards se croisant.

— Tu voulais que je dirige, alors tu vas m'écouter, lui rappela-t-il.

Ils se tenaient si près l'un de l'autre, Mac était la seule barrière entre eux. Embrasser Trevor lui manquait, tout comme être en lui ou le serrer contre lui pendant qu'ils dormaient. Son cœur se mit à battre encore plus vite à l'idée de tout retrouver. De retrouver quelque chose qu'il pensait avoir perdu pour toujours.

Il n'était pas certain d'être prêt à souffrir à nouveau. Car c'était ce qu'il ferait en permettant à Trevor de revenir dans sa vie. En plus, un ménage à trois était risqué, peu importe qui était impliqué.

— J'ai besoin de t'embrasser, Day.

Damon lui fit un léger signe de tête. Tandis qu'il continuait à guider la tête de Mac, actionnant sa bouche autour de sa longueur, Trevor se pencha au-dessus d'elle et rencontra la bouche de Damon.

Putain ! C'était comme revenir chez soi.

Le goût. Le caractère familier de sa bouche. La façon dont il l'embrassait. Ils s'étaient embrassés samedi, mais ce baiser était différent. Il savait qu'il mènerait plus loin, contrairement à cet autre moment où il n'était pas sûr que c'était bien.

Aujourd'hui, c'était bien. Et désiré. Et nécessaire.

Alors qu'ils s'embrassaient, les souvenirs de l'époque « d'avant » lui revinrent à l'esprit. Son amour pour Trevor déferla comme une marée pour l'engloutir à nouveau et l'entraîner sous l'eau.

Son cœur bondit lorsque son ex mit sa main autour de celle de Damon, agrippant les cheveux de Mac, et qu'ils la guidèrent tous les deux d'avant en arrière.

Quand quelqu'un gémit, Damon sut qu'il ne tiendrait pas longtemps. Soit il devait se laisser aller et attendre de récupérer avant de continuer, soit il devait stopper Mac. La langue de la jeune femme léchait son manche à chaque impulsion dans sa bouche. Ses dents égratignaient la couronne lorsqu'il se retirait. Encore et encore.

Entre ça et la bouche de Trevor qui ravageait le contrôle de Damon, il avait besoin de s'éloigner et reprendre son souffle.

Il décolla sa bouche de celle de Trevor et arrêta Mac en lui tirant brusquement les cheveux.

— Sors ta bite, murmura-t-il à Trevor, sans relâcher la jeune femme.

Cela lui montrerait s'il était capable de partager la femme qu'il désirait avec l'homme qu'il aimait. Il devait s'assurer que cela lui convenait avant de passer au lit, avant qu'il n'y ait plus de retour en arrière possible.

Il devait également vérifier que Mac n'avait pas de doutes.

Il recula suffisamment ses hanches pour que sa bite s'extirpe de ses lèvres. Il effleura la joue de la jeune femme avec ses doigts, puis lui prit le menton, soulevant son visage encore rougi.

— T'es sûre que c'est ce que tu veux ?

— Oui, répondit-elle d'une voix essoufflée, mais ferme.

Elle ne laissait planer aucun doute sur sa volonté.

Elle était belle, assise à genoux, nue, la pâleur de sa peau rougie par les couleurs, ses cheveux roux enroulés autour des doigts du pilote. Ses lèvres étaient légèrement gonflées. Ils n'en avaient pas encore fini avec elles.

Trevor avait enveloppé son érection dans son poing, son pouce caressant la couronne brillante, répandant les perles de précum dessus. Comme Damon, il avait simplement ouvert son pantalon pour sortir sa bite. Il ne faisait que suivre les instructions de Damon.

— Gentil garçon, murmura Damon.

Il fut surpris de voir à quel point ce compliment lui revenait naturellement. La respiration de Trevor devint saccadée, et ses yeux s'écarquillèrent juste assez pour que Damon s'en aperçoive. Il réservait cette phrase à Trevor et ne l'avait jamais utilisé autrement.

— Putain, Day, gémit Trevor.

— Prends ma place.

Sans lâcher les cheveux de Mac, ils échangèrent leurs places pour que Trevor et Mac soient en face.

Maintenant derrière Mac, Damon tira sur les cheveux de la jeune femme pour faire basculer sa tête en arrière. Il se baissa suffisamment pour l'embrasser avec fougue pendant un moment avant de la relâcher à contrecœur.

— Bouche ouverte.

Elle reproduisit ce qu'elle avait fait plus tôt. Elle ouvrit la bouche en grand et tira la langue.

— Donne-lui ta queue, indiqua Damon à l'intention de Trevor.

Il s'attendait presque à ce que Trevor hésite et lui demande s'il était sûr de son coup. Mais ce ne fut pas le cas. À la place, Trevor glissa sa bite dans la bouche de Mac et ferma les yeux. Damon retint un gémissement, car il savait exactement ce que son ex ressentait.

— Les yeux sur moi, exigea-t-il.

Trevor les rouvrit vite, la mâchoire serrée, ayant de toute évidence du mal à se retenir de jouir.

— Tu ne viens pas tant que je ne te l'ai pas dit. Compris ?

Trevor hocha à peine la tête, les paupières lourdes, la respiration laborieuse.

Une goutte de salive s'échappa du coin de la bouche de Mac. Damon l'essuya avec son pouce tout en continuant à donner le rythme avec sa main dans les cheveux de la jeune femme. Son pouce suivit l'étirement de ses lèvres.

— Day, souffla Trevor d'une voix tendue.

— Tu ne jouis pas tant que je ne te l'ai pas dit, lui rappela Damon.

— Day... Je...

Trevor n'avait jamais eu de mal à se retenir auparavant. Damon releva les yeux vers lui.

— Ça fait combien de temps ?

— Je... C'est... Presque un an.

Stupéfait, Damon faillit lâcher les cheveux de Mac. Quand était-il allé dans ce centre de désintoxication et combien de temps y était-il resté ?

— Lâche-le, commanda Damon en tirant sur les cheveux de Mac.

Un bruit sec et humide retentit entre eux alors qu'elle s'exécutait.

— Lève-toi, ordonna-t-il en saisissant le préservatif qu'il avait rangé dans sa poche avant. Prends les préservatifs, sors le lubrifiant et mets-les sur la table de nuit, à portée de main. Puis reviens ici et déshabille Trevor.

Pendant ce temps, Damon réfléchit à leur situation.

— On n'a que deux préservatifs, ça va limiter nos possibilités.

— Pour ce soir.

— Pour ce soir, accorda Damon à Trevor. Si tu veux que je continue à diriger, je le ferai, mais tu devras faire ce que je te dis.

Trevor acquiesça, et son regard dévia à nouveau vers Mac qui s'approchait de lui. Elle commença immédiatement à remonter sa chemise sur son torse.

— Déshabille-le, c'est tout. Pas d'autres caresses.

— Quand est-ce que je pourrai le toucher ? demanda Mac en le regardant par-dessus son épaule.

— Quand je le dirai.

Chapitre Quinze

Mac avait déjà eu affaire à quelques trous du cul d'alphas. Plus qu'elle ne voulait l'admettre. Mais elle n'avait jamais fréquenté un homme aussi autoritaire que Damon. Il y avait quelque chose dans sa voix grave et sévère qui la faisait réagir d'une manière inattendue.

Habituellement, elle n'aimait pas qu'on lui donne des ordres, car elle avait déjà, elle-même, beaucoup de trucs à dire. Ce soir, elle abandonnait tout le contrôle auquel elle s'accrochait généralement. Trevor voulait que Damon prenne les choses en main, ce qu'il faisait très bien.

Oui, il était bon.

Elle était trempée, et prête à aller plus loin que simplement accueillir les deux hommes dans sa bouche, même si cela suffisait pour la faire vibrer et se languir.

Si tout se déroulait bien ce soir, elle imaginait pouvoir répéter cette soirée à l'infini. Ils n'étaient même pas encore allés dans le lit, pourtant, elle comprenait pourquoi Gia cherchait à intégrer de pareilles dynamiques dans sa vie.

À être le centre d'attention...

Si elle se retrouvait à être le centre d'attention. Cela pouvait rapidement changer si les hommes en décidaient autrement. C'était risqué de s'impliquer avec deux hommes qui avaient un passé commun.

L'inquiétude qu'elle avait exprimée à Gia et Paige restait réelle.

Ses doigts tremblèrent alors qu'elle remontait le polo de Trevor sur sa tête. Elle prit soin de suivre les instructions de Damon et ne s'attarda pas sur la peau de l'homme.

La vive inspiration de Damon et le prénom de Trevor soufflé d'une voix chargée de chagrin la tirèrent de son brouillard.

Quand elle vit pourquoi Damon avait réagi, elle retint son exclamation.

Trevor avait un piercing au niveau du téton droit. Mais son mamelon n'était pas plaqué contre son corps, il était plus étiré que la normale. L'autre téton n'avait pas de piercing, mais on pouvait y remarquer une cicatrice qui le divisait. À cet endroit, il semblait qu'un ancien piercing avait été arraché de sa chair.

À cette vision, Mac fut parcourue par un frisson. Quelle cruauté ou brutalité possédait une personne pour faire une telle chose ? Trevor avait-il accepté cette violence ou avait-ce été fait contre son gré ?

Plusieurs petites marques circulaires et boursouflées parsemaient son torse et ses épaules. Une demi-douzaine environ, de la taille du bout d'une cigarette allumée. Elle ne pouvait pas imaginer autre chose. D'autres petites cicatrices blanches sillonnaient son corps. Aucune n'était profonde, aucune n'était surélevée. Elles étaient blanches et semblaient anciennes. Des coupures juste assez profondes pour le faire saigner, mais sans le blesser trop gravement.

Les sourcils de Trevor se froncèrent, ses yeux remplis d'appréhension.

— J'aurais dû te le dire avant que tu le voies.

— Rien n'aurait pu m'y préparer, bébé, murmura Damon d'une voix brisée.

— Ce que tu vois n'est pas le pire.

Les yeux de Mac passèrent de l'endroit où étaient posées les mains de Damon aux yeux de Trevor, mais ce dernier était trop occupé à fixer Damon.

Ce n'étaient pas les cicatrices ou le téton lacéré qui avaient attiré les mains que Damon avait passées devant Mac. Non, ses doigts touchaient un tatouage, qui semblait avoir été fait par un professionnel, situé sur le cœur de Trevor. Il s'agissait d'un demi-soleil et d'une demi-lune emboîtés l'un dans l'autre, représentant le jour et la nuit.

— C'était dans mes moments les plus sombres, Day, quand je trouvais seulement de la lumière en pensant à toi. J'ai tenu dans cette cure de désintoxication grâce à mon désir de revenir près de toi, et j'ai travaillé dur pour me retrouver. Deux moitiés qui forment un tout. Tout comme ce tatouage. Je suis la lune qui représente ma période obscure. Le soleil, c'est toi, Day.

Après quelques secondes, Damon s'adressa à Mac d'une voix bourrue et laissa retomber sa main.

— Finis de le déshabiller.

Il ne s'écarta pas. Mac pouvait sentir la chaleur de Damon dans son dos alors que le talon de sa main frôlait accidentellement l'érection de Trevor sous son jean, faisant un peu remuer ses hanches. Elle se concentra pour descendre le pantalon. Comme le pilote l'avait fait avec elle, elle passa ses doigts dans l'élastique du caleçon de Trevor et l'abaissa sur ses hanches et ses cuisses par la même occasion.

Lorsqu'elle atteignit ses mollets, elle s'agenouilla une fois de plus pour lui enlever ses chaussures et ses chaussettes. Il souleva un pied, puis le second, tandis qu'elle abandonnait, à côté d'eux, les vêtements de l'homme sur le sol.

En se relevant, elle aperçut un truc sur sa hanche. Une autre marque. Pas une cicatrice, mais un élément qui n'avait pas l'air voulu.

Des lettres minces et irrégulières formulant le mot « Chien » étaient tatouées éternellement sur sa peau, comme si elles avaient été griffonnées au crayon par un enfant de maternelle.

Mac n'avait aucune idée de sa signification. *Chien.*

S'il avait souhaité avoir ce tatouage, elle pensait qu'il aurait été fait par un professionnel, comme celui sur son cœur.

C'était un tatouage grossier, une réalisation d'amateur. Lui avait-on fait pour l'humilier ? Avait-il été l'animal de compagnie de quelqu'un ? La même personne qui l'avait brûlé et tailladé ? Ou quelqu'un d'autre ?

Elle finit de se mettre debout et monta son regard, mais de nouveau, Trevor fixait Damon avec la mâchoire serrée et le menton relevé. Il attendait peut-être que le pilote réagisse ou dise quelque chose.

Pendant une minute au moins, Damon ne fit rien, et Mac ignorait ce qu'elle devait faire. La bite de Trevor s'était ramollie et, sans avoir besoin de vérifier, elle devinait que celle de Damon aussi.

— T'as fait un périple, n'est-ce pas ?

Trevor ne lui répondit pas et elle eut l'impression d'être au milieu d'une confrontation entre les deux hommes.

— Chaque cicatrice, chaque marque est une brique sur le chemin qui t'a mené à ce voyage. C'est comme ça qu'on le verra. Rien d'autre.

Elle se tourna vers Damon et plaça sa paume sur le cœur du pilote qui sortait presque de sa poitrine.

— C'est ainsi qu'on verra les choses. Pas autrement, répéta-t-elle en chuchotant à l'attention de Damon.

Les narines du pilote se dilatèrent, et il baissa les yeux vers elle, finissant par acquiescer.

— Il était perdu. Ce chemin l'a ramené près de toi, Damon.

Elle tendit la main et toucha doucement son visage. Il ferma les paupières et pencha la tête jusqu'à ce que sa joue se colle à sa paume.

— Ce n'est pas le pire, continua Trevor, incitant Damon à rouvrir les yeux.

Damon saisit la main de Mac, la retourna et embrassa le centre de sa paume, puis elle fit face à Trevor alors que l'homme tournait sur lui-même. Tout comme son torse, de fines cicatrices blanches recouvraient la majeure partie de son dos. Là encore, rien ne semblait avoir été sérieux. Cependant, au milieu de ces cicatrices, il y avait quelques « zébrures » irréversibles en relief. Il avait pu être fouetté ou frappé à cet endroit avec un objet long, comme un fouet ou une cravache.

Mac eut l'estomac retourné. Elle ne connaissait pas grand-chose au BDSM, mais si c'était le résultat, elle ne voulait jamais en faire l'expérience. Son regard sillonna son vaste dos musclé, et lorsqu'elle le descendit, elle s'arrêta une fois de plus sur un second tatouage amateur. Juste au-dessus de son cul, il était courbé et disait à l'encre noire « SALOPE ».

Les genoux de Mac vacillèrent, et elle tendit la main derrière elle, à la recherche de Damon. Il lui saisit le coude et la maintint debout.

— Il y a quelque chose d'autre que tu dois savoir, Day, chuchota Trevor d'une voix rauque, leur tournant le dos.

— T'as dit que t'avais fait un test de dépistage.

— C'est le cas. Mais...

Mac s'avança et passa ses bras autour de la taille de Trevor. Il se débattait avec son histoire et elle n'en connaissait même pas la moitié. Quoi qu'il en soit, son « voyage » n'avait pas laissé que des cicatrices visibles, mais aussi d'autres qu'on ne pouvait pas voir.

Elle pressa sa joue contre son dos chaud, et les doigts de Trevor s'enroulèrent autour de ses avant-bras, non pas pour la repousser, mais pour la serrer plus fort. Peut-être comme une couverture de sécurité. Si elle pouvait avoir ce rôle pour lui, elle le ferait. Autrement, elle ignorait comment l'aider, car elle ne connaissait pas toute la situation.

À terme, elle espérait qu'elle l'apprendrait, s'il était prêt à le lui révéler. Mais les choses étaient toutes nouvelles et le moment n'était pas venu. Elle le comprenait et voulait respecter son intimité.

Damon les contourna pour se placer devant Trevor.

— Dis-moi ce que j'ai besoin de savoir là tout de suite. Tout le reste peut attendre. Dis-moi ce qui va t'affecter ou impacter notre sphère intime. Le reste, on pourra le régler plus tard. Parce qu'on y parviendra coûte que coûte.

Le dos de Trevor se colla contre elle lorsqu'il inspira profondément.

— J'ai toujours été le receveur avec toi...

— C'est ce que tu souhaitais, répondit rapidement Damon, ses mots teintés de surprise.

— Oui, et c'est encore ce que je désire.

— Et ? l'encouragea doucement Damon.

— Il est important que tu le saches avant qu'on aille plus loin. J'ai quelques cicatrices...

Mac ferma les yeux et l'enlaça plus fort.

— Je... Je n'ai pas à...

Mac n'avait jamais entendu Damon aussi peu sûr de lui.

— Non, je veux que tu le fasses, dit Trevor en remuant dans les bras de Mac. Ça demande juste... un peu plus d'efforts... de temps...

— Bébé, chuchota Damon, donnant l'impression que son cœur se brisait.

— C'est ce que je souhaite, assura Trevor plus vigoureusement. J'en ai besoin, Day. J'ai besoin de toi.

Il saisit plus fermement le bras de Mac et la déplaça devant lui, le dos tourné. Il passa son bras devant ses épaules et l'attira contre lui.

— Et je la désire aussi. Elle est le pont qui permettra de nous reconnecter, Day. Je le sais.

Mac n'en était pas si sûre, mais elle n'allait pas le contredire. Avec le temps, ils découvriraient si c'était vrai ou non.

Ils avaient beaucoup de choses à décider. Mais pour l'instant, Trevor et elle étaient nus, et Damon était le seul à être encore habillé.

Paige avait dit qu'ils devaient être tous les trois égaux pour que la relation fonctionne. Même si elle ne durait qu'une nuit. Aux yeux de Mac, Damon devait donc se déshabiller aussi. Il devait être autant exposé que Trevor et elle. Il devait être à leur niveau.

Le fait qu'il porte ses vêtements n'allait pas dans ce sens.

Il était peut-être temps qu'elle prenne les choses en main. Même si ce n'était que provisoire.

— Damon porte trop de vêtements, tu n'es pas d'accord, Trevor ?

Sa tête se contorsionna sur le torse de l'homme jusqu'à pouvoir lui sourire. À son goût, les choses étaient également devenues beaucoup trop intenses dans la pièce. L'atmosphère devait changer.

Cette soirée devait être amusante, torride et instructive. Bien que certaines inconnues aient été révélées, ce n'était pas le plan prévu au départ.

Elle voulait être intime avec ces deux hommes. Même si elle était nerveuse, elle était aussi excitée.

Elle s'attendait à ce que leur relation — quelle que soit sa durée — rencontre des difficultés. Avant de s'arranger, Paige avait dit que les choses avaient été un peu compliquées au début. En les observant, elle, Connor et Gray ensemble l'autre soir, Mac avait vu le bonheur qui pouvait en découler. À quel point c'était naturel. À quel point trois personnes pouvaient s'aimer inconditionnellement.

Les deux hommes étaient loin de ressentir de l'amour pour elle. S'ils s'orientaient dans cette direction.

De toute façon, elle ne devrait pas y songer aussi long-temps à l'avance. Elle devait d'abord se concentrer sur leur intimité. Car s'ils ne s'entendaient pas physiquement, ça ne valait peut-être même pas la peine de continuer.

— Damon, tu portes trop de vêtements, insista-t-elle en croisant son regard.

Les commissures des lèvres du pilote se relevèrent légère-ment, mais suffisamment pour qu'elle le remarque.

— Trev, enlève mes habits, dit-il avec un vague hoche-ment de tête.

— Je peux aider, indiqua Mac après que Trevor se fut éloigné d'elle.

— Non, je veux que tu observes depuis le lit.

Ce plan lui paraissait bien aussi.

Trevor commençait à déboutonner la chemise de Damon lorsque Mac se retourna et, après quelques pas, grimpa sur son matelas. Elle s'installa sur le ventre, face à eux, la tête soutenue par sa main, vers le pied du lit.

Elle allait profiter du spectacle.

Elle avait imaginé Trevor et Damon ensemble, maintenant elle allait pouvoir les observer. Elle serra ses cuisses l'une contre l'autre tandis que la chaleur s'accumulait en son centre.

Trevor prit son temps pour retirer la chemise de Damon. À l'inverse de Mac, quand celle-ci avait déshabillé Trevor, il fit dériver ses doigts sur les courbes et les zones plates du corps de Damon. Il ne se contentait pas de ses doigts, il posait ses lèvres sur toute la peau exposée qu'il pouvait atteindre. Une fois que la chemise voltigea vers le tapis, Trevor tira sur le marcel du pilote. Le coton blanc contre la chair foncée de Damon soulignait l'intensité et l'harmonie de son teint.

Trevor n'était pas pressé de l'enlever, il glissa ses paumes sous le maillot de corps et les remonta le long du ventre de Damon, le tissu collecté sur son passage.

Les mains de Trevor bougèrent sous le coton, sur les tétons de Damon, et y restèrent un long moment. Le pilote creusa sa lèvre inférieure avec ses dents. Visiblement, ce que faisait Trevor plaisait à Damon. Mais elle voulait que ce débardeur lui soit retiré. Elle désirait voir Damon nu.

La patience, murmura Mac dans son esprit.

Ils avaient perdu leur élan lorsqu'ils avaient remarqué les cicatrices et les tatouages de Trevor, mais maintenant, les choses se réchauffaient.

Au lieu d'attendre Trevor, Damon enleva brusquement sa chemise et la jeta de côté. Puis il tendit la main vers l'autre homme, attrapa son visage et l'embrassa.

Mac gémit en même temps qu'eux. Regarder les deux hommes s'embrasser si ardemment poussait toutes les parties sensibles de son corps à se contracter et palpiter.

Trevor s'écarta et se plaça derrière Damon, utilisant ses hanches pour le faire pivoter afin que Mac ait une vue dégagée. Passant la main devant Damon, il commença à baisser lentement le pantalon qui avait déjà été ouvert plus tôt. Il le retira en employant la même méthode que Mac avait appliquée pour le sien, sombrant à genoux pour enlever les chaussures de Damon quand le pantalon et le caleçon furent rassemblés au niveau de ses chevilles.

Mais maintenant que Damon était complètement nu, Trevor remonta ses mains le long des jambes du pilote, explorant chaque centimètre du corps de son ancien amant, le redécouvrant.

Mac ne rata pas le moment où Damon dut blinder ses genoux. Ce fut à ce moment-là qu'une des mains de Trevor disparut de son champ de vision, tandis que l'autre glissait sous les couilles de Damon, les entourant un instant, puis encerclant la racine de son érection.

Pendant qu'il caressait lentement Damon, Trevor avait plaqué sa bouche sur la nuque de Damon, faisant frémir l'homme à la peau sombre et le poussant presque à fermer les yeux. Mais pas complètement, car il resta concentré sur Mac.

Elle fut tentée de sauter du lit pour exiger de voir ce que Trevor faisait à Damon par-derrière. Son imagination s'emballa, mais elle se força à rester immobile, à alimenter cette fantaisie, à laisser cette impatience se transformer en flamme, puis en feu de joie.

La bouche de Damon bougea, mais Mac ne comprit pas les mots qui en sortirent. Peu importe ce que c'était, l'autre homme le relâcha, recula et s'approcha du lit où Mac attendait.

Gardant les yeux sur Damon tandis que Trevor avançait vers le bout du lit, elle fut très consciente de son poids qui fit sombrer le matelas lorsqu'il arriva sur le côté.

Lorsque Damon tendit la main, elle crut qu'il allait la toucher, mais il n'en fit rien. Il attrapa la ceinture sur le sommier, là où il l'avait jetée plus tôt, enroula le cuir autour de son poing et fixa l'accessoire un moment.

Avait-il l'intention d'utiliser la ceinture ce soir ?

Avant qu'elle puisse dire quoi que ce soit, il la balança vers leurs vêtements abandonnés.

Les quelques secondes de tension qu'elle avait ressenties pendant qu'il contemplait la lanière de cuir s'envolèrent rapidement.

Mac avait l'esprit ouvert, et tant qu'elle prenait du plaisir et qu'elle ne souffrait pas, elle ne voyait pas d'inconvénient à essayer de nouvelles choses. Mais après avoir constaté les cicatrices de Trevor, elle ne pensait pas que ce soit une bonne idée d'expérimenter ce soir.

Au contraire, cette soirée devrait se focaliser sur eux trois. Explorant. Appréciant. Tâtant le terrain. Damon et Trevor se reconnectant, et Mac participant aussi.

Elle était tellement distraite par l'expression de Damon, son physique alors qu'il se tenait là, au bout du lit, sa présence imposante, sa bite à quelques centimètres de la bouche de Mac, qu'elle poussa un cri de surprise quand Trevor se glissa au-dessus d'elle.

Pendant un court instant, cela détendit l'atmosphère dans la pièce, alors qu'elle riait de sa réaction. L'air sérieux de Damon disparut et laissa place à un sourire.

Trevor gloussa contre la peau de la jeune femme, posant ses lèvres au sommet de sa colonne vertébrale. Il commença à descendre, le bout de sa langue balayant la chair de Mac sur son passage.

Un petit soupir lui échappa alors qu'elle divisait son attention entre Damon, qui l'observait toujours, et ce que faisait Trevor. Au-dessus de ses fesses, il aspira la peau dans sa bouche, la faisant gémir, ses doigts dérivant sur les courbes extérieures.

— T'as une tache de rousseur ici, dit-il en levant la tête, après avoir embrassé un point situé presque dans la fente de son cul. J'aurais dû réclamer celle-là plutôt.

Il pouvait avoir toutes les taches de rousseur qu'il voulait. Damon aussi.

— Et si vous partagiez mes taches de rousseur, tous les deux ? suggéra-t-elle d'une voix rauque.

— C'est tout à fait possible, répondit Damon en se rapprochant du bord du lit.

Elle allait se retrouver face à face avec la bite du pilote, alors elle ouvrit la bouche et tira la langue comme elle l'avait fait plus tôt.

— Bouche fermée, dit Damon en secouant la tête. Bonne fille, murmura-t-il quand elle la referma.

Elle ignorait ce que c'était, mais lorsqu'il parla, une bouffée d'excitation l'envahit. Elle devrait détester son comportement, lui dire que c'était dégradant pour elle. Mais quand il le disait, elle se sentait... bien.

Elle voulait faire des trucs pour qu'il lui répète la même chose en boucle.

Elle désirait être sa bonne fille.

C'était peut-être à ça que renvoyait le tatouage « chien ». Avait-on dit à Trevor qu'il était un « mauvais garçon » et avait-il été puni en conséquence ? Avait-il fait des choses exprès pour *être* puni ?

À présent, Trevor parcourait la fente de son cul avec sa langue, hésitant parfois sur un point qu'elle n'avait jamais fait lécher auparavant. Il décrivait plusieurs cercles, puis remontait, redescendait et recommençait à faire des cercles.

Ses doigts glissèrent entre ses plis, et elle savait ce qu'il y trouvait. Elle était trempée, prête à les accueillir. Elle n'avait pas besoin de poursuivre les préliminaires. L'attente à elle seule était suffisante.

Mais cela ne voulait pas dire que la situation ne la rendait pas nerveuse. C'était une chose de coucher avec Damon. Elle n'avait même pas encore baisé avec Trevor, et leur première fois inclurait Damon. Ou… elle pouvait considérer que c'était sa deuxième fois avec Damon, et que Trevor participait.

Dans tous les cas, c'était un peu stressant. Elle avait presque envie de dire à Damon de baiser avec Trevor pendant qu'elle les observait, puis une fois qu'elle se sentirait en confiance, elle se joindrait à eux.

Mais si la soirée se déroulait ainsi, elle risquait de prendre trop de plaisir à les regarder. Elle nota mentalement qu'à l'avenir, si leur relation continuait, elle pourrait tout aussi bien se contenter de mater, comme une petite souris scrutant l'intimité des deux hommes.

Elle frissonna et se rendit compte qu'elle avait fermé les yeux, s'imaginant une fois de plus la scène.

— Tu n'aimes pas ça ? demanda Trevor en relevant la tête.

— Elle aime bien, répondit Damon à sa place. Je contemple son visage. Ses réactions. Bien que tu te retiennes, MacKenzie. Tu dois juste apprécier ce que Trevor te fait. Si tu ressens le besoin de te tortiller, fais-le. Si t'as besoin de t'exprimer, on veut t'entendre. Laisse-toi aller.

— On ne m'a jamais fait ce qu'il me fait.

— Tu n'aimes pas ça ? s'enquit Damon en souriant, son ton plus taquin que sérieux.

— Ça me plaît de plus en plus.

— C'est bon à savoir, dit-il en renversant la tête en arrière et éclatant de rire. Alors ça ne te dérange pas si je le fais ?

— Maintenant ?

— Non, j'ai d'autres projets. Plus tard. Ou la prochaine fois.

La prochaine fois.

Son cerveau s'embrouilla alors que Trevor actionnait deux doigts dans son sexe, effleurant de temps à autre son clitoris avec le bout de son pouce. Juste assez pour la taquiner, mais pas pour la submerger. Mais s'il continuait avec sa langue et ses doigts, elle était sûre qu'elle y parviendrait.

Tout comme Damon, apparemment, puisque l'homme s'était accroupi devant elle, les yeux dans les yeux.

— Fais-la jouir. Je veux voir son visage quand elle se laissera enfin aller et qu'elle cessera de se retenir.

— Je ne le fais pas, s'entêta-t-elle, bien qu'elle parût un peu essoufflée.

— Si. Arrête. Sois une bonne fille et relâche-toi.

Sois une bonne fille.

— Bébé, fais-la jouir, insista Damon alors qu'elle soutenait son regard et laissait son esprit errer.

Détends-toi. Laisse-toi aller, se dit-elle. Le visage de Damon devint confus tandis qu'elle se concentrait sur ce que faisait Trevor. Sa langue, ses doigts, ses dents...

Il était tellement doué. Elle devinait qu'il était plus jeune que Damon de quelques années, et elle se demandait s'il avait appris certaines de ses techniques avec lui. Si c'était le cas, c'était un professeur hors pair.

Se dicter de se détendre devint futile lorsque les doigts de l'homme se courbèrent et la titillèrent, que sa langue la caressa, décrivit des cercles et trempa en elle.

— Laisse-toi aller.

Damon avait-il vraiment parlé ou l'avait-elle imaginé ?

Quoi qu'il en soit, elle se dit de s'abandonner. Son orgasme monta crescendo, et une seconde plus tard, la vague atteignit son apogée, déferlant en elle, l'emportant.

Alors qu'elle ouvrait la bouche pour crier, Damon combla l'écart entre eux, pressant ses lèvres contre les siennes, les capturant. Enfin, elle laissa ses yeux se fermer et savoura non seulement le baiser et le goût du pilote, mais aussi les petites secousses qu'elle ressentait, puisque Trevor ne s'était pas arrêté, mais avait seulement ralenti.

— Bon garçon, dit Damon à Trevor après avoir libéré la bouche de la jeune femme. Sur le dos, ordonna-t-il à MacKenzie.

Avant qu'elle puisse retourner son corps flasque, Trevor le fit pour elle et se mit à cheval sur ses cuisses, lui adressant un sourire qu'elle lui rendit avec joie.

Chapitre Seize

Trevor souhaitait à tout prix que Damon l'encule. À tout prix ressentir cette connexion une fois de plus. Elle lui avait manqué. L'homme qui était maintenant derrière lui sur le lit lui avait manqué.

Même s'il était ravi que Damon lui donne une seconde chance, et heureux que Mac y ait veillé, il était déçu que son ex ne le pénètre pas ce soir. Trevor savait que c'était parce qu'il lui avait avoué l'existence des cicatrices.

Damon était inquiet.

Bien que Trevor apprécie sa préoccupation, il savait que cette soirée ne serait sûrement pas suffisante à ses yeux. Il fallait donc que les choses se passent bien entre eux trois.

Damon avait calé la tête de Mac sur quelques oreillers et avait invité Trevor à enfourcher le torse de la jeune femme. Il était face à elle et tournait le dos à Damon.

Il avait demandé à Damon de diriger, et c'était exactement ce que l'homme faisait.

Trevor faisait confiance à l'instinct de son ex-amant et, ce soir, il accepterait tout ce que Damon lui accorderait. C'était un début. Celui qu'il espérait et qu'il était heureux d'avoir décroché.

Encore une fois, grâce à Mac. Il n'était pas certain que tout cela serait arrivé s'il ne s'était pas présenté à sa porte. Le risque avait payé.

— Bon garçon, lui fut chuchoté une nouvelle fois, le faisant frissonner.

Trevor avait entendu beaucoup de fois des « Bon garçon » ou « Bon chien », mais alors qu'il avait gobé ces louanges venant d'étrangers, c'était complètement différent quand elles sortaient des lèvres de Damon.

Ces mots avaient plus de poids.

Damon le disait avec amour et sens. Quelque chose que Trevor n'avait jamais trouvé chez les autres. Surtout parce que ce n'était pas ce qu'il cherchait.

Le plus souvent, on lui avait dit qu'il était un mauvais garçon ou un mauvais chien puisqu'il faisait exprès d'être « mauvais ». Il était puni quand il se comportait mal et n'obéissait pas. C'était exactement ce qu'il visait.

L'humiliation. La douleur. Le dégoût.

Les choses que Damon ne voulait ou était incapable de lui donner.

Mais maintenant, il était sûr d'avoir dépassé cela. Son esprit était plus sain parce qu'il avait affronté ses démons et les avait vaincus. Ou, du moins, il avait reconnu leur existence.

Alors ce soir, il savourerait chaque fois que Damon lui dirait « bon garçon ».

Même s'il était loin d'être un garçon.

Mac était loin d'être une fille. Elle ne semblait pas repousser ou détester le fait que Damon ait utilisé les mêmes éloges à son égard. En fait, ses réactions avaient montré que ces mots l'excitaient.

C'était prometteur pour Damon et Trevor, sans oublier la possibilité de transformer cette expérience en une relation polyamoureuse permanente.

Mais quoi qu'il en soit, ils devaient d'abord vivre cette nuit. Pour l'instant, même s'il n'avait pas le plaisir de se faire enculer par Damon, il aurait d'autres plaisirs.

Avec peu de mots, Damon avait demandé à Mac de reprendre Trevor dans sa bouche.

Elle l'avait fait sans hésiter, et cela lui a valu un autre « bonne fille ».

Elle *était* douée. Très habile.

En fait, il ne savait pas combien de temps il tiendrait alors que sa bouche montait et descendait sur sa longueur. Sa cruelle petite langue n'aidait pas non plus, le poussant à bout chaque fois qu'elle tournoyait autour de la tête de sa verge. Il n'oubliait pas non plus que ses mains étaient tout aussi dangereuses. Elle avait encerclé la racine de sa bite avec deux doigts fermes et frictionnait ses couilles avec son autre main.

Dans le passé, il avait rencontré des hommes gays et bis qui étaient difficiles à battre quand il s'agissait de sexe oral, tel que Damon, mais Mac était du même niveau. Chaque seconde qui s'écoulait, ou pendant laquelle il était *sucé*, elle grimpait dans cette liste.

Il sut exactement à quel moment Damon la pénétra. Les yeux de Mac s'ouvrirent, et elle gémit autour de sa bite, ce qui lui arracha aussi un grognement. Puis ses paupières se refermèrent. Le visage de la jeune femme arbora une expression de béatitude dont Trevor pouvait être un peu jaloux.

Il se rappela que la jalousie n'avait pas de place dans leur trio. Elle devait être exclue, non seulement de la chambre, mais de toute la relation.

Il mit ce sentiment de côté tandis que Damon le bousculait, entrant et sortant doucement de Mac. Entendre l'ouverture du bouchon du petit tube de lubrifiant que Mac avait pris dans son tiroir lui procura un frisson d'impatience. Damon lui avait dit jusqu'où ils iraient ce soir. Même s'il voulait ce que Mac recevait, il obtiendrait quelque chose de presque aussi bon.

Damon tapota la hanche de Trevor qui se hissa sur ses genoux, se penchant un peu en avant, ce qui le fit sombrer plus profondément dans la bouche de Mac.

Des doigts gluants tâtonnèrent son trou, le caressant, l'encourageant à s'ouvrir. Il avait du mal à se détendre avec ce que faisait Mac, mais il essaya. Avec l'accumulation du tissu cicatriciel, il n'était plus aussi souple et malléable qu'avant. C'était d'ailleurs ce qui préoccupait Damon. Si la longueur de l'homme était ordinaire, sa circonférence ne l'était pas. Si, par le passé, Trevor avait logé en lui des choses plus grosses que la bite de Damon, certaines avaient été la cause de ces cicatrices.

Il avait accueilli certains de ces objets, d'autres moins. Mais quand il était attaché avec des chaînes, des sangles, des cordes et qu'il est bâillonné, il était impuissant.

Arrête d'y penser.

C'était avant. Maintenant, il s'agissait de Damon et Mac.

Ce ne serait que du plaisir. Ni Damon ni Mac ne désiraient le faire souffrir. Ils souhaitaient le déguster, et que lui les savoure.

Damon testa le terrain en glissant son petit doigt dans le sphincter serré de Trevor.

Bon sang, cela faisait du bien. Damon voulait être prudent, mais son petit doigt ne suffisait pas.

— Day, gémit-il.

Damon ignora sa supplique et actionna son petit doigt dans l'anus de Trevor pendant quelques secondes. Lorsqu'il le retira, Trevor se crispa un instant, conscient de ce qui allait suivre.

Ses paupières se fermèrent, et il grogna, renversant sa tête en arrière pour la poser sur l'épaule de Damon.

Celui-ci passa son majeur glissant dans le cul de Trevor, avant d'aller au fond, de le recourber et d'effleurer sa prostate.

Damon avait dit qu'il allait pomper la prostate de Trevor, et c'était ce qu'il s'apprêtait à faire. Mais il voulait d'abord étirer Trevor et tester son degré d'ouverture.

Trevor connaissait déjà la réponse. Pas autant qu'avant.

Toutefois, il était certain de pouvoir accueillir Damon quand il était d'une extrême dureté. Cela faisait longtemps qu'il n'avait pas couché avec quelqu'un, mais il avait eu la cicatrice avant d'entrer dans le centre de désintoxication, et il s'était envoyé en l'air jusqu'à ce moment-là.

Au bout d'un moment, Damon ajouta son index, faisant un ciseau avec ses doigts pour étirer Trevor.

Damon déposa un baiser sur l'oreille de Trevor.

— Bon garçon, lui murmura-t-il, éloge tant désiré.

Ses yeux se révulsèrent lorsque Damon arrêta le mouvement de ciseaux et commença à caresser le point de la taille d'une noix qui allait faire fondre Trevor.

Il voulut avertir Mac, mais il n'arrivait pas à se concentrer suffisamment pour formuler une phrase cohérente. Ce que Damon faisait, pour lequel il était si doué, ne provoquerait pas un orgasme classique. Il susciterait une extase sans pareille.

Mais cela signifiait aussi que ce ne serait pas juste quelques perles de précum au bout de sa bite, que Mac nettoyait déjà. Non, quand elle croirait qu'il venait, ce ne serait que le début de quelque chose de meilleur. Du moins pour Trevor.

Mais pour Mac, cela pourrait être écrasant.

— Day, recommença-t-il, pensant qu'ils devaient la prévenir.

— Ça ira pour elle, murmura son amant à côté de son oreille.

Sa voix grave éraillée provoqua non seulement un frisson qui le traversa, mais aussi la montée de contractions, qui se localisaient également au niveau de son anus.

— Ça va être une bonne fille qui prendra tout ce que tu lui donneras. Un de ces jours, tu pourras aussi tout me donner.

Rien qu'avec cette promesse, Trevor eut du mal à rester en place et ne pas s'effondrer sur Mac.

Normalement, lors d'un massage de la prostate, personne ne touchait sa bite avant la toute fin, lors du tout dernier orgasme. Il était donc presque sûr que ce massage ne durerait pas longtemps.

Son soupçon se vérifia lorsque les contractions s'intensifièrent et que de petites giclées de sperme arrosèrent le fond de la gorge de Mac. Elle n'essaya pas de s'écarter ou se retirer, mais donnait plutôt l'air d'en savourer chaque goutte.

Bon sang. Pas étonnant que Damon veuille continuer à explorer leur relation.

L'excitation grandissait en Trevor alors que Damon se balançait contre lui en baisant Mac et caressant sa prostate. Il était sûr que ce serait plus rapide que d'habitude.

Cela faisait si longtemps qu'il n'avait pas eu la possibilité d'éprouver simplement... *du plaisir.* Un véritable plaisir avec quelqu'un qui s'en souciait. Mieux encore, avec deux partenaires.

Le signe révélateur des tremblements commença en son centre et se propagea dans son corps.

— Bon garçon, murmura Damon, indiquant qu'il avait dû

le reconnaître. Laisse-le t'emmener là où il doit aller. Laisse-toi aller.

Les doigts de Damon gardèrent un rythme régulier, caressant, caressant, caressant jusqu'à ce que Trevor ait l'impression de perdre la tête. Damon baisait Mac au même rythme, mais elle commença à sucer Trevor plus intensément au début de ses tremblements. Elle savait peut-être que quelque chose d'important se préparait.

Trevor voulut rire à cette idée, parce que c'était si vrai.

Mais les bruits qu'elle faisait, que ce soit parce qu'elle appréciait ce qu'elle lui faisait ou ce que Damon lui faisait, allaient l'anéantir bien plus vite.

Il ne bougea pas pour laisser Mac faire son truc et Damon faire de même. Il se délecta simplement du moment, conscient du résultat.

Il lâcha de plus en plus de petits jets de sperme, mais ce n'était qu'un aperçu de ce qui allait se produire. Dans le passé, pour plaisanter, Trevor avait qualifié ce phénomène de déluge.

Seulement, c'était le cas.

C'était l'orgasme ultime.

— Combien de temps tu peux te retenir ? demanda Damon, sa respiration saccadée.

Trevor eut du mal à répondre.

— Pas... longtemps.

— Retiens-toi aussi longtemps que possible. Je veux jouir avec toi, mais je veux d'abord la faire venir.

Trevor ouvrit les yeux et jeta un coup d'œil à Mac, dont le visage était rougi, les yeux fermés. Elle ne faisait plus que tenir Trevor dans sa bouche, ce qui lui convenait parfaitement. Plus que ça et il risquait d'exploser.

Les agissements de Damon attisaient une flamme en lui, et plus il le faisait, plus elle s'embrasait. Il reconnaissait les signes, outre les tremblements, le resserrement de certains muscles, la pression des doigts de Damon.

— Day...

Trevor tentait à nouveau d'avertir Damon.

— Relâche-le, ordonna Damon à Mac.

Trevor se décala juste assez et glissa de la bouche de la jeune femme. À la seconde où il le fit, le cou de Mac se galba, et un gémissement lui échappa, provoquant un violent frisson en Trevor.

— Putain, grogna Damon en accélérant le mouvement.

Les doigts de Mac s'enfoncèrent dans les cuisses de Trevor tandis que le corps de la jeune femme se courbait en dessous de lui.

— Elle vient.

Observer ses réactions poussa Trevor à bout.

— Moi aussi.

— Je veux te voir éjaculer sur elle, lâcha Damon au travers de dents serrées, prenant la bite de Trevor dans sa main et commençant à la caresser.

Cela n'allait pas poser de problème. Trevor le sentait. Ce poids. Cette tension. Puis, avec un gémissement, il jouit. Son sperme jaillit en épais filins, atterrissant partout. Sur la poitrine de Mac, son cou, son menton, sur l'oreiller, sur la main de Damon. Celui-ci le vida jusqu'à la dernière goutte. Quand les doigts de Damon le relâchèrent doucement, il ne restait plus rien en lui. Damon saisit alors les hanches de Trevor pour baiser Mac presque comme s'il le baisait, lui.

Puis il se figea, et Trevor imagina Damon gicler en lui. Il aurait aimé être à la place de Mac. Mais il devait admettre que la variante avait été tout aussi agréable. Il lui manquait juste la proximité qu'il avait quand Damon faisait partie de lui.

La prochaine fois.

Putain, il fallait qu'il y ait une prochaine fois.

Lorsqu'il tourna la tête pour regarder Damon, l'homme attrapa son menton. Ils s'embrassèrent maladroitement. Son bras passa autour de Trevor pour le serrer contre son torse.

— Bon garçon, chuchota à nouveau Damon quand ils rompirent leur baiser.

Trevor baissa les yeux vers Mac et vit qu'elle les contemplait silencieusement, une expression d'extase sur le visage, un sourire dans ses pupilles.

— Vous êtes si canons ensemble, dit-elle enfin.

— *On* est canon ensemble, corrigea Damon.

— Serviette, lança Trevor en hochant la tête et tendant la main.

Plus tôt, ils avaient placé une serviette à portée de main, et il était content qu'ils l'aient fait. Il avait assurément sali Mac. Elle devrait se doucher, mais il voulait au moins en enlever la majorité.

Damon passa la main et trempa un doigt dans la flaque de sperme qui s'était formée dans le cou de la jeune femme. Ensuite, il le présenta à Mac qui le suça.

Putain.

Damon recommença, cette fois en approchant son doigt des lèvres de Trevor.

Il le refit, l'amenant près des siennes.

— Ta saveur m'a manqué, confia tendrement Damon, après avoir nettoyé son doigt. Non. Plus que ça. *Tu* m'as manqué.

Chapitre Dix Sept

Mac tourna la tête sur l'oreiller et ouvrit les yeux. Elle n'eut pas besoin de regarder pour savoir qu'ils étaient partis. Elle avait un lit queen-size et même si la chaleur virile de leurs corps avait transformé son lit en fournaise, ils avaient dormi collés les uns aux autres, avec elle au milieu. Pour cette raison, elle ignorait comment ils avaient pu s'éclipser sans qu'elle ne s'en rende compte. Épuisée, elle avait dû être plongée dans un profond sommeil.

Elle bâilla et s'étira, testant des muscles tendus et endoloris. Après que Damon l'eut baisée, et après un petit de temps de récupération, Trevor l'avait également baisée.

Bien sûr, c'était tout aussi agréable que la première fois. Mais après cela, ils s'étaient arrêtés, ayant utilisé leurs deux seuls préservatifs. Elle avait noté mentalement d'en acheter une grande boîte et plus de lubrifiant. Enfin, s'ils voulaient réitérer la performance d'hier soir...

Elle fixa l'oreiller désert qui portait encore le creux de la tête de Damon.

Elle espérait bien qu'ils le souhaitaient.

Jamais elle n'aurait cru se retrouver dans une telle situation où elle partageait deux hommes. Cela ne lui avait même jamais traversé l'esprit. Gia en parlait toujours, mais Mac s'était moqué de l'idée. Elle avait déjà du mal à trouver un homme convenable, mais en trouver deux ?

Bien qu'elle aimerait penser qu'il s'agissait d'un scénario parfait, ce n'était pas le cas. Les choses entre Damon et Trevor étaient encore à vif. De plus, Mac ne connaissait pas vraiment l'ex du pilote et elle avait passé peu de temps avec Damon.

C'était nouveau, mais excitant.

Sans aucun doute, elle pouvait voir cette hypothétique situation tourner rapidement au vinaigre.

Entre leurs deux « séances », Damon avait répété qu'il ne devait y avoir ni jalousie ni favoritisme. Malgré tout, ils étaient humains. Ils avaient des émotions authentiques et des blocages.

Ils devaient être réalistes dans leurs attentes, ce que Mac avait fait remarquer aux deux hommes.

Ils avaient été d'accord.

Ils avaient également tous convenu du fait que tout problème devait être discuté ouvertement entre eux. Il ne fallait pas les laisser s'envenimer.

Pourtant, après tout cela, et après s'être finalement endormis ensemble, elle était étonnée qu'ils se séparent sans un mot.

Pas seulement l'un d'entre eux. Les deux.

Mac se mordit la lèvre inférieure en remarquant les emballages de préservatifs usagés sur sa table de nuit et le petit tube de lubrifiant désormais vide.

Qu'est-ce que c'était ?

Elle roula sur le côté et attrapa ce qui ressemblait à un mot au dos d'un ticket de caisse. L'écriture soignée rendit

Mac un peu jalouse. Quel homme avait une si belle écriture ? Un homme qui aimait les choses précises, ordonnées et sous contrôle, voilà qui.

Se souvenant les directives qu'avait données Damon la veille, elle eut la chair de poule en lisant la note.

— T'étais épuisée. Trev et moi devons parler. On ne voulait pas te déranger. On t'appelle plus tard.

Elle rampa jusqu'à son téléphone, et avant de pouvoir envoyer un message à Gia, elle vit que son amie lui en avait écrit un hier soir.

Chez Gryff. Vendredi soir. Sept heures. Soyez là. Amène tes hommes. Je te déteste ! Suivi d'un autre message qui ne comportait qu'un emoji faisant un bisou. Puis un troisième : *OK, je t'aime toujours, mais je te déteste ! Tellement jalouse ! *emoji qui tape du pied**

En lisant le texte dans sa tête, elle put imaginer la voix de Gia et la voir taper du pied, ce qui la fit rire.

Elle adorait sa meilleure amie, mais Gia avait tendance à être un peu la reine du drame.

Vendredi soir. Comme ils n'avaient pas discuté de l'emploi du temps de Damon, elle ignorait s'il serait en ville ce soir-là. En tant que massothérapeute, Trevor ne devrait avoir aucun problème à réorganiser son planning, si besoin.

Mais il y avait un autre souci. Damon accepterait-il d'y aller ? Et que se passerait-il d'ici là ? Se reverraient-ils tous les trois ?

Ce n'était pas comme s'ils devaient se précipiter. Ils pouvaient profiter de la... *euh*... compagnie les uns des autres, et voir ensuite comment les choses évoluaient entre eux.

Ils savaient déjà un truc.

Le sexe était génial.

Mais ce n'était qu'une petite partie de ce qui intéressait Mac.

Elle était attirée par Damon, et si Trevor s'ajoutait à l'équation, alors cela lui convenait. Oh oui, elle était partante. Niveau sexe, il était tout aussi doué que Damon.

Trevor était simplement heureux d'être à nouveau avec Damon, et ce, même si Mac faisait partie du tableau. Il semblait lui être reconnaissant de cette chance.

Damon montrait de l'intérêt pour l'arrangement. Il n'avait certainement pas réfuté l'idée après la première ni la deuxième fois qu'ils avaient baisé.

En fait, il avait paru détendu et satisfait par la suite. Mac sourit en regardant son téléphone.

D'un côté, elle se demandait de quoi les hommes devaient parler. D'autre part, elle était sûre qu'ils avaient beaucoup de problèmes à régler entre eux. C'était prévisible, même d'après le peu d'informations qu'elle avait sur leur « situation ». Mais... leur discussion mènerait-elle plus loin ?

Damon était celui qui voulait qu'ils baisent ensemble uniquement lorsqu'ils étaient réunis tous les trois. C'était lui qui avait établi cette règle. Serait-il celui qui la briserait ?

Mac s'en soucierait-elle ?

Seulement si elle n'avait pas la même chance. Paige avait insisté sur l'importance de l'équité.

Elle n'hésiterait pas à poser la question à Damon lorsqu'il l'appellerait plus tard. Elle voulait également en apprendre plus sur ce qui s'était passé entre eux des années plus tôt, et sur ce qui était arrivé à Trevor après avoir quitté Damon. Ils ne devraient pas garder de secrets.

Elle en parlerait aussi à Damon. Elle poserait peut-être elle-même la question à Trevor. S'il avait du mal à se livrer à elle, cette relation n'était peut-être pas faite pour elle.

Si un secret était conservé, elle ne pourrait s'empêcher de se demander s'il y en avait d'autres. La confiance allait être la clé de toute cette relation.

Mais si cela marchait entre eux, elle serait une femme heureuse et comblée.

Elle se laissa retomber sur le lit et poussa un cri de joie.

———

Il avait dit qu'il appellerait, mais il ne l'avait pas fait. À la place, il avait envoyé un texto. Damon avait refusé de répondre à ses questions par téléphone. Il valait mieux le faire face à face.

Il lui avait donc envoyé un message pour l'inviter chez lui. Après s'être interrogé sur la présence de Trevor, il avait finalement décidé qu'il était important qu'il soit inclus. Les choses devaient être mises à plat, car il ne voulait rien cacher à Mac.

Après s'être douché et avoir mangé un morceau chez Damon, Trevor était parti s'occuper de quelques clients.

À présent, ils étaient assis dans le salon du pilote, chacun dans son coin, comme la veille chez Mac.

Tout en rongeant sa lèvre inférieure, elle semblait un peu plus pâle que d'habitude. Il souhaitait apaiser ses craintes, mais devait s'y prendre prudemment. Elle paraissait agitée, et il ne voulait pas qu'elle se précipite vers la sortie avant qu'ils aient pu s'expliquer.

— Pourquoi j'ai l'impression que je vais être renvoyée ? demanda-t-elle avec un rire nerveux, ses yeux passant de Damon à Trevor, puis revenant à Damon.

En temps normal, Damon aurait gloussé, mais il avait le ventre noué. Il y avait deux trucs que Mac devait savoir, et les deux pouvaient entraver le chemin qu'ils empruntaient tous les trois.

— Désolé si la situation semble sérieuse, dit Damon. Mais il y a des choses qu'on doit te dire.

— Ouais, souffla-t-elle, son visage se décomposant. Je vais être virée. Ou on va m'expulser de l'île. Ou... peu importe.

— Non, ce n'est pas ça, intervint Trevor.

D'un air mal à l'aise, il était assis dans un fauteuil près de la cheminée tandis que Mac s'était installé sur le canapé et que Damon était resté au centre de la pièce.

— Alors qu'est-ce qu'il se passe ? demanda-t-elle en penchant la tête.

— Trevor va te dire ce qu'il m'a confié, poursuivit Damon. On pense que tu dois tout savoir avant d'avancer. Et puis j'... *on* a un autre truc à te révéler. Je veux juste m'assurer que toutes ces informations te conviennent, pour que tu puisses prendre la meilleure décision pour toi.

— C'est alarmant, commenta Mac en passant une main sur ses yeux.

— Seulement si tu veux que ça le soit, lui assura Damon.

— Eh bien, cette remarque ne fait qu'empirer les choses, dit-elle en laissant tomber sa main et scrutant le pilote avant de jeter un coup d'œil à Trevor. Tu peux t'y mettre ? Mon cœur bat la chamade.

Trevor acquiesça, et Damon eut envie d'effacer d'un baiser son expression sérieuse, mais inquiète. Malheureusement, il allait devoir patienter.

— T'as entendu des bribes, mais je veux tout te raconter. Depuis le moment où les choses ont changé pour moi, pendant ma relation avec Damon, ce qui s'est passé après mon départ, jusqu'au moment où je l'ai retrouvé dans le bar où il t'attendait pour votre premier rencard.

Damon ne savait pas s'il devait demeurer près de Trevor pour le soutenir pendant qu'il relatait son histoire tragique, ou s'asseoir avec Mac alors qu'elle l'écoutait et la digérait.

Il décida de rester neutre. Il garda la bouche fermée,

perché discrètement sur le bras du canapé, à l'opposé de Mac, pendant que Trevor se mettait à nouveau à nu.

Il espérait que Mac ne trouverait pas le passé de Trevor répréhensible. Il espérait qu'elle pourrait passer outre son histoire et envisager l'avenir. Si possible, avec eux.

Tandis que Trevor révélait son récit, Damon repensa à ce qui s'était produit plus tôt entre Trevor et lui. Au cours de leur longue discussion, Trevor avait promis qu'il ne partirait plus jamais comme il l'avait fait. Qu'il resterait et affronterait tous les problèmes qui se présenteraient.

Trevor avait également juré de poursuivre sa thérapie, où il se rendait deux fois par semaine, pour faire en sorte de ne jamais retomber dans ce trou noir. À son tour, Damon avait promis d'être là pour lui, si Trev sentait qu'il prenait cette direction. Il le soutiendrait et ferait tout son possible pour le sortir de cette obscurité.

Il était heureux qu'ils n'aient pas eu cette conversation devant Mac, parce qu'elle avait été âpre et très émotionnelle. Il leur avait fallu à tous les deux un certain temps pour s'en remettre.

Mais le problème était que les émotions qu'ils avaient ressenties s'étaient tellement intensifiées que les choses étaient devenues physiques.

Au début, ils s'étaient simplement tenu la main pendant qu'ils parlaient. Puis ils s'étaient enlacés, mais lorsque leurs grands huit émotionnels avaient dévalé une pente raide, tout avait débouché plus loin. Beaucoup plus loin.

Damon n'avait pas eu l'intention d'en faire autant. Mais cela s'était produit.

Ce que Damon avait évité de faire la veille, car il s'inquiétait des cicatrices de Trevor, était survenu.

Sans Mac.

C'était Damon lui-même qui avait insisté sur le fait de ne

pas baiser à moins qu'ils participent tous d'une manière ou d'une autre.

Trevor lui avait dit de ne pas s'en vouloir, mais c'était plus fort que lui. Damon était un homme de parole et il n'avait pas tenu sa promesse.

Il craignait de perdre la confiance de Mac.

Un hoquet de Mac ramena Damon à l'instant présent. Son expression mélangeait un air de tristesse et d'horreur. Il pouvait voir qu'elle s'efforçait de rester impassible, mais qu'elle perdait la bataille.

Surpris, Damon se leva lorsque Mac s'envola du canapé et tomba à genoux devant Trevor, l'enlaçant du mieux qu'elle put et posant sa tête sur ses genoux.

Des larmes s'échappaient de ses yeux clos.

— Je suis désolée, s'écria-t-elle. Je suis tellement désolée que t'aies eu à subir ça. Tu vas mieux, n'est-ce pas ? S'il te plaît, dis-moi que tu vas mieux.

Avec ses doigts, Trevor peigna les cheveux roux lâchés de Mac, et ses yeux gris croisèrent ceux de Damon.

— Je vais beaucoup mieux maintenant. À présent, mon âme est calme et satisfaite. J'espère que Day et toi pourrez m'aider à garder les pieds sur terre et à me sentir entier.

— Je suis là pour toi. Si t'as besoin, chuchota-t-elle. *On* est là pour toi.

Ses yeux bleus s'ouvrirent, brillants de larmes, et elle regarda en direction du pilote.

— N'est-ce pas, Damon ? On est là pour lui. Peu importe ce qu'il lui faut.

Damon voulait être d'accord, dire oui, mais il en était incapable.

— Mac, je n'étais pas suffisant pour lui. Je ne pouvais pas lui donner ce dont il avait besoin, c'est pour ça qu'il est parti. Il te l'a dit.

— Mais c'est quand il... souffrait. De l'intérieur. Il ne souffre plus.

— Je pense que t'essaies de simplifier un truc qui est beaucoup plus complexe. J'ai eu du mal à comprendre pourquoi il avait besoin de ce qu'il recherchait. Je suis sûr que c'est la même chose pour toi.

Damon s'autorisa enfin à bouger, à s'approcher d'eux. Trevor était toujours assis sur la chaise, tentant clairement de garder son calme, et Mac était à ses pieds, ne prenant pas la peine de cacher à quel point l'histoire de Trevor l'avait affectée.

Lorsqu'il atteignit la chaise, il se pencha et déposa un baiser sur les lèvres de Trevor avant de s'accroupir à côté de Mac. Il lui saisit le menton et, après avoir essuyé quelques larmes, l'embrassa à son tour.

Ses baisers furent rapides et légers parce qu'il ne voulait pas que cela prenne une tournure sexuelle, comme cela avait été le cas ce matin entre Trevor et lui.

Il devait d'abord avouer ce qui s'était produit à Mac. De plus, même si elle se trouvait aux pieds de Trevor et semblait accepter son passé, il souhaitait s'en assurer.

— Ce qu'il t'a dit... Est-ce que ça change quelque chose ?

— Qu'est-ce que tu veux dire ? demanda Mac en clignant des yeux.

— Est-ce que ça change notre situation ? Ou notre situation potentielle ? Tu désires avancer avec nous ?

— Oui, bien sûr. J'avais déjà compris certaines choses. J'ai vu les cicatrices et les tatouages. Il n'a fait que combler les blancs. Je ne le vois pas différemment. On a tous nos chemins à tracer, le sien était juste plus compliqué que ce que la plupart d'entre nous pourraient endurer.

Damon saisit une mèche des cheveux de la jeune femme et l'enroula autour de son doigt avant de la relâcher.

— Maintenant, j'ai quelque chose à t'avouer.

— S'il te plaît, ne me dis pas que t'as été maltraité toi aussi, souffla Mac en fermant les yeux.

— Non.

— Alors quoi ? demanda-t-elle en rouvrant les yeux et croisant les siens.

— Tu sais que j'apprécie l'honnêteté...

— Quoi, Damon ? Dis-le-moi.

— Après avoir quitté ton lit tôt ce matin, on est revenus ici pour parler.

Les yeux de Mac, encore rouges de larmes, se plissèrent.

— Vous avez changé d'avis ?

— Non. Mais on veut te donner une chance de changer le tien.

— Le passé de Trevor ne me dérange pas. Je viens de le dire.

— Ce n'est pas du passé. C'est arrivé ce matin.

— Vous étiez ensemble ce matin.

— Oui.

— Et tu penses que ça va m'énerver ? dit-elle en levant la tête des genoux de Trevor et haussant les épaules.

— Je n'étais pas certain, mais je voulais que tout soit clair. Je... on... en avait besoin. Ses cicatrices me préoccupaient, et je...

Trevor intervint, incitant Mac à lever les yeux vers lui.

— Son inquiétude est devenue la mienne, et on ne voulait pas t'alarmer non plus. On a donc décidé de tenter.

Bien que les émotions se soient un peu emballées, Damon aurait pu stopper les choses avant qu'elles n'aillent trop loin. Finalement, il n'avait pas souhaité s'arrêter, et Trevor non plus. De plus, ils pensaient tous les deux qu'il valait mieux que Mac ne soit pas là lorsqu'ils essaieraient de baiser, au cas où il y ait des problèmes cachés. Bien qu'il y ait eu des problèmes, ils avaient été mineurs.

— Et ?

— À part la douleur du pincement et la perte d'élasticité, on s'en est bien sortis, commenta Trevor en souriant et faisant un clin d'œil à Mac.

— T'as enfreint ta propre règle, lâcha-t-elle en se tournant vers Damon.

— En effet, répondit ce dernier en baissant la tête. Je voulais vraiment parler à Trevor, rien de plus. Mais beaucoup d'anciennes émotions sont remontées à la surface. C'était compliqué, et ça n'aurait pas été juste de te faire subir ça. Mais on avait aussi besoin de panser certaines plaies et...

— Et le sexe entre vous a guéri ces blessures.

— Il y aura toujours des cicatrices, confia-t-il en jetant un œil à Trevor. Pas seulement physiques. Mais j'espère qu'avec le temps, elles s'estomperont.

— La discussion s'est bien passée, le sexe s'est bien passé. Même si je suis heureuse que ça ait marché et que les choses progressent entre vous, je me demande ce qu'il en est pour moi. Est-ce que je vais finir sur la touche ? La troisième roue du carrosse ?

— Non, cria Trevor en se penchant et attirant Mac sur ses genoux, alors que Damon allait répondre.

Le masseur serra le visage de la jeune femme entre ses mains.

— Non, répéta-t-il, surprenant Damon avec la suite. S'il te plaît, ne pense ça à aucun moment. Ce n'est pas ce qu'on en a retiré. On a aussi parlé de nous trois et de notre envie d'avancer.

Trevor soupira et inspira.

— Lorsque je vous ai vus, Day et toi, dans ce bar, ensemble... poursuivit-il. Mon cœur s'est brisé. Je pensais ne jamais avoir la chance de réparer ce que j'avais détruit. À ce moment-là, j'ai su ce que Day avait ressenti quand je suis parti sans un mot. Pour être honnête, cette nuit-là, j'ai été jaloux. Je t'ai détestée. Même si je ne bois plus, je me suis assis au bar et j'ai avalé plusieurs verres. Je m'apitoyais sur mon sort et je sentais la rancœur m'envahir. Mais j'ai suivi de nombreuses thérapies au cours de l'année écoulée. Quand je dis beaucoup, je veux dire *énormément*. Je ne plaisante pas. Plus tard, lorsque j'y ai bien réfléchi, j'ai été heureux que Damon soit passé à autre chose. Je ne connaissais pas les circonstances. Je ne savais pas que vous veniez de vous rencontrer. Mais quand je me suis présenté chez Damon ce matin-là et que je t'ai vue, je n'avais plus de ressentiment. Je m'étais résigné au fait d'être arrivé trop tard. Puis Damon m'a embrassé... Après ça, je suis venu te parler. Et puis.... ensuite, la nuit dernière passée ensemble, tous les trois...

— Maintenant, je suis ici, dit Mac d'une petite voix.

— Rien n'a changé par rapport à notre discussion d'hier soir, assura Damon en se levant.

— Une chose a changé, lui rappela-t-elle.

— Oui. Encore une fois, j'en suis désolé. On s'est mis d'accord pour te laisser choisir à partir de maintenant.

— Choisir ? répéta Mac en plissant les yeux.

— J'ai dit que je voulais seulement qu'on baise tous les trois ensemble. T'as évoqué être d'accord pour qu'on se retrouve à deux à d'autres moments. Je te laisse prendre cette décision. C'est à toi de fixer la règle. Ce que tu préfères.

— Tu accepterais que Trevor et moi couchions ensemble quand tu t'absentes pour le boulot ?

— Je devrais l'être.

— Damon, murmura Mac. Si ça te ronge, alors je ne suis pas sûre d'en avoir envie.

Tandis que Mac était assise sur les genoux de Trevor,

Damon essaya de les imaginer en train de baiser sans lui, alors qu'il était à des centaines de kilomètres, et l'idée lui retourna l'estomac. Il avait perdu des années avec Trevor. Il ne voulait pas en louper d'autres.

Mais il ne désirait pas non plus tout gâcher avec Mac.

— J'ai une idée, annonça-t-elle. Concernant leur relation, Paige m'a dit qu'ils n'avaient aucune limite de qui est avec qui. Ils sont plutôt libres sur ce sujet. Si ça marche pour eux, ça ne marche pas forcément pour toutes les relations polyamoureuses. J'en avais envie au début, mais en fait, ce n'est peut-être pas pour nous. On est invités à dîner chez le frère de Gia. Je connais Gryff depuis l'université. Il vit lui aussi une relation polyamoureuse et elle s'est arrangée pour qu'on puisse tous aller en discuter avec eux, et même leur poser des questions. Pour voir comment ils s'y prennent. On peut s'en tenir à ta règle, Damon, pour les prochains jours. Après vendredi soir, on décidera de la marche à suivre. Ça te va ?

— Je pense que c'est une bonne idée, déclara Trevor en hochant la tête et jetant un coup d'œil à Damon.

— Je ne devrais pas avoir de soucis pour le dîner de vendredi. Par contre, j'ai un vol prévu très tôt, je risque d'être un peu lessivé.

— On n'est pas obligés de rester longtemps. On peut dîner et se faire une idée de leur ménage à trois. On pourrait aussi aller chez Gray, ou les inviter, mais je pense qu'avec les jumeaux, les choses sont un peu mouvementées pour eux en ce moment. Donc, c'est réglé. Vendredi soir, on dînera chez les Ward, et en attendant, on s'assure au moins d'être tous les trois dans la même pièce quand on baise, annonça Mac, passant les bras autour du cou de Trevor. Mais entre-temps, comment vous allez vous rattraper pour ce que vous m'avez fait ?

— À quoi tu pensais ? s'enquit Trevor, ses lèvres se courbant en un sourire.

— Eh bien, puisque j'ai raté le spectacle précédent, que dirais-tu d'une répétition ? souffla-t-elle.

— Mais avec ton implication ? demanda Damon en contournant la chaise pour se placer derrière Trevor.

Cette suggestion lui convenait parfaitement. Il ne désirait rien de plus que posséder les deux personnes qui se trouvaient sur cette chaise.

Mac dévia ses yeux bleus brillants de Trevor à Damon. Elle haussa une épaule. Il mourrait d'envie d'y enfoncer ses dents. Goûter d'autres taches de rousseur. Embrasser sa bouche charnue.

— Mmmh. Je suis sûre de vouloir me joindre à vous, mais, si ça ne vous dérange pas, j'aimerais d'abord regarder.

Damon n'y voyait aucun inconvénient. Le trac ne le préoccupait pas, mais Trev était-il prêt à retenter l'expérience précédente ? Il craignait encore de lui faire mal quand ils couchaient ensemble.

Trevor avait toujours aimé le sexe brutal, même avant que les choses deviennent tordues. Quand ils avaient baisé ce matin, Damon s'était retenu, ne sachant pas jusqu'à quel point il pouvait être rude avec lui. Il avait été retenu par la peur de déclencher un truc chez Trevor. C'était encore le cas.

Toutefois, les mots de Trevor l'avaient rassuré.

— J'ai toujours adoré nos ébats brutaux, Day. Vraiment. Je ne veux pas que ça s'arrête. Mais quand on le fera, ce ne sera pas pour la même raison. Ce sera parce qu'on y prend du plaisir, pas parce que c'est indispensable. Je ne veux pas que tu t'inquiètes. Sois toi-même. Ce dont t'as besoin m'excite toujours.

Trevor savait qu'il pouvait dire à Damon si le sexe devenait trop brutal et s'il se rapprochait trop de cette limite obscure. C'était un autre sujet dont ils avaient discuté ce matin. Trevor avait promis d'être complètement ouvert et honnête avec Damon. Il avait également juré de parler de cette relation insolite à son thérapeute, pour s'assurer qu'un ménage à trois ne lui ferait pas plus de tort que de bien.

Damon tendit le bras pour passer ses doigts sur la lèvre inférieure de Mac, celle qu'elle adorait mordiller. Elle sourit à sa caresse et le bout de sa langue sortit, effleurant les doigts du pilote avant qu'il les enlève. Sous le regard de Mac, il fit dériver le dos de ses doigts sur les poils courts recouvrant les deux joues de Trevor. Les pupilles de la jeune femme s'assombrirent d'impatience.

La bite de Damon grossit dans son jean tandis qu'il enfouissait ses doigts dans les cheveux de Trevor, qui étaient juste assez longs pour lui offrir une bonne prise. Ce qu'il fit. Il recourba ses doigts, resserrant sa poigne, et renversa lentement la tête de Trev en arrière pour qu'il le regarde. La bouche du masseur était entrouverte, sa respiration plus rapide, ses yeux s'assombrissant aussi.

— Il est dur ? demanda Damon à Mac.

Après s'être un peu tortillée sur les genoux de Trevor, elle acquiesça.

— Oui, souffla-t-elle, les joues rougies.

Il plongea son regard dans les yeux gris de Trevor, ceux qui pouvaient dérober son âme. Même si le masseur avait remis les rênes à Damon, c'était Trevor qui détenait tout le pouvoir. C'était lui qui régnait sur le cœur de Damon. L'abandon de ce contrôle n'était qu'une illusion. Damon n'était pas dupe à penser le contraire.

Plus ils se soudaient, devenaient une triade, plus Mac prendrait également de l'importance. Il pourrait facilement leur céder son cœur, ce qui le rendrait plus vulnérable que jamais.

Il espérait que le jeu en valait la chandelle. Il espérait ne pas être consumé cette fois-ci. Tomber amoureux non seulement d'une personne qui pourrait l'anéantir, mais raviver son amour pour celui qui l'avait déjà fait.

C'était dangereux.

Mais Damon était prêt à prendre ce risque. Il était prêt à rouvrir son cœur à Trevor. Il était prêt à céder son âme à la femme enlacée par celui-ci.

Il voulait que leur relation fonctionne. C'était rassurant d'entendre que d'autres ménages à trois amoureux réussissaient à construire une vie ensemble. Avec un peu de chance, ses craintes seraient apaisées en rencontrant certains d'entre eux.

Il plia ses doigts sur le cuir chevelu de Trevor et se pencha pour l'embrasser. Damon effleura les lèvres de celui-ci, juste assez pour le taquiner. Puis il recommença, cette fois en glissant sa langue entre les lèvres de son amant, la plongeant à l'intérieur, puis la retirant rapidement. Lorsqu'il répéta la manœuvre, leurs langues entrèrent en contact, et un râle sortit de la poitrine de Trevor, dont les hanches se décollèrent légèrement de la chaise.

Damon décida de se dépasser aujourd'hui. Pour déterminer de quelle façon il serait affecté en les voyant tous les deux, si tant est qu'il soit touché. La nuit dernière, lorsqu'ils avaient couché pour la deuxième fois ensemble, Trevor avait baisé Mac, mais Damon s'y était mêlé. Cette fois-ci, il essaierait de rester en dehors le plus longtemps possible.

— Tu veux la baiser ? murmura Damon, à un doigt des lèvres de Trevor.

— Oui, chuchota Trevor.

Damon lâcha les cheveux de Trevor, et la tête de son amant retomba en avant comme s'il n'avait plus de force. Lorsqu'il la releva enfin, Trevor passa une main derrière la tête de Mac et l'attira vers lui, écrasant leurs bouches l'une contre l'autre. Cette vision fit bander Damon, lui prouvant qu'il serait difficile de rester à l'écart pendant que les autres s'envoyaient en l'air.

Cependant, il ferait de son mieux, parce qu'après que Trevor ait baisé Mac, il prévoyait d'enculer Trevor et laisser Mac les observer comme elle le souhaitait.

Damon les regarda s'embrasser encore quelques secondes alors que Trevor palpait les seins de Mac sous son haut. Il imaginait ce que Trevor faisait puisque Mac gémissait dans la bouche du masseur et se trémoussait sur ses genoux.

— Je monte chercher un préservatif. Vous avez intérêt à être tous les deux nus quand je redescendrai, dit-il, espérant qu'au moins l'un d'entre eux avait entendu sa demande.

Après les avoir regardés une dernière fois, ensemble sur la chaise, Damon grimpa les marches deux par deux.

Chapitre Dix Huit

Trevor entrelaça ses doigts dans les longs cheveux de Mac et l'écarta de lui, rompant leur baiser.

— On n'a pas beaucoup de temps.

Était-ce lui qui semblait si essoufflé ? Bien sûr ! Entre la femme sexy qui était sur ses genoux et Damon qui allait les regarder baiser, sa bite palpitait en rythme avec son cœur.

— Je m'excuse d'avance si je ne tiens pas longtemps. Je ferai de mon mieux pour te faire jouir avant, mais avec Damon qui nous observe....

— Je pense que je serai comme toi, alors ne t'inquiète pas, le rassura-t-elle en hochant la tête. Ma culotte est déjà trempée.

— Super, dit Trevor en souriant.

Il l'embrassa rapidement sur les lèvres et l'aida à se lever.

— Merci.

— Pour quoi ? s'enquit Mac en penchant la tête et s'arrêtant à mi-chemin alors qu'elle enlevait son haut.

— Pour ça, répondit-il en agitant la main.

Il secoua la tête.

— Pas *ça*, se reprit-il en désignant la chaise. OK, pour ça aussi. Mais pour être si compréhensive, si ouverte et... pour tout. Je te suis reconnaissant d'avoir écouté mon histoire jusqu'au bout tout à l'heure et de ne pas me voir différemment. Ou même de ne pas me regarder avec dégoût. Je dois te remercier d'être le catalyseur qui nous permet, à Damon et moi, de réparer notre relation.

— Honnêtement, ça ne te dérange pas que je fasse partie de l'équation ?

Trevor se leva et passa vivement sa chemise par-dessus sa tête, la jetant sur le canapé voisin.

— Non. Je vois la même chose que Damon. Très distinctement, en fait.

— Je comprends aussi ce qu'il a vu en toi, dit Mac en se mordant la lèvre inférieure et acquiesçant.

— A vu, murmura Trevor.

— Et ce qu'il redécouvre, poursuivit-elle en lui prenant le bras et le pressant. Il dépasse sa peine maintenant. Il voit plus loin. Il *te* revoit. Celui que tu étais avant tout ça.

Au niveau de son torse, elle toucha l'une des cicatrices arrondies et boursouflées.

— Celui que tu es aujourd'hui, ajouta-t-elle en posant sa paume sur le tatouage du soleil et de la lune au-dessus de son cœur.

Ils entendirent un bruit provenant de l'étage.

— Il fait exprès de faire du tapage pour nous avertir qu'il va redescendre. On doit être nus avant que ses pieds touchent la dernière marche.

— Sinon quoi ?

La question de Mac fut étouffée alors qu'elle finissait de faire passer son T-shirt au col en V par-dessus sa tête. Elle le jeta dans la même direction que celui de Trevor.

C'était une bonne question. Que ferait Damon ? Trevor

envisagea de ne pas obéir pour le découvrir, mais seulement pendant une fraction de seconde. Cela pouvait attendre. Les choses étaient encore récentes, et il voulait désespérément contenter Damon, pas lui forcer la main.

Trevor enleva ses baskets sans même les défaire, dézippa son jean et l'ôta tout aussi rapidement, tandis que Mac retirait ses sandales et laissait tomber son short.

Bon sang, cette femme était vraiment belle. Sa peau de porcelaine, ses taches de rousseur ici et là. Elle déclipsa son soutien-gorge et le jeta de côté jusqu'à se retrouver en culotte. Il avait hâte de revoir ce flambeau de poils qui s'élevait de sa chatte, d'un rouge plus vif que les cheveux sur son crâne.

Ses yeux trouvèrent automatiquement la tache de rousseur qu'il avait revendiquée, située sur la courbe extérieure du sein de Mac. Il s'en occuperait dans quelques secondes. Les seins de la jeune femme n'étaient ni gros ni pulpeux, ils étaient menus et fermes, ce qui s'accordait bien avec son corps élancé. Bien qu'elle ait une petite taille, ses hanches étaient assez évasées, et ses fesses assez galbées pour qu'il ait envie de l'attraper, la pencher en avant et contempler son cul onduler pendant qu'il la pilonnait.

Mais d'abord, il saisit sa culotte au niveau de sa taille et l'abaissa. Une fois les cuisses de Mac franchies, elle tomba à ses pieds. Il put constater que la zone en coton de l'entrejambe était plus foncée que le reste. Elle n'avait pas menti, elle était trempée.

— Assieds-toi sur la chaise, lui indiqua-t-il.

Il avait besoin d'enfouir son visage entre les cuisses de la jeune femme. Il espérait seulement que Damon se réjouirait de le trouver à cet endroit.

— Pose-toi et écarte tes cuisses pour moi.

Il se caressa en la regardant faire exactement ce qu'il avait dit. D'habitude, ce n'était pas lui qui donnait les ordres, mais il était un peu excité que Mac suive les siens. Après s'être installée sur la chaise, les cuisses ouvertes, elle passa un doigt entre ses plis, puis exposa suffisamment son sexe pour qu'il puisse voir sa couleur rose et sa brillance.

Il gémit, s'agenouilla à ses pieds, écarta davantage ses cuisses en y enfonçant ses doigts, la maintenant dans cette position. Quand il lui suça le clito, elle poussa un cri, et son corps se décolla du dossier de la chaise rembourrée. Cela faisait très longtemps qu'il n'avait pas léché une femme, alors sa réaction l'encouragea à continuer en redoublant d'enthousiasme. Il effleura le bouton ferme du bout de la langue, puis en fit le tour avant d'aspirer l'un des plis de sa chatte dans sa bouche, le savourant, puis reproduisant la même chose avec le deuxième.

L'odeur de l'excitation féminine emplit ses narines. Il se perdit aussitôt, s'efforçant d'arracher d'autres sons de plaisir à Mac, de faire tout ce qu'il pouvait pour faire réagir le corps de la jeune femme, pour qu'elle mouille plus que jamais.

Les cuisses de Mac tremblaient contre sa tête, et il ignora les bruits de pas qui se rapprochaient. Puis des doigts, qui n'appartenaient pas à Mac, s'enfoncèrent dans ses cheveux. Son cuir chevelu hurla lorsqu'on tira dessus. Éraflant une dernière fois l'intérieur des cuisses de la jeune femme avec sa barbe, il suivit le mouvement du tiraillement et se leva pour découvrir un Damon très sérieux.

— Est-ce que je t'ai donné la permission pour ça ?

Un feu brûlait dans les yeux de l'homme, mais ce n'était pas de la colère. Oh non, Damon adorait ce qu'il voyait. L'indéniable ligne dure de son jean le prouvait.

Trevor réprima un sourire. Mais avant qu'il puisse répondre, Damon l'embrassa, fourrant sa langue dans sa bouche, goûtant la saveur de Mac sur la langue et les lèvres de Trevor. Il sursauta lorsque celui-ci lui mordit la lèvre inférieure avant de le libérer.

— Cette bouche est à moi.

Avec une main enroulée autour du cou de Trevor, Damon attrapa les couilles de celui-ci avec l'autre et les serra fort.

— Elles sont à moi.

Il pressa vigoureusement la bite de Trevor.

— Ça aussi, c'est à moi.

Il relâcha Trevor et pointa du doigt le sexe rose et lisse de Mac, qui était toujours exposée puisqu'elle se touchait en regardant leur interaction.

— C'est également à moi. Vous ne pouvez vous partager qu'avec ma permission. C'est compris ?

La tête de Trevor tourna et ses couilles se resserrèrent. Toutes les terminaisons nerveuses de son corps s'embrasaient devant l'autorité de Damon. Il tressaillit d'impatience à l'idée que Damon l'encule pendant que Mac les observait. À l'idée de baiser Mac tout aussi fort sous le regard de Damon.

Qu'ils partagent tous les trois une fois de plus leurs corps jusqu'à ce qu'ils s'effondrent en un tas de corps, de sperme et de sueur.

Mais il attendait surtout la suite avec hâte. Le bonheur, le nettoyage, les soins mutuels, les câlins. Les caresses et la connexion. Le sentiment de satisfaction totale qui était si fort et envahissait chaque cellule de l'organisme de Trevor. C'était ce qui lui manquait le plus. C'était ce qu'il désirait.

Sans oublier qu'il en avait désespérément besoin. Il avait été dominé par beaucoup d'hommes et de femmes dans le passé, mais la douceur de la suite lui avait manqué. Il n'avait pas non plus demandé à l'avoir ou ne l'avait pas recherché avec eux.

Il souhaitait la vivre avec Damon. Et maintenant, avec Mac aussi.

Il désirait se sentir aimé après s'être envoyé en l'air. Il voulait la totale, se sentir entier à nouveau.

Damon fit dériver son doigt sur la joue de Trevor. Ses yeux commencèrent à piquer lorsqu'il vit ce qu'il y avait dans ceux de Damon. De l'amour. Du désir. De l'envie.

— Prends sa place, exigea Damon après s'être raclé la gorge.

Ne lui adressant qu'un léger coup de menton, Trevor se tourna et tendit la main à Mac. Lorsqu'elle enroula ses doigts chauds autour des siens, il l'aida à se lever. Il passa à côté d'elle et s'installa, son sexe se dressant entre ses cuisses.

Damon caressa la joue de Mac et remonta sa main dans ses cheveux, baissant suffisamment la tête pour l'embrasser. Trevor se demanda si elle pouvait goûter sa saveur sur les lèvres du pilote.

Son cœur battit la chamade quand Damon s'éloigna, ses yeux sombres fixés sur l'endroit où Trevor était assis. Lorsqu'il contourna la chaise pour se remettre derrière Trevor, un frisson parcourut son échine, et sa respiration devint saccadée.

— J'attends, chuchota Damon en frôlant les cheveux du masseur.

Trevor passa à l'action, se pencha en avant, attrapa le poignet de Mac et l'attira vers lui. Ses mamelons n'étaient plus que de petites bosses roses et dures, et elle trembla légèrement.

Il scruta son visage une seconde. Avait-elle des doutes ?

— T'es nerveuse ?

— Non, pas du tout, assura-t-elle en secouant la tête.

— Viens, dit Trevor en lui tirant à nouveau le bras.

— J'en ai bien l'intention, répondit-elle avec un sourire insolent.

Elle grimpa sur lui, plantant ses genoux de chaque côté de ses cuisses. Elle se maintint au-dessus de lui, sans mettre le moindre poids. La verge de Trevor tressaillit et suinta, impatiente que Mac s'abaisse et l'avale tout entier.

Un préservatif apparut devant lui, et lorsqu'il essaya de le saisir, Damon le retira et l'offrit à Mac. Elle le prit des longs doigts noirs du pilote, puis l'ouvrit et extirpa la capote en latex de son emballage qu'elle laissa ensuite tomber sur le sol.

Trevor remua et siffla quand elle posa le préservatif au sommet de sa bite et commença à le dérouler. *Bon sang !* Il n'allait *vraiment pas* tenir longtemps. Il était déjà au bord de l'explosion. Il serra les dents alors qu'elle enveloppait son manche, s'assurant qu'il était complètement recouvert.

Lorsque Trevor chuchota un « s'il te plaît » désespéré, un air entendu traversa le visage de la femme. Elle le relâcha rapidement après l'avoir aligné pour que la tête de sa bite fasse pression contre la ligne chaude et humide de sa chatte. Il lutta pour ne pas se propulser, et à la place, attendit qu'elle s'affaisse sur lui.

Lorsqu'elle le fit, un grognement lui échappa et ses doigts agrippèrent fermement les hanches de la jeune femme. Elle plaqua ses mains sur les joues de Trevor et commença à monter et descendre sur sa longueur à un rythme régulier. Mais chaque fois qu'il touchait le fond, elle basculait ses hanches vers l'avant pour frotter son clito contre lui en haletant.

Chaque fois qu'elle se pétrissait sur lui, chaque fois qu'elle poussait un petit cri, il se rapprochait un peu plus de ce bord précaire et dangereux. D'un côté, il voulait se dépêcher et lâcher prise pour que Damon puisse le baiser. D'un autre côté, il désirait faire durer les choses, parce que la chaleur humide qui l'entourait lui faisait perdre la tête. Il adorait être enculé, mais il avait oublié à quel point il aimait pénétrer. À quel point il appréciait la douceur des femmes. Les courbes de leurs seins, les pointes roses de leurs mamelons. Leur odeur. Leur capacité à mouiller d'excitation avec le bon partenaire.

Il aimait être possédé, mais il aimait aussi prendre.

À présent, il avait le meilleur des deux mondes.

Il passa ses mains autour d'elle pour saisir ses fesses et les séparer, son pouce appuyant sur son trou froncé. Avait-elle déjà permis à un homme d'y pénétrer ? Si ce n'était pas le cas, en aurait-elle envie ?

— Du lubrifiant ? demanda Trevor.

— Non.

Non, Damon n'en avait pas apporté avec lui ? Ou non, Trevor n'était pas autorisé à s'emparer d'elle à cet endroit ?

Il continua à la caresser, à la taquiner pour qu'elle détende l'étroit cercle musculaire. Sans lubrifiant, il n'insisterait pas trop. L'anus avait tellement de terminaisons nerveuses que lorsqu'il était pratiqué correctement, le sexe anal était extraordinaire. Avec ses cicatrices, il avait malheureusement perdu une partie de cette sensibilité, mais cela ne signifiait pas qu'il n'appréciait pas.

Il y prenait du plaisir. La réponse que Damon lui avait tirée ce matin avait été incroyable. Son ex avait toujours été un excellent amant. Même s'il était exigeant, il n'était jamais égoïste. Le plaisir de Trevor passait toujours avant le sien.

Alors que Mac continuait à le chevaucher, gémissant et se frottant, Trevor ferma les yeux. Regarder son visage dans les affres de l'extase entraînerait sa perte.

Mais un tiraillement au niveau du seul piercing de téton qui lui restait le poussa à ouvrir les yeux pour voir si c'était Mac. Ce n'était pas elle. Damon le tira, le tordit et le pinça, puis enleva sa seconde main de l'épaule de Trevor et la descendit jusqu'à son mamelon lacéré. Bien qu'il soit complètement guéri, il avait lui aussi perdu un peu de sensibilité. Mais cela ne signifiait pas qu'il voulait que Damon ou Mac l'ignore. Plus tôt, Trevor avait encouragé le pilote à faire ce qu'il désirait avec ses tétons, à ne pas s'abstenir. Même s'il avait été prudent au début, Damon s'était rapidement remis à faire ce qu'il avait l'habitude de faire. Trevor aimait qu'on titille ses tétons et son amant ne l'avait pas oublié.

— Tu ne dois pas jouir tant que je ne te le dis pas.

Trevor frissonna quand le souffle chaud de Damon effleura son oreille et sa joue. Les caresses de Damon, sa voix, son odeur, associés aux mouvements et frottements de Mac, qui l'emmenait au fond, mais à un rythme régulier et frustrant, allaient avoir raison de lui.

Quel homme pourrait résister avec ce genre d'attention ?

— Day, soupira Trevor.

— Tu n'as pas intérêt, grogna Damon.

— Alors tu dois arrêter.

— Vraiment ?

Non, Damon ne ferait rien qu'il n'avait pas envie de faire. À moins qu'ils changent les règles qu'ils avaient établies plus tôt lorsqu'ils avaient été seuls.

Avec une dernière torsion sur les deux tétons, Damon le relâcha et saisit les deux mamelons de Mac entre ses doigts. Il fit la même chose avec elle. Plus il les tordait, plus elle sombrait sur le manche de Trevor, plus il la sentait se resserrer autour de sa bite. Elle bascula la tête en arrière et cria, incitant le masseur à se concentrer sur la ligne de son cou. Il voulait lécher et mordiller cette courbe délicate.

Bien que ce désir soit présent, il en fut incapable. Il lui fallait toute sa volonté pour ne pas jouir avant que Damon le lui dise.

Il espérait que ce serait bientôt. Ce qui impliquait aussi que Mac devait venir rapidement. Parce que, tel qu'il était prévu, Damon n'autoriserait jamais Trevor à jouir avant elle.

Il glissa un doigt dans sa fente jusqu'à l'endroit où ils étaient unis, recueillit un peu de l'excitation de la jeune femme pour l'utiliser comme lubrifiant, et remonta. Il retrouva ce trou serré, et probablement vierge. Il tourna autour et le taquina, la mouille de Mac lui permettant d'enfouir son majeur jusqu'à la première phalange.

— Plus.

La demande de Damon était brusque, et Trevor imaginait à quel point l'homme était excité.

Il s'exécuta et enfonça son doigt plus profondément, jusqu'à la deuxième phalange, puis l'actionna en le faisant entrer et sortir.

— Plus.

Bon sang ! Non seulement Mac essorait sa bite, mais aussi son doigt. Sa respiration était saccadée, et sa tête était toujours renversée en arrière, les yeux fermés. Elle était proche. Elle tremblait, frissonnait, se contractait. Elle était en bonne voie pour atteindre ce sommet. Quand elle y parvint, sa tête bascula vers l'avant, ses cheveux s'éparpillant autour de son visage, dissimulant sa réaction. Elle se souleva presque entièrement et retomba si violemment sur le manche de Trevor qu'il grogna alors que l'air s'échappait de ses poumons.

— Day, supplia-t-il dans un râle.

Damon relâcha les tétons de Mac, qui s'écroula mollement contre le torse de Trevor, son visage enfoui dans son cou, alors que le souffle de la jeune femme frappait la peau brûlante du masseur.

— Regarde-moi.

Trevor pencha la tête en arrière et croisa les yeux sombres de Damon.

— Jouis.

Il agrippa si fort les fesses de Mac qu'elle allait probablement avoir des bleus. Mais il la maintint pour éviter qu'elle tombe en arrière alors qu'il propulsait ses hanches vers le haut et venait en grognant. La pression dans ses couilles se libéra, faisant pulser sa bite. Toute pensée cohérente disparut. Il n'entendait rien d'autre que le vrombissement dans ses oreilles.

Jusqu'à ce que Damon lui chuchote « bon garçon », ce qui lui arracha un nouveau frisson, tandis que l'homme caressait ses cheveux trempés.

— J'étais censée vous observer tous les deux.

La remarque sortit étouffée de son cou quelques instants plus tard.

— Ne t'inquiète pas, ce sera le cas, lui assura Damon.

Le bruit familier de la ceinture du pilote qui glissait dans les boucles de son jean incita Trevor et Mac à se redresser.

Elle se mit debout après que Damon lui eut dit de se lever.

— Poignets tendus et joints, indiqua-t-il à l'attention de Trevor.

Ce dernier commença à trembler lorsque Damon enroula le cuir autour de ses poignets et le serra. Il attendit un autre « bon garçon » murmuré, mais il n'y en eut aucun. Au lieu de cela, Damon tendit l'extrémité de la longue ceinture à une Mac nue, comme s'il s'agissait d'une laisse.

Trevor sursauta lorsque Damon lui retira le préservatif usagé, faisant un nœud au bout de celui-ci pendant qu'il parlait.

— Pendant que je me débarrasse de ça, je veux que tu l'emmènes à l'étage. Je veux qu'il se mette à genoux au centre du matelas. Le cul en l'air, la tête en bas, l'extrémité de la ceinture attachée à ma tête de lit. Il y a un récipient avec du lubrifiant prêt sur la table de nuit. Prépare-le bien. Une fois qu'il sera en position, je veux que tu te nettoies, mais que tu restes nue. J'ai installé une chaise face au lit. Tu t'y mettras et vous m'attendrez tous les deux.

Mac sortit de la salle de bain principale, non seulement surprise de constater que Damon n'était toujours pas monté, mais aussi soulagée parce qu'elle n'était pas encore à la place qu'il souhaitait qu'elle soit.

Trevor était en position, prêt. Même de là où Mac se tenait, elle pouvait voir une longue traînée de précum pendre du bout de sa bite, qui était à nouveau dure.

Auparavant, elle n'avait jamais « préparé » un homme à la sodomie. En le faisant, elle avait sans cesse vérifié auprès de Trevor que c'était suffisant, surtout avec le tissu cicatriciel qui entourait à la fois les zones externes et internes. Lorsqu'elle avait glissé ses doigts lubrifiés en lui, il avait gémi, mais l'avait rapidement rassurée en lui disant que ce n'était pas dû à la douleur. S'il pouvait supporter la bite de Damon, il pouvait tolérer deux de ses doigts fins.

Recouverte d'une serviette, la chaise que Damon avait préparée pour elle n'était pas au bout du lit. Elle était sur le côté, afin qu'elle puisse distinctement voir Trevor une fois que Damon serait sur le matelas avec lui.

Elle s'assit rapidement et se tordit les mains nerveusement. Chaque fois qu'ils avaient baisé, Damon était devenu de plus en plus rigide. Bien que cela ne l'ait pas dérangé jusqu'à présent, elle se demandait quand il atteindrait sa limite. Quand elle parviendrait à la sienne. Elle n'avait jamais été avec quelqu'un comme lui. Elle avait déjà fréquenté des connards exigeants, mais pas de la même manière. La différence, c'était qu'elle s'était vite lassée d'eux, alors qu'avec Damon, elle était impatiente d'en avoir plus.

— Ça ne te dérange pas qu'il te dise « bon garçon » ? chuchota-t-elle, tout en gardant l'œil sur la porte ouverte.

Le front de Trevor se plaqua contre le matelas, ses côtes s'étendant et rétrécissant à toute vitesse. Il tourna sa tête jusqu'à ce qu'il repose sur sa joue gauche et puisse voir Mac.

— J'adore ça. Sincèrement, je ferais n'importe quoi pour l'entendre me dire ça. Ça te dérange quand il te le dit ?

— Ça m'a un peu choqué au début. Personne ne m'avait sorti un truc pareil, mais ça m'a excitée quand il te l'a dit. Surtout qu'il l'a fait presque en ronronnant. Après, j'ai eu hâte qu'il me le répète. C'est bizarre ?

— Pas du tout, répondit Trevor en lui souriant. Ne t'inquiète pas, il ne l'utilisera jamais dans un endroit où d'autres personnes peuvent l'entendre. C'est seulement pour moi... et maintenant pour toi. Mais tu te rendras compte que tu fais des choses pour qu'il te le dise en public. Il ne le fera pas, à moins de te le chuchoter à l'oreille et que personne ne puisse surprendre ces mots qu'il ne partagera qu'avec nous. *Putain*, gémit Trevor. C'est presque aussi bon que quand il dit « je t'aime ».

Un désir inattendu d'entendre ces trois mots de la bouche de Damon et de Trevor l'envahit. Arriveraient-ils à ce stade ? Pas seulement que les deux hommes s'aiment, mais qu'ils l'aiment elle aussi ?

— Alors j'ai hâte d'entendre ces mots, moi aussi.

— Je ne doute pas que ce sera plus tôt que tu le penses. De notre part à tous les deux.

Elle espérait qu'il avait raison, mais il ne pouvait pas le savoir. Pas encore.

— C'est tout nouveau...

— On a tout le temps de réfléchir à tout ça.

Trevor lui tira la langue d'un air amusé quand ils entendirent Damon arriver dans le couloir. Mac étouffa un gloussement avec sa main, mais lorsqu'elle la laissa retomber, elle fut incapable d'effacer le sourire sur son visage.

Jusqu'à ce que Damon entre dans la pièce, complètement nu, son érection pendant entre ses cuisses épaisses et musclées.

Merde... Cet homme était impressionnant. À son avis, il ne lui manquait rien.

Il s'arrêta au bout du lit et étudia Trevor, qui avait de nouveau appuyé son front sur le matelas. Damon s'approcha à grands pas de Mac et lui tendit la main.

Mac cligna des yeux, puis réalisa ce qu'il tenait. Un autre préservatif.

— Est-il prêt ? demanda-t-il alors qu'elle lui prenait la capote des doigts, l'ouvrait et commençait à envelopper sa bite de latex.

Mac caressa le préservatif sur sa longueur dure, qui tressaillit entre ses doigts.

— Oui.

— Il a apprécié ?

— Oui, répondit-elle en relâchant son membre à contre-cœur et levant les yeux vers lui.

— Et toi ?

— Oui, confia-t-elle avec un sourire.

Le visage de Damon s'illumina lorsqu'il lui rendit son sourire. Il se pencha pour effleurer ses lèvres des siennes et se retira.

— Bonne fille, murmura-t-il.

Mac eut le souffle coupé quand il se détourna. Elle ne savait pas si sa réaction était due à ce qu'il avait dit ou au fait de voir les muscles de son cul se contracter lorsqu'il s'approcha du lit. Il y grimpa et se plaça derrière Trevor.

Maintenant, elle ne pouvait plus respirer pour une tout autre raison. Elle retint son souffle lorsque Damon déposa un baiser au centre du dos de Trevor, puis il fit dériver sa main des cheveux de son amant, le long de sa colonne vertébrale, jusqu'aux fesses de l'homme. Rapidement, Mac ne parvint plus à apercevoir son pouce, mais elle vit la réaction de Trevor qui se cambra, sa tête se détachant du lit.

— Day.

Damon ignora son gémissement. Trevor poussa vers l'arrière, puis s'avança, se balançant sur ses genoux. Mac supposa que le pilote le baisait avec son pouce.

— Day.

La supplique fut répétée d'un ton rude.

Damon fit à nouveau la sourde oreille. Sa main se décala, mais resta au même niveau, étirant Trevor, tandis que l'autre homme alignait sa bite. Avant d'aller plus loin, il tourna la tête vers Mac.

Elle leva les yeux de l'endroit qu'elle fixait, attendant qu'il donne à Trevor ce qu'il désirait. Elle respirait à peine, comme si elle se trouvait sur le lit, prête à sentir le manche épais de Damon glisser en elle et la remplir.

Elle savait exactement ce que Trevor voulait, ce qu'il demandait.

— Arrête de le faire patienter, murmura-t-elle dans sa tête. Il t'aime. Il a besoin de toi et je veux vous voir ne faire qu'un. Je veux être témoin de cet amour, de ce lien. Ce dont vous avez été privé pendant des années. Ce que vous pouvez enfin avoir à nouveau.

— Grâce à toi.

Sa bouche s'ouvrit devant les mots crus qui s'échappèrent

des lèvres de Damon. *Putain !* Avait-elle dit tout ça à voix haute ?

La chaleur lécha une nouvelle fois ses joues.

— Grâce à toi, répéta-t-il, ses yeux contenant tant d'émotion que le cœur de Mac se serra.

Pas seulement pour lui, mais aussi pour Trevor.

Il reporta son attention sur le masseur, poussa légèrement vers l'avant, puis saisit les hanches de son amant et s'enfonça lentement plus loin.

Mac s'adossa à la chaise et serra ses cuisses, contente que Damon ait pensé à poser une serviette sur le siège. Alors qu'elle regardait l'homme être lent et doux avec Trevor au début, elle ressentit une envie ardente de se joindre à eux.

Néanmoins, elle resta où elle était, parce que... *l'attente.*

Le dos de Trevor se cambrait à chaque plongeon de la bite de Damon. Elle espérait qu'il n'était pas gêné et qu'il se sentait aussi bien qu'elle, quand le pilote la baisait.

Elle voulait lui poser la question, le prendre dans ses bras, partager son plaisir. Elle était certaine qu'elle en aurait l'occasion, si ce n'était pas ce soir, du moins bientôt.

L'envie de se toucher était forte, mais Damon ne lui avait pas dit si c'était permis.

Devrait-elle le lui demander ?

Elle ferma les yeux et secoua la tête à ces pensées. Bon sang ! Depuis quand se soumettait-elle à un homme ?

Elle ouvrit les yeux et scruta le pilote dont le corps musclé et svelte avançait et se retirait comme la marée, ses doigts sombres creusant les hanches de Trevor.

Jusqu'à présent, elle avait accepté tous les ordres que Damon lui avait donnés. Alors que Trevor aspirait à cet abandon de son contrôle, lui permettait de dicter leur relation au lit et en dehors, Mac n'était pas sûre d'être prête à le laisser diriger sa vie. Elle ne le serait peut-être jamais. Mais au lit, du moins jusqu'à présent... cela en valait la peine.

Contempler ces hommes différait du porno, dans lequel les acteurs ne faisaient que leur travail à l'écran. Non, les deux ressemblaient plus à un ballet avec deux danseurs étoiles. Le donneur et le receveur, la flexion des muscles, les mouvements coordonnés, accompagnés des bruits du plaisir qui s'élevaient entre eux comme la symphonie d'un orchestre. C'était une chorégraphie, une danse très ancienne et intime, récemment retrouvée et actuellement savourée. Pas seulement par eux, mais aussi par elle.

Elle avait la chance d'assister à quelque chose d'aussi beau, d'émouvant, mais qui faisait également bouillonner son sang. L'orgasme qu'elle avait eu tout à l'heure n'était qu'un amuse-bouche. Elle espérait pouvoir déguster le reste du repas.

Cependant, elle ne ferait rien avant qu'on l'invite à les rejoindre.

Elle demeurerait sur la chaise et observerait, attendant l'offre.

Non, il ne demanderait pas... Il l'exigerait.

Sa voix grave lui dirait de « venir ».

Quelques minutes plus tard, ce fut exactement ce qu'elle entendit.

Chapitre Dix Neuf

Damon était en retard. Il avait informé Mac et Trevor qu'il les rejoindrait chez les Ward dès qu'il le pourrait.

Il se présenta à Gryffin Ward lorsque celui-ci ouvrit la porte.

— J'ai compris qui t'étais dès que je t'ai vu, dit Gryff en riant.

Damon haussa les épaules et sourit.

— Ce n'est probablement pas souvent qu'un trio vient pour le dîner.

— Tu pourrais être surpris, fut la seule réponse de l'autre homme. Gryffin Ward, se présenta-t-il en tendant la main.

Damon la prit et la serra d'une poigne ferme.

Gryff fit un pas en arrière et dirigea une main vers l'intérieur en guise d'invitation.

— Un pilote, m'a-t-on dit.

— Oui. C'est pour ça que je suis en retard.

— Il n'y a rien de mal à travailler dur pour subvenir aux besoins de sa famille.

Damon ouvrit la bouche pour rétorquer qu'il n'avait pas

de famille, mais la ferma rapidement. L'homme présumait peut-être que Damon vivait avec Trevor et Mac, et qu'ils étaient en concubinage.

Il ignorait à quel point les Ward étaient au courant de leur situation.

— Je suppose que l'amie de MacKenzie a expliqué pourquoi on voulait vous rencontrer.

— Tu parles de ma sœur ? demanda Gryff en éclatant à nouveau de rire alors qu'il avançait dans le couloir qui menait au grand foyer.

— Gia a dit beaucoup de choses, mais je n'ai pas écouté la majorité. Par contre, lorsque j'ai vu Mac chez Gray, je l'ai invitée à venir dîner. Cette invitation incluait évidemment ses partenaires.

Ses partenaires.

Ils entrèrent dans un salon doté d'une immense cheminée en pierre. Il aperçut Trevor qui était assis sur un canapé en cuir près de Mac, qui était penchée vers lui, une main sur sa cuisse.

Ils avaient l'air très à l'aise.

Sans lui.

Damon étouffa le sentiment étrange qui tentait de monter. L'expérience ne fonctionnerait pas s'il y avait la moindre once de jalousie, se rappela-t-il. Il n'avait pas besoin des Ward pour le savoir.

Il se mit derrière eux, posant une main sur l'épaule de Trevor et l'autre sur celle de Mac.

Ce geste ne passa pas inaperçu aux yeux des autres personnes présentes dans la pièce. Mais pour une raison ou une autre, Damon ressentait le besoin d'établir qui appartenait à qui.

— Mes excuses. Un de mes vols a été retardé. Ça a chamboulé tout mon emploi du temps.

Il se pencha entre les deux et déposa d'abord un baiser sur la tempe de Mac, puis sur celle de Trevor.

— Je suis désolé d'être en retard, répéta-t-il en se redressant à l'attention d'une belle femme assise sur les genoux d'un homme à l'autre bout de la pièce.

Un homme qui semblait être l'exact opposé de Gryffin Ward, qui paraissait soigné et raffiné.

— Ce n'est pas grave, assura Gryff en rejetant son excuse de la main. Ce que Trey a préparé pour le dîner se garde bien. Je t'en prie, installe-toi et je t'apporte un verre de vin. Ou plutôt une bière ?

— Une bière, ça serait parfait.

Après le départ de Gryff, l'homme dans le fauteuil tapota la hanche de la femme, qui se leva et traversa la pièce, main tendue.

— Rayne Jordan.

— Damon Brooks, lui répondit-il, surpris par la fermeté de sa poignée de main.

L'homme s'approcha ensuite en lui présentant sa main.

— Trey Holloway.

— Je pensais bien que tu me paraissais familier, dit Damon en la serrant.

— OK, intervint Rayne en levant la main. Finissons-en rapidement. Champion du Super Bowl. Meilleur joueur du match. Ancien quarterback des Boston Bulldogs. Maintenant que c'est réglé, plus besoin de parler football, merci.

Lorsque Trey ouvrit la bouche, Rayne la couvrit de sa main et secoua la tête.

— Pas de football ce soir. Ils ne sont pas là pour ça.

— J'adore le football, lança Trevor depuis le canapé.

— Pas ce soir. Tu peux venir une autre fois si tu veux voir la bague, la vidéo, et tout ce que Trey embrasse avant de se coucher. Mais ce soir, on a des choses plus intéressantes à se dire.

Damon garda sagement la bouche fermée tandis que Trey commençait à protester, mais l'homme sembla changer d'avis et tenir sa langue lorsque la femme arqua un sourcil à son attention.

Damon jura avoir entendu un claquement de fouet. Il mordit ses lèvres pour cacher son sourire.

Gryff revint avec une pinte de bière ambrée et la tendit à Damon.

— Pourquoi ne pas aller dans la salle à manger ? On peut parler pendant le dîner.

Il jeta un coup d'œil à son... Damon ignorait ce que Trey Holloway représentait pour Gryff. Il essaya de se rappeler ce qu'ils avaient déclaré à la télévision. Son amant ? Son mari ? Son partenaire ?

— T, toi et moi allons à la cuisine pour apporter les plats pendant que Rayne installe tout le monde à table.

Les yeux de Damon dévièrent vers Rayne et Trey, puis revinrent sur Gryff. Pendant une minute, il avait cru que Rayne était la dominante dans leur relation, mais maintenant il commençait à se questionner.

Alors que les deux hommes disparaissaient, Rayne, qui lui rappelait une pin-up voluptueuse aux cheveux auburn, loin d'être aussi rouge que ceux de Mac, les conduisit jusqu'à la salle à manger où une longue table était déjà dressée.

Il fut surpris de voir qu'il n'y avait aucune chaise aux deux extrémités de la table. Les couverts étaient placés trois par trois sur les longs côtés.

— Quand on est tous les trois, ça n'a pas d'importance, confia Rayne, qui avait dû remarquer son air étonné. Lorsqu'on a des invités, surtout un autre trio, c'est comme ça que je fais. Tout le monde est sur le même pied d'égalité. Je m'assieds toujours entre Trey et Gryff. Mac se mettra entre Trevor et toi.

Ses mots ne laissaient aucune place à l'interprétation. C'était précisément comme ceci qu'elle voulait qu'ils soient disposés.

— Vous recevez souvent d'autres triades ?

— Oui. Surtout entre Gray, le frère de Gryff, et Liv, la sœur de Trey, qui est dans une relation polyamoureuse avec l'un des avocats expérimentés de notre cabinet, ainsi qu'avec notre détective privé.

— Est-ce que j'ai vécu dans une grotte ? J'ignorais que c'était aussi répandu.

Rayne haussa les épaules.

— S'il vous plaît, asseyez-vous tous, dit-elle. Les garçons vont bientôt apporter les plats.

Tandis que Trevor se posait à côté de Mac, qui s'installa sur la chaise centrale, Rayne se tourna vers Damon.

— C'est plus fréquent qu'on le pense. Normalement, ça ne se fait pas ouvertement. Bien qu'il se soit retiré de la NFL, Trey est toujours sur la scène publique, alors on ne pouvait pas le cacher. Eli, Grant et Olivia ont tendance à passer leur relation sous silence autant que possible. Gray, Connor et Paige...

Rayne haussa une épaule.

— Honnêtement, je ne pense pas qu'ils se soucient de savoir qui est au courant. Logan, le frère de Paige, et ses partenaires, Ty et Quinn, l'ont annoncé. C'est difficile de le cacher avec des enfants. Ils finissent, un, par ne pas avoir le même teint que leurs frères et sœurs, expliqua-t-elle en levant un premier doigt. Et deux, par aller à l'école. Surtout quand les trois parents d'un même enfant se rendent à la réunion enseignants-parents. Ce ne sont pas les seuls trios que l'on connaît. Si vous aimez le football, vous avez entendu parler de Landis « Bras Long ».

Bon sang ! Existait-il un club de triades auquel ils devaient adhérer ? Auquel payer une cotisation ?

— Oui, il fréquentait un autre joueur, c'est ça ? Cole Dixon. Mais je croyais qu'ils étaient gays ?

— Bi, rectifia Rayne en secouant la tête. Tous les deux. Leur femme Eve vient d'avoir leur deuxième enfant.

Leur deuxième enfant.

Leur enfant.

Rayne rit et s'installa sur la chaise centrale en face de Mac.

— Ce ne sont que les triades de notre entourage. Je suis sûre qu'il y en a beaucoup qu'on ne connaît pas. Des quatuors, même. Le polyamour est plus répandu qu'on le croit. Mais comme toute relation, ça demande du travail.

Gryff, suivi de près par Trey, entra dans la salle à manger avec de grands saladiers et des plats chargés de nourriture.

— Pour être honnête, j'ai résisté à cette relation, avoua Gryff en plaçant tout au centre de la table. Je voulais être avec Rayne, mais Trey était ingérable. Un joueur de football incontrôlable avec lequel je ne souhaitais pas être associé, surtout dans mon domaine, puisque je suis un avocat de la défense de renom. Je n'étais même pas attiré par les hommes.

— C'est moi qui t'intéressais, lui rappela Trey.

— Tu n'as jamais été avec des hommes avant Trey ? demanda Mac, stupéfaite. Honnêtement, j'ignorais que Gray ou toi étiez bisexuels. Gia n'en a jamais parlé. Il n'y avait pas non plus de raison qu'elle aborde le sujet.

Trey s'installa sur la chaise à gauche de Rayne et passa un bras autour de ses épaules.

— Ne le laisse pas te duper, il l'était, il le cachait juste.

— À l'université, je... commença Gryff qui s'assit à droite

de Rayne, face à Damon. Ça n'a plus d'importance maintenant. J'aime T. Ces deux-là se sont suffisamment obstinés pour me faire voir ce qu'on pouvait avoir ensemble. Je suis content qu'ils m'aient ouvert les yeux. Aujourd'hui, je ne voudrais pas qu'il en soit autrement. On est liés et indissolubles, même si j'ai encore parfois envie de l'étrangler.

— Tu m'aimes, le taquina Trey, qui enleva la main de l'épaule de Rayne et toucha celle de Gryff.

— C'est ce que je viens de dire, soupira ce dernier en attrapant le plateau de jambon devant lui.

Il piqua un morceau avec une fourchette et le déposa dans son assiette avant de passer le plat à Damon.

— Comme l'a dit Rayne, ça nécessite du travail. La plupart des couples ont leurs périodes, mais en ajoutant une troisième personne au tableau...

— Oui, mais le sexe est torride, dit Trey.

— C'est vrai, approuva Trevor à l'autre bout de la table.

— Je ne parle pas de sexe. Les choses normales de la vie quotidienne. Les finances du ménage. La lessive. Les courses.

Gryff se racla la gorge et lança un regard appuyé à Trey.

— Quelqu'un qui oublie de sortir les poubelles.

Rayne mit quelques pommes de terre rôties dans son assiette.

— Puis parfois, quand un désaccord survient, on peut se retrouver à deux contre un... ajouta-t-elle en secouant la tête et passant le plat à Gryff.

— Vous travaillez aussi ensemble, tous les trois. Ça doit être difficile. Vous n'avez jamais de répit ? demanda Mac en attrapant un petit pain dans le panier qu'on lui tendait.

— Oui, mais on possède un grand cabinet d'avocats, alors ce n'est pas comme si l'on se collait. On est occupés, car on a chacun nos affaires, dit Rayne, puis elle tapota légèrement le dos de Gryff. Mais Gryff est le chef et ne prend plus beaucoup de dossiers. C'est lui qui gère tous les sujets concernant la direction puisqu'il adore être autoritaire.

Gryff se pencha et chuchota quelque chose à l'oreille de Rayne que les autres n'entendirent pas. Cependant, Damon pouvait deviner de quoi il s'agissait, surtout en les voyant sourire tous les deux.

— Des projets de bébés ? demanda Trevor, après s'être un peu enfoncé dans son siège.

Damon le scruta, puis tourna les yeux vers Mac. Trevor voulait-il des enfants ? C'était un sujet dont ils n'avaient jamais parlé dans le passé. Mais...

Son regard se posa sur Mac qui ne quitta pas son assiette des yeux. Avec elle, le futur pouvait possiblement être composé d'enfants.

Il se redressa sur sa chaise lorsqu'il réalisa cette éventualité.

Souhaitait-*il* des enfants ? Il avait la trentaine bien tassée et sa carrière ne lui permettait pas toujours d'être à la maison. Désirait-il devenir père si tard dans sa vie ?

Trevor et Mac étaient plus jeunes que lui. Trois adultes élèveraient les enfants au lieu de deux...

— Je veux des bébés, déclara Trey. Surtout après avoir vu Reed et Rylie. Si Rayne pouvait répliquer le résultat, ce serait parfait.

— D'abord, il est hors de question que je porte ou que j'accouche de jumeaux, dit Rayne. Deuxièmement, j'ai une carrière.

— On pourrait mettre en place une garderie au sein de l'entreprise pour tous les employés, suggéra Gryff.

— Quoi ? s'exclama Rayne en tournant la tête vers lui.

— Eh bien, comme Liv va accoucher d'un jour à l'autre, elle a évoqué cette idée.

— Je n'ai jamais dit que je voulais des enfants, marmonna

Rayne.

Elle jeta un coup d'œil à la tablée.

— Ce n'est pas le moment pour ce genre de discussion.

— D'accord, les conversations sur le football et les enfants sont désormais *verboten*, annonça Trey en enfournant un morceau de jambon dans sa bouche. Mais je vote pour qu'on mette bientôt Rayne en cloque.

— T, râla Gryff. On en parlera une autre fois.

— Désolé, dit Mac. On ne voulait pas causer de problèmes.

— Ce n'est pas le cas. Mais vous venez de voir de vos propres yeux comment on peut se retrouver à deux contre un, déclara Rayne. J'ai l'impression que je serai en minorité sur ce point.

— On en parlera une autre fois, insista Gryff, plus fermement.

— Oui, Patron, répondit Rayne en attrapant son verre de vin et buvant une longue gorgée.

Patron. Damon scruta Gryff. Il était sans conteste le dominant dans leur relation. Mais il devinait que ni Rayne ni Trey n'étaient très dociles.

En fait, Trey n'avait pas l'air de tout repos. Lorsqu'il jouait au football, il avait eu une mauvaise réputation, car il semblait toujours s'attirer des ennuis.

— Qu'en est-il au niveau juridique ? Pour le mariage ? Les enfants ? demanda Damon à Gryff.

Puisqu'il y avait trois avocats assis autour de la table, il ne risquait rien à poser la question, au cas où les choses prendraient cette direction.

— La polygamie est encore illégale. Mais tous ceux qu'on connaît ont fait une cérémonie d'engagement avec des bagues pour déclarer leur amour et leur loyauté les uns envers les autres. C'est une bonne idée qu'au moins deux des trois se marient officiellement, mais ce n'est pas obligatoire. Ça facilite simplement les choses dans certains cas de figure juridiques, expliqua Rayne. Logan et Quinn sont mariés en bonne et due forme, et même si Logan et Ty sont tous les deux les pères de leurs enfants, le donneur d'ADN est inscrit sur les certificats de naissance.

— Le donneur d'ADN ? s'enquit Trevor en fronçant les sourcils.

— Si c'est ton sperme qui féconde Mac, alors t'es enregistré comme père sur le certificat de naissance. Si c'est Damon, c'est lui qui sera noté, précisa Trey. Mais peu importe ce que dit l'acte de naissance, les enfants sont élevés par les deux pères et leur mère. Ils essaient d'éviter toute distinction, comme de savoir quel bébé est issu de quel sperme.

— Connor et Paige étaient déjà mariés quand ils ont rencontré Gray. Eli et Grant étaient déjà mariés lorsqu'ils ont fait la connaissance de Liv, la sœur de Trey. Ils ont aussi récemment organisé une petite cérémonie d'engagement, dit Gryff.

— Pour s'unir dans leurs cœurs, ajouta Rayne avec un petit sourire.

— Lesquels de vous sont mariés ? leur demanda Mac.

— Personne. On a fait une cérémonie d'engagement, on a échangé des anneaux et des vœux, et c'est tout. On a pris cette décision tous ensemble. Aucun de nous ne souhaitait choisir qui épousait qui, répondit Rayne.

— Et à propos de... commença Mac, son visage devenant écarlate. Et quand...

Damon passa la main sous la table et pressa son genou. La main de Mac couvrit la sienne et la serra à son tour.

— Je crois qu'elle veut parler de sexe, dit Trevor. Il y a des problèmes quand vous n'êtes pas tous les trois ensemble ?

Vous patientez ? Si vous n'attendez pas et que vous n'êtes que deux, est-ce que ça crée des soucis ? Ou ça n'a pas d'importance ?

— Comme aucun d'entre nous ne voyage pour le travail comme Gray et Connor, on essaie de toujours être tous inclus. Mais ce n'est pas toujours possible. Il arrive aussi que quelqu'un soit contrarié, et Rayne et moi montons plus tôt, dit Gryff en jetant un coup d'œil à Trey. Mais quand ça arrive, quelqu'un oublie assez rapidement sa colère lorsqu'il se rend compte de ce qu'il rate.

Il rit.

— Mais, sérieusement, ça arrive parfois. Quelqu'un travaille tard, est trop épuisé ou malade. Ça ne gêne aucun de nous que les deux autres aient des relations intimes.

Gryff lève un doigt.

— Tant que ce n'est pas une situation constante. L'intimité est très importante entre nous. Et pour tous les autres trios qu'on connaît. Même si une relation ne se résume pas au sexe et à l'intimité, c'est une part essentielle du ciment qui nous unit.

— La communication aussi bien au lit qu'en dehors est également cruciale, ajouta Rayne en prenant une autre gorgée de vin. Si quelque chose nous dérange, on en parle. On ne laisse pas la situation s'envenimer. Après tout, on est *avocats*, alors si l'on doit débattre, il vaut mieux en discuter, régler les choses pour éviter de se coucher en colère ou laisser un truc nous ronger.

— Vous dormez tous dans le même lit ou vous faites chambre à part pour les nuits où vous avez besoin d'une pause ? demanda Damon.

— Même chambre, même lit. Tout le temps. On ne voudrait pas faire autrement. Je vous suggère de faire de même, si tout est nouveau pour vous.

— Vous devez avoir un très grand lit, songea Trevor.

— Il est fait sur mesure, révéla Gryff, dont les yeux croisèrent ceux de Damon. Je te donnerai le nom du gars. Il en a fait quelques-uns.

Gryff supposait-il que Damon prendrait toutes les décisions, ou la plupart d'entre elles, dans sa relation avec Trevor et Mac ? Ou était-ce évident ?

— Ce serait sympa, répondit Damon en faisant un petit signe du menton. On en aura besoin.

Il retourna sa main et Mac entrelaça ses doigts fins avec les siens.

— Vous vivez déjà ensemble tous les trois ? demanda Trey.

— Non, pas encore. C'était le cas pour Trevor et moi dans le passé, mais on vient seulement...

Damon laissa sa phrase en suspens, ne voulant pas entrer dans les détails.

— Ils viennent de renouer, termina Mac. Il s'avère que c'était au même moment que ma rencontre avec Damon.

— Ils ont une histoire, déclara Gryff qui étudia Mac attentivement, ce que remarqua Damon.

— Oui, confirma Mac, ignorant le regard intense de l'avocat.

Même si Gryff faisait attention à Mac parce qu'ils se connaissaient depuis longtemps, tout de même... La façon dont il sortit cela hérissa le poil de Damon. Son ton remettait en question la décision de Mac. Ou du moins, il indiquait que Mac devait être prudente.

— Tu penses que ce sera un problème pour Mac que Trevor et moi soyons d'anciens amants ? Qu'elle se sentira exclue ?

— Je sais ce que Gray a vécu avec Connor et Paige, expliqua Gryff en posant sa fourchette sur son assiette et croisant les bras, passant une main sur sa joue. C'était difficile pendant un moment. Heureusement, ça s'est arrangé, et ils sont très heureux. Mais ça aurait pu se finir différemment puisque Gray était du côté perdant.

— Et pour Eli et Grant que t'as évoqués ? Ils étaient déjà mariés quand la sœur de Trey les a rencontrés. Est-ce qu'elle a éprouvé des difficultés à intégrer une relation préétablie ?

— Non, répondit Trey. Elle s'est parfaitement insérée dans leur histoire, heureusement. Au début, je n'étais pas ravi. Maintenant, je le suis. À l'époque, pas tant que ça. Le plus important, c'est de ne pas faire de favoritisme. On a eu un petit problème à ce sujet, confia-t-il en jetant un coup d'œil à Gryff. Ça a presque détruit ce qu'on construisait.

— T m'a entendu demander Rayne en mariage, expliqua Gryff. C'est aussi pour ça qu'aucun de nous n'est légalement marié. Après ce désastre, on a décidé qu'il valait mieux laisser les choses en l'état et se contenter d'une cérémonie d'engagement.

— Mmmh, marmonna Trey en enfournant une pomme de terre rouge rôtie dans sa bouche.

— Gia a dit que c'était nouveau, dit Rayne, ignorant Trey à côté d'elle.

— Très, confirma Mac.

— Qu'est-ce qui vous a poussé à tenter une relation polyamoureuse ? demanda Rayne en haussant un sourcil.

Mac serra à nouveau la main de Damon, et il remarqua qu'elle glissa sa seconde main dans celle de Trevor.

— Ils s'aiment, et je ne voulais pas qu'ils restent séparés à cause de moi.

— C'est toi qui l'as suggéré ? s'étonna Gryff, haussant les sourcils qu'il avait froncés.

— Ils ont décidé de faire un essai et me l'ont imposé, dit Damon.

— Tout le monde est partant ? s'enquit Gryff en faisant une moue.

— Une fois le choc initial passé, oui, le rassura Damon en hochant la tête. Jusqu'à présent, tout se passe bien. Mais on est venus ici pour voir une relation polyamoureuse qui fonctionne. Pour en comprendre les dynamiques. L'un des problèmes qu'on aura, c'est que je voyage beaucoup pour mon travail.

— Ah, d'où la question pour savoir si l'on est tous ensemble en même temps. Tu seras en déplacement et ils auront des rapports sans toi, dit Gryff en croisant les bras.

— Oui.

Même si son inquiétude semblait insensée maintenant qu'elle était mise en lumière.

— Si ça te pose problème, si ça te dérange, votre relation échouera. Je te le garantis. C'est injuste de demander à tes amants de rester célibataires quand tu n'es pas là, surtout si tu pars pour un certain temps. Par contre, tu peux faire preuve de créativité pour te joindre à leur intimité. Les appels vidéo, par exemple, suggéra Gryff. Sinon, le sexe par téléphone. Ce n'est peut-être pas la même chose, mais t'as quand même une connexion.

— Oui, Day. Je suis sûr que ton copilote serait ravi de participer à des discussions cochonnes au téléphone dans le cockpit, plaisanta Trevor en lui adressant un sourire.

— Faire l'amour au téléphone peut être excitant, sauf si t'es à l'autre bout du fil pour *écouter* un couple s'envoyer en l'air et que quelqu'un menace de te raccrocher au nez, exposa Trey. Comme lorsque...

— Pas besoin de revenir là-dessus, le coupa Gryff.

— C'est bon, je me suis vengé, plaisanta Trey en se rapprochant de Trevor et lui faisant un clin d'œil.

Trevor tapa dans la main de Trey au-dessus de la table. Ce dernier pencha la tête en direction de Damon.

— Est-ce qu'il est tyrannique ?

— Oui, mais j'adore ça, répondit Trevor, après avoir jeté un rapide coup d'œil à Damon.

— Ne le dis pas à celui qu'est là-bas, mais j'aime bien aussi, murmura Trey en plaçant sa main du côté droit de sa bouche, puis il se rassit et passa une main dans ses cheveux blond cendré. J'étais le capitaine de l'équipe quand je jouais avec les Bulldogs. Aujourd'hui, c'est Gryff qu'est notre capitaine.

Un long soupir s'éleva de l'autre côté de la table. Damon cacha son sourire en portant sa pinte de bière à ses lèvres.

— Je vous remercie de nous avoir invités à dîner ce soir, déclara-t-il après avoir bu une longue gorgée. C'est très instructif et ça nous donne une bonne idée de ce qui nous attend.

— Je t'en prie, répondit Gryff en inclinant la tête. Mais n'oubliez pas de prendre votre temps. Laissez les choses se développer. Abordez ça comme n'importe quelle autre relation. Il y aura des moments agréables et d'autres plus difficiles. Il se peut que vous remettiez tout en question une ou deux fois avant de vous rendre compte que vous ne désirez rien de plus. En fin de compte, ça va au-delà du sexe. Il s'agit de respecter ses partenaires et leur faire confiance dans tous les domaines.

— Et d'aimer, ajouta Rayne. C'est important aussi.

— Et d'aimer, reprit Gryff.

L'amour, se répéta Damon dans sa tête, soulevant la main de Mac. Il déposa un baiser sur le dos de ses doigts avant de la relâcher pour qu'ils puissent terminer leur dîner.

Il était prêt à rentrer avec Trevor et Mac pour mettre en pratique ces conseils très précieux.

Chapitre Vingt

Quatre semaines après avoir rencontré un beau pilote alors qu'elle descendait de l'avion, Mac ouvrait la porte de la maison de Damon et souriait à Gia. Son amie se trouvait sur le palier, tapant impatiemment du pied, les bras croisés sur la poitrine.

— Ne me souris pas. Quatre, râla Gia en levant quatre doigts. Quatre semaines que j'attends que tu m'invites. Ou que tu les amènes chez Gray. Mais non. T'as dû attendre que je sois sur le point de rentrer en Arizona.

Elle passa devant Mac et entra dans la maison.

— Je ne peux pas croire que tu m'aies fait patienter si longtemps, rouspéta-t-elle en soufflant.

Lorsqu'elle remarqua Trevor et Damon qui se tenaient dans l'entrée, juste à côté du salon, elle leur adressa un sourire aveuglant. Elle s'était peut-être même léché les babines.

— C'était nouveau. On devait établir notre relation. Je n'étais pas sûre...

— Ne me sors pas cette connerie : tu n'étais pas sûre, râla-t-elle. Regarde-les. *Regarde.*

— Pas besoin. Je sais à quoi ils ressemblent, Gia. Très bien, en fait.

— Parce que tu peux les voir nus.

Elle poussa un long soupir dramatique.

— Tu peux observer ce que deux hommes font ensemble, dit-elle en décrivant un cercle avec sa main dans l'air.

— Tu sais ce qu'ils font.

— Mais je n'ai jamais eu l'occasion de participer, rétorqua-t-elle d'une voix sifflante. Je suis destinée à rester une âme en peine esseulée.

— Bien sûr, ricana Mac.

— Alors, puisque t'as attendu, dis à Mme Gia comment ça se passe entre vous trois ? demanda Gia en saisissant le bras de Mac avec fermeté et se penchant vers elle.

— Étonnamment bien. Trevor a rendu son appartement et est revenu vivre avec Damon...

— Mais t'as encore le tien, protesta Gia en faisant un claquement de langue.

Ce n'était pas une question parce qu'elle savait que Mac l'avait toujours.

— Je suis ici presque tous les soirs.

— Même quand il n'est pas en ville ? demanda Gia en haussant les sourcils.

— Oui.

Mac glapit lorsque l'autre femme l'entraîna dans le couloir, loin du salon.

— Damon ne voit pas d'inconvénient à ce que ce beau morceau de viande aux mains magiques et toi vous envoyiez en l'air sans lui ? insista-t-elle quand elles se retrouvèrent dans la cuisine vide.

— Non.

— Alors pourquoi t'es toujours dans ton appartement, bon sang ?

— Pour le travail. En plus, je pense qu'il est trop tôt pour que j'emménage. Ça ne fait que quatre semaines que j'ai rencontré Damon, et encore moins pour Trevor.

— C'est des conneries.

— Je rentre chez moi pendant la journée et je bosse. C'est calme et je peux me concentrer.

Alors que Trevor et Damon les rejoignaient dans la cuisine, Gia les regarda tous les deux d'un œil attentif. Mac était certaine que la femme ne rata pas un seul centimètre de leur corps.

— Mmh. Avoir deux beaux gosses qui se baladent dans la maison, complètement nus et tout... ça doit être distrayant. La tentation.

Gia acquiesça.

— Maintenant, je comprends, dit-elle en continuant à contempler Trevor et Damon pendant une seconde. Quand tu travailles chez toi, est-ce qu'ils se font des mamours ici ?

— Oui.

Chaque fois que l'un d'eux couchait avec un autre, ils informaient la personne absente. Rien n'était secret ou dissimulé entre eux. C'était l'une des règles qu'ils avaient établies. Jusqu'à présent, tout se passait bien.

— Ils te le disent ? s'étonna Gia en haussant des sourcils parfaitement taillés.

— Bien sûr. Tu te souviens de ce que Paige a dit ? On doit rester complètement honnêtes et ouverts les uns avec les autres pour que ça fonctionne.

— Et toi, t'es *totalement* ouverte et honnête ? En ce qui concerne l'emménagement ? Tu ne te sens pas exclue ?

Son amie se tourna vers Damon.

— Comment elle peut se sentir intégrée alors qu'elle a

toujours son appartement et que vous vivez tous les deux ensemble ?

— Gia, marmonna Mac alors qu'une vague de chaleur remontait de sa poitrine à son cou.

Cette femme n'avait aucun filtre.

— Quoi ? C'est vrai. Si tu ne peux pas t'exprimer, alors ta meilleure amie le fera.

— Je m'en sors très bien, chuchota Mac.

— C'est toi qui le dis.

— Et c'est ce qui compte.

Trevor s'avança et tendit la main, le rire maladroit.

— Au fait, je suis Trevor. On ne s'est jamais rencontrés, bien que tu prennes des décisions pour notre vie à notre place.

Heureusement, Trevor était accommodant. Damon, pas tellement. Mac remarqua qu'il n'était pas ravi de la tournure que la conversation prenait. Ou le fait que Gia exige des réponses.

— Revenons à nos moutons, continua Trevor en passant un bras autour des épaules de Mac et l'attirant contre lui. Tu veux emménager avec nous ? Je croyais que...

Damon se rapprocha d'eux et posa sa main dans la nuque de Trevor pour le faire taire.

— On en discutera, répondit Damon d'une voix grave.

— Maintenant ? demanda Gia, les deux mains calées sur ses hanches.

— Non, rétorqua Damon.

— Ça ne se passe peut-être pas aussi bien que tu le penses, dit Gia à Mac avant de se retourner vers Damon. Tu joues avec ma pote ? Juste pour pimenter ta vie sexuelle ?

Elle montra les deux hommes du doigt.

— Elle n'est là que quand ça vous arrange ?

— Ce n'est pas ce que j'ai dit, Gia, grommela Mac dans sa barbe.

Mais rien ne pouvait arrêter la femme maintenant, elle était lancée. Une fois qu'elle était partie, il était préférable d'attendre qu'elle finisse.

— Tu sais, je te trouvais sexy, mais je vois le contrôle que t'as sur cette relation entre vous trois. Elle a eu affaire à trop de connards dans sa vie. Elle mérite mieux.

— Je suis d'accord, confirma Damon, la mâchoire serrée. Elle ne mérite que le meilleur.

— Et tu penses que c'est toi.

Les narines de Damon se dilatèrent.

Il fallait mettre un terme à tout ce cirque avant que Gia crée un fossé entre Damon, Trevor et elle. Leur arrangement lui convenait. Pourquoi son amie ne la croyait-elle pas ?

— Gia, laisse tomber, suggéra rapidement Mac. Je suis bien comme ça, la situation actuelle me va. Je ne souhaite pas m'installer ici.

— Tu ne veux pas vivre avec nous ? demanda Trevor d'un air un peu blessé.

Ce qui n'avait pas été l'intention de Mac. *Merde.* Oui, elle désirait habiter avec eux, mais pas avant que leur relation soit prête. Tout était encore trop nouveau.

— Si. Je...

— Voilà, les gars. Allez louer une camionnette. Je pourrais même superviser et vous regarder vous pencher pour ramasser les cartons.

— Je veux emménager quand le moment sera venu, intervint Mac en levant une main.

— Quand est-ce que ce sera le bon moment ? demanda tendrement Damon.

— Je ne sais pas, répondit Mac en levant les yeux vers

Damon, surprise. Je suppose que ce sera lorsque vous me le proposerez parce que *vous* en êtes certains.

— Ils ne te l'ont pas proposé ?

— Gia ! s'exclama Mac d'une voix sifflante.

— C'est de ma faute alors. Je suis parti du principe que tu nous dirais quand tu serais prête. Trev était prêt tout de suite parce que sa location était mensuelle. Je me suis dit...

Damon se frotta la tête et relâcha Trevor.

— Écoute, on veut que tu sois avec nous, dit-il en se tournant vers Mac. Quand tu n'es pas là, tu nous manques.

— C'est vrai, confirma Trevor en serrant les épaules de la jeune femme.

— Mais je souhaitais éviter de te mettre la pression. J'ai supposé à tort qu'après l'emménagement de Trevor, tu finirais par faire pareil, mais je n'en étais pas complètement sûr. Ça ne fait que quelques semaines.

— Je voulais d'abord qu'on en soit tous convaincus.

— J'en suis certain, déclara Trevor.

— Moi aussi, ajouta Damon. Dès le premier instant où je t'ai vue derrière une femme qui te cachait...

Il leva un sourcil à l'attention de Gia.

—... j'ai ressenti le besoin d'apprendre à te connaître. Quelque chose en toi m'a attiré. Je n'avais pas été poussé ainsi vers quelqu'un depuis le jour où j'ai rencontré Trevor. Ça m'a surpris parce qu'au fond de moi, j'ai eu la même émotion qu'en le rencontrant. Maintenant, je sais pourquoi.

Mac voulut lui demander pourquoi, mais ils devaient reporter cette conversation à un moment où ils seraient tous les trois seuls.

— Eh bien, mon travail ici est terminé, déclara Gia en claquant vivement dans ses mains. J'ai besoin d'un verre. Qu'est-ce que tu me proposes, beau gosse ? s'enquit-elle à Trevor en s'approchant de lui et tirant son T-shirt.

— On a de la bonne came.

— Eh bien, sors-la. On dirait qu'on a quelque chose à fêter.

— C'est vrai, accorda Trevor en hochant la tête, le visage souriant.

Laissant tomber son bras des épaules de Mac, il se libéra de l'emprise de Gia.

— S'il te plaît, emménage avec nous, murmura-t-il avant de s'éloigner, puis il embrassa sa tempe. En plus, t'es pratiquement tout le temps ici. Quand Damon est absent et que t'es chez toi, je me sens seul.

Pendant que Trevor conduisait Gia dans la cuisine, Damon attrapa la main de Mac et l'entraîna dans le couloir.

— Ton amie est délirante.

— Désolée, elle a toujours été comme ça, soupira Mac. Elle a des idées arrêtées et ne le cache pas.

— Mais elle veille sur toi, dit Damon en souriant. Tout comme son frère, Gryff, quand on a dîné chez eux. Je suppose que Gray fera pareil lorsqu'on le rencontrera avec sa famille. C'est bien, bébé, t'as des gens qui s'inquiètent pour toi, qui veulent ton bonheur.

Il lui attrapa le menton et lui releva la tête.

— Je suis pareil. Trevor aussi. On souhaite que tu sois heureuse. Je ne veux pas que tu prennes une décision précipitée de vendre ton appartement et emménager avec nous, alors que c'est une étape importante. C'est un grand pas. Même si je souhaite que tu sois avec nous, je veux que ce choix te convienne.

— J'aurais besoin d'un endroit pour travailler.

— On peut t'installer où tu veux dans la maison. Une des chambres d'amis, un coin dans la véranda. Ça n'a pas d'importance.

— Est-ce que cette maison sera assez grande pour nous trois ?

— Si ce n'est pas le cas, on trouvera autre chose. Quelque chose qu'on choisira ensemble. Ça me va. Je ne suis pas attaché à cette maison, mais je veux m'investir avec Trev et toi. L'évolution de notre histoire a dépassé mes espérances.

— Mais ça ne fait qu'un mois. Trevor a emménagé rapidement. Ce ne sera pas trop pour toi de passer d'une vie de célibataire à une vie avec deux autres personnes ?

— T'as dit toi-même que t'étais tout le temps là. Au lieu de rentrer chez toi pour travailler, t'iras dans ton bureau ici. T'es inquiète de ne pas avoir d'intimité ?

L'était-elle ? Mac y réfléchit.

— Non, je ne pense pas que ce soit un problème, répondit-elle en secouant la tête.

— Je veux que tu sois toutes les nuits dans le même lit que nous. Même celles où je ne suis pas là. Ça me rassurerait de savoir que Trevor n'est pas tout seul, mais également de savoir où tu es.

Il leva une main lorsque Mac commença à protester.

— Pas pour te surveiller, mais parce que je m'inquiète. Je tiens beaucoup à toi, et Trev aussi. On veut que tu sois avec nous.

— Je veux la même chose.

Il sourit, puis se pencha et pressa sa bouche contre la sienne.

— C'est un oui ? murmura-t-il contre ses lèvres.

Elle répondit en l'embrassant avec fougue.

Trois flûtes dans une main et une bouteille de champagne dans l'autre, Trevor sourit en entrant dans leur chambre.

Leur chambre. Damon et la sienne. À présent, c'était aussi celle de Mac. Ce soir, c'était leur première nuit ensemble depuis que Mac avait « officiellement » emménagé avec eux.

Il était ravi, tout comme Damon.

Pour cette raison, ils avaient décidé de fêter l'évènement au lit.

L'appartement de Mac était maintenant en vente, et comme ils n'avaient pas besoin de ses meubles, ils avaient uniquement rapporté ses vêtements, quelques effets personnels et ses affaires de bureau. En gardant ses meubles dans son appartement jusqu'à la vente, elle avait encore une porte de sortie. Trevor espérait qu'elle n'en aurait pas besoin. Comme Damon, il souhaitait que tout se passe bien. À son retour de Boston, quand il avait cherché son ex, il avait espéré que ce dernier accepterait de le reprendre et de lui pardonner tout le chagrin qu'il lui avait causé. Mais il ne s'attendait pas à devoir partager Damon.

Au fond de lui, l'idée de resombrer dans cet espace mental obscur l'inquiétait toujours. Avoir deux personnes à aimer et qui l'aimaient en retour, avait contribué à son équilibre. Il en avait parlé à son thérapeute qui ne considérait pas le fait d'avoir deux partenaires comme une mauvaise chose. Au contraire, cela l'aidait d'avoir quelqu'un sur qui s'appuyer en cas de coup dur. Même si Damon s'efforçait de faire des vols plus courts et de ne pas être aussi absent, il était limité par son emploi du temps. Même en tant que capitaine.

Mais il essayait. Trevor faisait également de son mieux pour ne pas déraper. Si quelque chose commençait à le déranger, même un peu, ils se posaient et en parlaient. Tous les trois. Damon l'aimait, mais il avait ses habitudes. En revanche, Mac était plus douce et compatissante. Le terme

« équilibré » décrivait parfaitement la dynamique de leur relation atypique.

Il s'approcha du bord du lit et sourit à Damon et Mac, qui partageaient une grande part de cheesecake, assis contre la tête de lit.

— Hé ! Vous feriez mieux de m'en laisser quelques bouchées !

Il tendit une flûte à Mac et une seconde à Damon, puis posa la troisième sur la table de nuit. Il avait déjà fait sauter le bouchon quand il était en bas, alors il versa un peu de champagne dans les verres, puis remplit le sien.

Même s'il ne buvait plus, il faisait une exception pour cette occasion spéciale. Une coupe de champagne ne lui filerait pas le bourdon.

Non seulement ils célébraient l'emménagement de Mac, mais intérieurement, Trevor fêtait aussi la mi-parcours du processus pour enlever ses tatouages au laser. On lui avait dit qu'il ne lui faudrait plus que quelques séances pour que les mots « SALOPE » et « CHIEN » disparaissent de son corps. Effacer un autre rappel de son cheminement douloureux. Un pas de plus en avant.

Une fois son verre rempli, il se débarrassa de son peignoir et fit le tour du lit pour grimper doucement de l'autre côté. Il s'installa contre la tête de lit, épaule contre épaule avec Mac. Il brandit sa flûte, et les deux autres firent de même.

Ils restèrent tous silencieux pendant un moment. Trevor pensait que Damon porterait un toast. Peut-être que l'autre homme croyait qu'il le ferait ?

Ils se regardèrent tous les deux en haussant les sourcils.

— À de nombreuses nuits passées tous les trois dans ce lit, déclara Mac en levant son verre plus haut, avant que l'un d'eux puisse se lancer. J'ai hâte de construire un avenir avec vous, de vivre avec vous et de vous aimer pour toujours.

Elle entrechoqua sa flûte avec celle de Damon, puis celle de Trevor, avant de la porter à ses lèvres. Damon glissa une main entre sa bouche et la flûte pour l'arrêter.

Lorsqu'elle le regarda avec surprise, il sourit, une lueur dans les yeux.

— Non, j'ai un truc à dire avant.

Il leva son verre et se racla la gorge.

— En te voyant, j'ai su que t'étais la personne parfaite pour moi, dit-il d'une voix grave. La bonne personne. Ce n'était pas seulement une attirance physique ou sexuelle, c'était plus profond... là-dedans.

Il tapota sur sa poitrine.

— Tu me complètes, tu m'animes. Je t'aime. Merci de faire partie de ma vie. Maintenant et pour toujours.

Trevor cligna des yeux. À qui Damon parlait-il ? À Mac ou lui ?

Damon se pencha en avant et croisa les yeux de Trevor.

— Est-ce que tu crois ce que je viens de dire ?

— Oui, je ressens la même chose, répondit Trevor en clignant une nouvelle fois des yeux et hochant la tête.

— Est-ce que tu crois ce que je viens de dire ? répéta-t-il en tournant ses pupilles marron vers Mac.

La bouche de la jeune femme s'ouvrit, se referma, puis s'ouvrit à nouveau tandis qu'ils l'entendaient souffler.

— Ça me concernait aussi ? demanda-t-elle, clignant aussi rapidement des yeux que Trevor.

Damon sourit tendrement et écarta de son visage une longue mèche de cheveux roux.

— Oui.

— Tu m'aimes ?

— Je ne l'aurais pas dit si ce n'était pas vrai, la rassura-t-il en glissant un doigt sous son menton et levant son visage vers lui. Ne me dis pas que c'est trop tôt. Ça fait presque deux mois maintenant. Je sais ce que je ressens.

— Moi aussi, affirma Trevor.

— Toi aussi, quoi ? s'enquit Mac en tournant la tête vers lui.

— Je t'aime aussi.

— Mais...

— Il n'y a pas de *mais*, la coupa Trevor. Réjouis-toi. On t'aime. On s'aime. On a du champagne et un lit sur mesure pour dormir tranquillement à trois. On est en bonne santé. On a de bons jobs. On peut compter les uns sur les autres. Ma vie est parfaite en ce moment. La tienne ne l'est pas ?

— Si, bien sûr.

Trevor voulut lui demander si elle ressentait la même chose, si elle les aimait aussi, mais il ne souhaitait pas la forcer à le dire si elle ne le pensait pas. Il savait qu'elle finirait par le leur déclarer, même si ce n'était pas aujourd'hui ou même demain.

Il pouvait patienter. Il avait l'habitude d'attendre.

Il avait attendu pour revenir auprès de Damon parce qu'il désirait d'abord aller mieux. Il avait eu hâte de rentrer chez lui, mais il savait que ce n'était pas le bon moment. Le moment n'était peut-être pas venu pour Mac de leur dire qu'elle les aimait.

Il ne doutait pas qu'elle le ferait.

Quand elle leur aurait déclaré sa flamme, il convaincrait Damon de faire une de ces cérémonies d'engagement pour eux trois. Rien de grand ou d'extravagant, mais peut-être sur une plage d'une île des Caraïbes avec les vagues bleu clair chatouillant leurs orteils nus.

Il imaginait Damon avec un pantalon et une chemise en lin blanc, les manches retroussées et les boutons suffisamment défaits pour que sa peau foncée contraste bien avec le tissu clair.

Oui, ce serait sexy.

Les cheveux roux de Mac seraient coiffés en chignon, des mèches flottant autour de son long cou fin. Elle porterait une robe d'été blanche, ses taches de rousseur proliférant sur ses joues et ses épaules à cause du soleil.

Trevor se fichait de ce qu'il mettrait, il désirait juste être avec eux. Jurer son amour et sa loyauté à Mac et Damon. Pour toujours.

Il se secoua pour sortir de son petit rêve et tourna les yeux vers Damon qui le fixait avec inquiétude.

— Tout va bien ?

— Tout est parfait.

— T'es allé où ? lui demanda Damon.

— Je te le dirai dès que j'aurai réservé le voyage et planifié cette journée.

Les sourcils de Damon se haussèrent, mais Trevor fut heureux qu'il n'insiste pas pour connaître les détails. À la place, leur amant fit tinter son verre avec celui de Mac, puis avec celui de Trevor, qui l'imita, puis ils levèrent leurs flûtes et burent une gorgée.

Les bulles lui chatouillèrent le nez, et bien que le champagne fût bon, la compagnie était encore meilleure.

Il donnerait tout pour s'assurer que le reste de leur vie serait spectaculaire.

Épilogue

En regardant l'animation autour de lui, Damon resserra la main de Mac. Il n'avait jamais été convié à l'anniversaire d'un gamin auparavant.

Et il n'était clairement jamais allé à une fête pour des jumeaux.

Ni à une fête où la plupart des adultes étaient dans des ménages à trois.

Mais ils étaient entourés de trouples.

En incluant la leur, il compta six triades alors que Gryffin Ward les présentait aux autres invités.

Il y avait quelques couples « normaux », comme les parents de Gray et Gryff. Quelques célibataires comme Gayle Ward. Mais dans l'ensemble, la fête était composée de personnes liées aux Ward d'une manière ou d'une autre, que ce soit par le sang ou autrement.

— On s'intègre à merveille ici, dit Trevor en se penchant et entourant d'un bras la taille de Damon.

— On n'est pas des footballeurs à la retraite ou des avocats de choc, murmura Damon.

Trevor gloussa. Ce rire faisait du bien aux oreilles de Damon. Il voulait qu'ils passent leur vie à rire et à s'aimer. L'année qui venait de s'écouler s'était presque parfaitement déroulée, avec seulement quelques pépins, ce qui n'était pas surprenant. Mais, ils avaient suivi les conseils de Rayne et s'étaient assurés de ne jamais se coucher en colère. Peu importe le temps nécessaire, même si cela durait la moitié de la nuit, ils discutaient de leurs problèmes et trouvaient un moyen d'arranger les choses.

Quelques fois, Damon avait dû être forcé de lâcher prise. C'était difficile, mais, en fin de compte, cela en valait la peine.

— Je vais aller parler à Gia, indiqua Mac en lui serrant la main avant de la libérer.

Elle se inclina la tête pour qu'il l'embrasse, et il s'exécuta volontiers, puis elle donna un baiser à Trevor. Elle se dirigea ensuite vers sa meilleure amie qui se tenait près de Paige, Connor et leurs enfants, sous l'une des nombreuses tentes éphémères installées dans le jardin. Le soleil était maintenant haut dans le ciel et la journée se réchauffait de plus, il leur fallait donc de l'ombre.

La meilleure amie de Mac ne faisait plus partie des célibataires. Mais elle n'avait pas non plus rejoint le rang des triades. Son « charmant morceau de viande noire » — sa description, pas celle de Damon — l'avait non seulement séduite, mais, d'après ce que disait Mac, vénérait le sol même sur lequel Gia marchait. Elle était d'ailleurs la seule qui portait des talons ridiculement hauts pour un anniversaire d'un an de jumeaux.

Mais même si elle avait un unique partenaire, elle était très heureuse. Cela se voyait par le grand sourire éclatant qu'elle arbora quand son homme, Davis, passa un bras autour de ses épaules et lui chuchota un truc à l'oreille.

— Je vais aller parler football avec Trey, annonça Trevor,

se penchant pour presser légèrement ses lèvres sur celles de Damon avant de partir. Ils ont un fût de bière dans de la glace là-bas. Tu veux quelque chose ?

— Je vais aller m'en chercher dans peu de temps, dit Damon en secouant la tête.

Damon regarda son amant se diriger vers Trey Holloway, Cole Dixon, Ren Landis, Ty White et Gray Ward qui étaient attroupés autour de la bière. Il était le seul homme du groupe à n'avoir jamais joué au football. Mais ils l'acceptèrent avec une tape dans le dos et quelques taquineries amicales.

Damon vit Trevor secouer la tête lorsqu'on lui offrit une bière. L'exhortation « bon garçon » lui traversa l'esprit. Il était soulagé que Trevor reste fidèle à son régime sans alcool, car le liquide pouvait avoir un rôle dépresseur. En ce moment, l'expression sur le visage de Trevor était joyeuse et insouciante.

Son cœur se serra en réalisant à quel point il aimait cet homme. Il n'aurait peut-être jamais accepté de le reprendre si Mac n'était pas intervenue. Il lui devait beaucoup.

— Tu ne veux pas parler de football ?

Grant Lane, l'un des avocats de Gryff, s'approcha de lui, son jeune fils Alix dans les bras. Le bébé ne lui ressemblait pas du tout. Il était évident que l'homme n'était pas le père biologique de l'enfant, mais il n'agissait pas différemment. Il aimait le bambin comme le sien. Tous les pères du groupe se comportaient ainsi. Peu importe que l'ADN des enfants soit le leur ou non, ils les considéraient et les traitaient comme tels. À leurs yeux, ils partageaient le même sang.

— Non, même si ça ne me dérange pas d'en regarder, je ne suis pas expert, dit Damon en secouant la tête. Du coup, je m'ennuierais probablement rapidement. Ou j'aurais l'air d'un imbécile.

— Merci, putain ! s'exclama Grant en renversant la tête en arrière et éclatant de rire. Parce que je déteste le football.

Eli n'est pas un grand fan non plus. Alors c'est sympa de pouvoir parler à quelqu'un qui ne fait pas partie de la gent féminine. D'habitude, quand les mecs commencent à discuter de football ou de sport, les femmes fuient toutes dans un coin. Mais je ne veux pas non plus papoter de pompes à lait ou de règles.

— Je peux le comprendre, rétorqua Damon en souriant, puis levant le menton vers Alix. Quel âge il a maintenant ?

— Presque un an, indiqua Grant en se penchant. On ne fera pas de fête du genre, alors ne soyez pas vexé si vous n'êtes pas invités.

Damon gloussa et leva les mains.

— Pas de soucis.

Il jeta un coup d'œil au groupe de gens et son regard passa d'un enfant à l'autre.

— Il y a beaucoup de garçons.

— Oui, les sportifs là-bas disent que ce sont tous de futurs joueurs de football, soupira Eli Stone en s'approchant d'eux, puis il prit Alix des bras de son mari.

Il déposa un baiser sur la joue potelée du bébé.

— Y compris le tien ? le taquina Damon.

— Il peut être qui il veut et ce qu'il souhaite, déclara Eli, après avoir scruté Alix un moment. Je ne l'en empêcherai pas.

Grant passa une main sur les cheveux noirs du garçon, qui étaient courts, mais bouclés.

— *On* ne l'en empêchera pas, rectifia-t-il en tournant à nouveau ses yeux gris vers Damon. Bientôt des enfants de prévus ?

— On n'en a pas encore parlé. On doit d'abord organiser une cérémonie d'engagement.

Logan Reed rejoignit leur petit groupe et offrit un gobelet en plastique rouge à Damon.

— Vous n'avez pas encore eu de cérémonie d'engagement ? demanda-t-il avec surprise.

Damon accepta le verre et prit une longue gorgée de bière rafraîchissante.

— Non. Bientôt. On a pensé à la faire sur une île tropicale, juste tous les trois, mais...

Damon secoua la tête.

— Mais rien. Il faut simplement qu'on le fasse et qu'on arrête de la repousser.

— Tout le monde est prêt ? Vous voulez le faire tous les trois ? s'enquit Logan, plissant ses yeux verts.

— Oui, je ne crois pas qu'il y ait le moindre doute.

— Alors qu'est-ce que vous attendez ? demanda Grant.

La question de Grant était pertinente. Qu'attendaient-ils ? Damon ne désirait rien de plus que passer le reste de sa vie avec Mac et Trevor. S'ils devaient fonder une famille, avec l'accord de Mac, alors ils devaient commencer rapidement. Il approchait de la quarantaine et voulait être capable de s'occuper de jeunes enfants. Surtout quand il regardait autour de lui et voyait l'énergie des bambins présents à cette fête. Les deux plus grands enfants, Preston et Cayden, ceux de Logan, Ty et Quinn, jouaient tranquillement, mais les autres donnaient l'impression d'avoir bu une caisse de Red Bull.

Aurait-il la force de courir après de jeunes enfants et serait-il en mesure de les distraire pendant des heures ? Il l'espérait.

Cependant, il voulait vraiment faire la cérémonie en premier, et ce, même si elle n'avait pas de poids au regard de la loi. À ses yeux, cela les unirait encore plus, ce serait le ciment qui les maintiendrait ensemble en tant que famille.

Ils avaient aussi besoin de bagues. Certains des trouples présents aujourd'hui avaient légalement changé leurs noms de famille en rajoutant des traits d'union. Trevor et Mac seraient-ils prêts à faire de même ?

Quel serait-il ? Phillips-Brooks ?

Ils pourraient appeler leur premier fils Donovan, en référence au nom de famille de Mac.

Il se tira de ses pensées. Il s'emballait.

Ils devaient tous les trois être d'accord. Avoir des enfants était une décision importante, car une fois qu'un bébé venait au monde, aucun retour en arrière n'était possible.

— Certains gamins ont des problèmes parce qu'ils ont trois parents ? Est-ce qu'ils sont harcelés ? Des trucs du genre ?

— En tout cas, Noah et Liam, les fils de Cole et Ren, sont adulés dans leur école. Ils ont deux anciens joueurs de football professionnel comme pères, ce que les autres garçons considèrent comme cool. Ce ne sont pas les enfants qui jugent, mais les parents. Tout dépend de ce que les parents enseignent à leurs gamins. On dit tous à nos enfants de venir nous voir immédiatement en cas de problème pour qu'on puisse y remédier, déclara Logan.

Logan semblait être un père plein de bon sens. Mais de manière générale, il avait l'air d'être un homme pragmatique. Damon l'avait facilement identifié comme le dominant de sa triade lorsqu'il l'avait rencontré pour la première fois.

— Mais il y a encore cette éventualité, murmura Damon, les sourcils froncés.

— Oui, mais les tyrans trouveront toujours une raison d'en persécuter certains, répliqua Logan en haussant les épaules. La couleur de peau, les vêtements, la religion ou l'absence de religion. On s'en fout, ça peut être n'importe quoi. Si vous évitez d'avoir des enfants parce que vous craignez que vos fils ou vos filles soient victimes de harcèlement, vous ratez quelque chose. Je ne peux pas nous imaginer sans nos enfants.

— Moi non plus, confirma Eli en embrassant la tempe d'Alix. On en veut d'autres.

— Oui, *on* en veut d'autres, accorda Grant en gloussant. Par contre, Liv doit oublier toute l'étape de l'accouchement avant d'accepter d'en avoir plus.

— Alors que c'est censé être une expérience émouvante, ça finit généralement par être horrible pour les pères qui assistent à l'accouchement, blagua Logan en riant. Je n'avais jamais vu un noir devenir vert, mais Ty y est parvenu. Les deux fois.

— Oui. J'ai dû cacher mes expressions à Liv, ajouta Grant, qui ne plaisantait plus. Je crois avoir aussi pris une vilaine teinte verte.

— Génial, marmonna Damon.

— Ne t'inquiète pas, une fois que tu tiendras ton fils ou ta fille dans tes bras, tu oublieras tout ce qui s'est passé à sa naissance, le rassura Logan en lui tapant dans le dos.

— Bien sûr, dit Grant.

— Allez... Ne le dissuadons pas d'avoir des enfants... À la place...

Logan frappa brusquement ses mains l'une contre l'autre.

— Pourquoi ne pas les unir aujourd'hui ? On est tous réunis ici. On a de l'alcool, des amis, de la famille, de la nourriture, et la journée est belle. On peut tous être témoins.

— Quoi ? s'exclama Damon, le sang affluant dans ses oreilles, et il sentit ses genoux vaciller.

— C'est une excellente idée, dit Eli. Dix n'a pas seulement fait notre cérémonie d'engagement, mais aussi celle de Gryff. Il serait ravi de faire également la vôtre.

Les yeux de Damon dévièrent vers Cole, qui leur tournait le dos. Les bras bougeant frénétiquement en l'air, il parlait avec enthousiasme de quelque chose. Probablement de football. Ou de publicité. Ou un truc de ce genre.

— Dixon peut mener des cérémonies d'engagement ?

— Bien sûr. Tout le monde peut le faire. Il adore parler devant les gens, alors ça lui vient naturellement, dit Grant.

— Non. Dix adore s'écouter parler, c'est pour ça qu'il aime ça. Mais je pense qu'il est prêtre ou un truc du genre maintenant. Il a fait le nécessaire en ligne. Ça n'a pas d'importance de toute façon. La cérémonie n'est pas légale.

Logan frappa à nouveau dans ses mains.

— OK, donc on a le lieu, les témoins, et maintenant l'officiant. Il ne nous reste plus qu'à obtenir l'accord des trois personnes.

Il arqua un sourcil en direction de Damon.

Le regard de celui-ci se promena sur les adultes présents dans le jardin, constatant que ce groupe était très inclusif. Une force l'envahit lorsqu'il remarqua les différentes teintes de peau des enfants. Il ignorait la couleur qu'auraient les siens, mais il s'en moquait. Qu'ils aient la peau foncée ou claire, ou entre les deux, qu'ils aient des cheveux roux, des yeux bleus et des taches de rousseur ou, des cheveux noirs et des yeux sombres, il accueillerait ce qu'ils auraient la chance d'avoir, tout comme le reste des adultes qui les entouraient.

Tout comme ils avaient adopté le polyamour. C'était donc tout à fait logique de faire la cérémonie ici, comme l'avait suggéré Logan.

Le rythme cardiaque de Damon ralentit. Il vit ce qu'il désirait quand il repéra la rousse aux yeux bleus assise avec d'autres femmes et le barbu brun aux yeux gris qui parlait de football.

Trevor et Mac lui appartenaient, et il voulait l'annoncer au monde entier. Il souhaitait aussi fonder une famille avec eux.

Un Voyage Audacieux

Il espérait seulement que Trev et Mac seraient d'accord.

———

Une grande main se posa sur l'épaule de Mac, et elle leva les yeux pour voir Damon, un air bien trop sérieux sur le visage pour un anniversaire d'enfants. Trevor se tenait derrière lui et arborait un large sourire, l'excitation illuminant ses yeux gris.

Ce qui tracassait Damon n'était peut-être pas si grave. Mais maintenant, elle était curieuse de savoir ce que préparaient ces deux-là.

— On peut vous voler Mac quelques minutes ? demanda Damon à l'attention des femmes qui étaient posées en cercle à l'ombre d'un auvent.

Quelques-uns de leurs bambins jouaient dans l'herbe au centre du cercle.

Étonnamment, Mac avait été envahie du désir d'avoir des enfants pendant qu'elle était assise avec les femmes. Certains commentaires sur les défis de la maternité avaient fait rire ou compatir tout le monde, mais cela ne l'avait pas empêchée de vouloir un bébé. Peut-être un seul. Deux tout au plus.

— Tant que vous ne disparaissez pas tous les trois pour faire des galipettes, je le permets, déclara Gia. Mais pas trop longtemps parce que je ne la vois presque jamais.

— Vous parlez toutes les deux au téléphone pendant des heures, grommela Damon. Et souvent.

— J'ai dit *voir*, pas parler, précisa-t-elle. Ce n'est pas la même chose.

En aidant Mac à se mettre debout, Damon s'efforça de ne pas lever les yeux au ciel. Ensuite, il conduisit la jeune femme et Trevor de l'autre côté du jardin pour s'abriter à l'ombre d'un arbre, mais à l'écart des autres.

— Tout va bien ? demanda-t-elle.

— Je pense qu'il est juste nerveux, dit Trevor, venant derrière Mac pour poser ses mains sur ses épaules.

— Pourquoi ? s'enquit-elle en couvrant une de ses mains avec la sienne.

— Parce qu'on se marie aujourd'hui. Damon aime tout planifier à la perfection, et c'est bien trop spontané pour lui.

Mac cligna des yeux, s'écarta de Trevor et se tourna vers lui.

— Pardon. Quoi ?

Du coin de l'œil, elle aperçut Logan s'approcher de sa sœur Paige, dont le visage s'illumina tandis qu'elle hochait la tête. Puis celle-ci se précipita vers Gray et Connor, leur annonçant quelque chose avec animation. Connor haussa les épaules et Gray acquiesça, tous les deux regardant dans leur direction.

Ce qui était d'autant plus louche, c'était Gia qui courait — oui, courait — dans l'herbe sur ses talons de trois centimètres jusqu'à l'endroit où Davis parlait avec M. Ward. Elle allait se tordre la cheville.

— Qu'est-ce qui se passe ? demanda Mac, son rythme cardiaque s'accélérant.

— Logan a suggéré qu'on se marie aujourd'hui. Ici, ajouta Trevor en tendant un bras. Devant tout le monde. Mieux encore, c'est Cole Dixon qui officiera !

— Quoi ? répéta-t-elle.

Elle n'avait sûrement pas compris.

— Je t'ai dit de ne pas t'emballer. Elle doit être d'accord, grommela Damon.

— Comment on peut se marier ? Trois personnes ne peuvent pas s'unir légalement.

— On ne se marie pas, expliqua Damon. Cole pourrait célébrer une cérémonie d'engagement pour nous trois. Mais je ne veux pas qu'on te mette la pression. Logan a suggéré de faire ça ici, aujourd'hui, devant des amis et des gens qui comprennent et partagent le même style de vie.

— Mais c'est une fête d'anniversaire pour les jumeaux, dit Mac en fronçant les sourcils. On ne veut pas leur piquer l'attention.

— Si tu n'es pas prête...

— Je n'ai pas dit ça, assura Mac à Damon en enroulant ses doigts autour de l'avant-bras musclé du pilote. C'est ce que je désire plus que tout. Je vous aime tous les deux.

— On t'aime aussi. Faisons-le ! s'exclama Trevor.

— J'aimerais déclarer notre amour et notre engagement devant les autres, dit Damon, baissant la voix alors que Paige se précipitait vers eux.

Elle était un peu essoufflée en les rejoignant.

— Logan me l'a dit. J'en ai parlé à Gray et Connor. On est d'accord.

— Mais c'est un jour spécial pour les jumeaux. Ils n'auront qu'une fois un an, insista Mac.

Paige et ses maris avaient prévu cette journée pour leurs enfants, pas pour célébrer l'amour de Mac et ses hommes.

— Ils ont un an, dit Paige en levant la main. Ils font encore leurs besoins dans des couches et pensent que mes seins sont une source de nourriture. Mais ce buffet va bientôt fermer ses portes, qu'ils le veuillent ou non. Tant qu'ils auront le visage plein de gâteau et de glaçage, et mangeront une montagne de sucre, ils s'en moqueront.

— T'es sûre ?

— Oui ! assura Paige en hochant la tête et saisissant les deux mains de Mac. S'il te plaît, s'il te plaît, fais-le aujourd'hui, l'implora-t-elle. J'ai besoin de larmes qui ne sont pas dues à l'épuisement, aux pleurs d'un de nos enfants qui interrompt notre moment intime, ou à mon fils qui vomit de la purée de petits pois sur moi. Je veux me souvenir de l'aspect romantique de notre relation, pas de la réalité. Même si ce n'est que pour une demi-heure. Alors, faites-le !

Mac ne doutait pas de son engagement envers Damon et Trevor. Ils en avaient discuté plusieurs fois, mais n'avaient rien prévu d'officiel. Bien qu'il aurait été agréable de le faire sur une plage tropicale, le faire devant des amis bienveillants serait tout aussi merveilleux. Ils pourraient partir plus tard en vacances sur une île et faire comme s'ils partaient en « lune de miel ».

Mac se retourna vers ses hommes. Elle tendit les bras, et prit la joue lisse de Damon et la joue barbue de Trevor dans ses mains.

— Vous êtes tous les deux sûrs ? Ce n'est peut-être pas légal aux yeux de la loi, mais je m'engagerai *jusqu'à ce que la mort nous sépare*.

— Je serais ravi d'être avec vous deux jusqu'à ma mort, déclara Trevor en tournant son visage pour embrassant la paume de la jeune femme.

— Faut-il vraiment parler de la mort ? se plaignit Damon en grimaçant.

Il attrapa la main de Mac et la fit glisser de sa joue jusqu'à son cœur où il la pressa assez fort pour qu'elle puisse en percevoir chaque pulsation. De son autre main, il saisit celle de Trevor et la plaça sur les leurs.

— Il bat pour vous deux, pour le meilleur ou pour le pire, alors je suis prêt si vous l'êtes aussi.

— Vous connaissez déjà ma réponse, dit tendrement Trevor.

Mac sursauta lorsque Paige poussa un cri. Elle était tellement absorbée par ses hommes qu'elle avait oublié que la femme était toujours là.

— Cole Dixon, tu dois présider une cérémonie, hurla Paige. On en a trois de plus à ajouter à notre club.

— Je suis prêt quand vous l'êtes tous les trois, s'écria Cole. Je trouverai au fil de l'eau quoi dire.

— Super, marmonna Damon.

— Je suis sûre que ça ira, le rassura Mac en lui tapotant le ventre.

— Tant qu'on est tous les trois ensemble pour toujours, peu importe ce qui est dit, rappela Trevor.

Ses yeux gris s'écarquillèrent.

— On n'a pas de bagues !

— On ira vite chercher des bagues, si c'est ce que tu veux, dit Damon.

— Mac et toi me suffisez, répondit Trevor.

— Trevor et toi me suffisez, ajouta Mac, ravalant la boule d'émotions qui était coincée dans sa gorge.

Ils allaient vraiment le faire. Elle allait « épouser » les deux hommes qu'elle aimait. Ici même. Devant un groupe de personnes qui les soutenaient.

Damon sourit et prit leurs mains dans les siennes, les conduisant jusqu'à l'endroit où Cole attendait face à la petite foule rassemblée pour la cérémonie improvisée.

— Je serai à vous pour toujours. N'en doutez jamais.

— Pour toujours, répéta Trevor alors que la foule se séparait pour les laisser passer.

— Pour toujours, murmura Mac alors qu'ils s'arrêtaient devant Cole Dixon afin de s'engager les uns envers les autres...

Pour toujours.

Inscrivez-vous à la lettre d'information de Jeanne

Forever Him (Édition française)

Ce n'est pas qu'une histoire d'amour, c'est une obsession...

Je suis incapable de détourner le regard de cet homme grand, mystérieux et sûr de lui qui s'arrête au café tous les matins. J'ai envie de cet inconnu plus que je n'ai jamais eu envie de quiconque auparavant, alors même que je ne connais que son prénom. En tant qu'auteure, mon imagination est mon outil d'écriture par excellence, et les hommes comme Kane sont mes muses. À peine repart-il que je suis submergée de fantasmes incontrôlables et que mes doigts parcourent le clavier... jusqu'au jour où je manque de craquer. Le spectacle honteux que je donne me pousse à fuir, mais il me rattrape et m'emmène chez lui.

Même si c'est risqué, je ne peux pas lui résister. Et avec un seul baiser, il me possède maintenant. Cet homme va s'emparer de mon bon sens et l'emprisonner pour toujours. Il me volera un petit bout à la fois jusqu'à me posséder entièrement. Il va me ruiner pour tous les autres hommes. Mais je ne veux personne d'autre, car ce sera toujours lui, lui pour toujours.

Note : Tous les tomes de la série Nos obsessions *sont des romans indépendants. Ils sont destinés à un public de plus de 18 ans car ils comportent des situations explicites, notamment du BDSM.*

Tournez la page pour lire le premier chapitre du livre suivant : https://mybook.to/ForeverHim-FR

Forever Him (Édition française)
An Obsessed Novella, livre 1

Chapitre un

Il s'appelle Kane.
Je l'aimerai pour toujours.
Seulement, il ne le sait pas encore...

Si je connais son prénom, c'est uniquement parce que chaque matin, quand il s'arrête au café pour commander son café allongé sans sucre, la barista crie « Kane, avec un K ! »

Chaque. Matin. Sans exception.

Je présume que la serveuse le fait exprès. Peut-être dans l'espoir de lui arracher un sourire. Mais il ne sourit jamais. Son expression ne varie jamais. Il semble perpétuellement bloqué en mode sérieux. Il prend juste son café, balance de l'argent dans le bocal à pourboires, se retourne et s'en va.

C'est peut-être un homme important. Un homme occupé. Un homme avec beaucoup de responsabilités sur ses larges épaules. Peut-être que son esprit est tout à ce qu'il doit accomplir dans la journée.

Mais il ne dévie jamais de sa routine. Un café noir allongé. Sans crème. Sans sucre. Aucune pâtisserie.

Pas une seule fois depuis que je l'ai remarqué.

Je fais rarement attention aux allées et venues des clients, car les matinées sont généralement très intenses. Je reste assise dans mon coin, mon ordinateur portable ouvert devant moi, mon cerveau bouillonnant d'idées. Ou pas.

Parfois, je souffre du syndrome de la page blanche. Dans ces moments-là, mon cerveau semble éteint et déserté. Il n'y a personne dans les étages. J'en souffrais le premier matin où je l'ai remarqué. Pendant ces périodes, je regarde au loin, dans le vide, tout en fouillant au fond de mon esprit. À la recherche de... quelque chose. N'importe quoi. Priant pour que quelques mots inspirants viennent stimuler ma créativité.

La porte d'entrée avec son délicat tintement n'attire généralement jamais mon attention. Jusqu'à ce jour. Le jour où j'ai fixé la porte sans réfléchir, sans prêter attention à l'afflux de clients.

Jusqu'à lui.

Il est grand. Et large. Pas gros, non. De puissants muscles se dessinent sous sa chemise lorsqu'il pousse la porte et entre. Ses cheveux bruns sont très courts sur les côtés, juste un peu plus longs sur le dessus. Une coupe de cheveux sérieuse. Comme lui... Aucun sens de la fête.

Sa chemise parfaitement repassée, d'un violet profond, est soigneusement rentrée dans son pantalon noir. Sa ceinture en cuir noir est fermée par une simple boucle en or.

Ses sourcils paraissent foncés et imposants au-dessus de ses yeux qui me font tressaillir. Si clairs que je ne saurais dire s'ils sont gris ou bleus. Une chose est sûre, ils contrastent follement avec son teint mat.

Son unique accessoire visible est une montre, à son

poignet. Même de là où je suis assise, je devine sa valeur. Un modèle que je ne pourrais jamais m'offrir, et dont je ne connaîtrais probablement jamais la marque. Mais elle respire le luxe.

Ses jambes sont longues et indéniablement robustes, ce qui lui donne une démarche assurée lorsqu'il se dirige vers le comptoir.

Pourquoi s'arrête-t-il ici pour un simple café ? Je suis sûre qu'il pourrait se payer une cafetière. Ce n'est pas bien compliqué : du café moulu, un filtre, et de l'eau. On appuie sur le bouton, on attend, et voilà...

Ah, peut-être qu'il n'aime pas attendre. Mais est-ce vraiment plus rapide de s'arrêter ici chaque matin ?

Peut-être qu'il n'aime pas nettoyer derrière lui. Enfin, après l'avoir bien étudié, mon instinct me dit qu'il peut se permettre de faire appel à quelqu'un pour s'occuper de sa vaisselle sale. Peut-être même qu'il vit avec une personne disposée à le faire. Une épouse. Un époux.

Une *amante*...

Peu importe le motif de son passage matinal, car dès que je le remarque, je ne peux plus le quitter des yeux. Je ne peux plus me concentrer.

Je regarde ses lèvres bouger quand il passe commande. J'attends que les commissures de ses lèvres se relèvent lorsqu'il s'adresse à la barista. En vain. Aucun plissement des yeux, aucun sourire, pas même un hochement de tête indiquant qu'il parle à un autre humain.

Rien.

Il ne sort pas une seule fois son téléphone portable en attendant sa boisson. Je ne l'ai même jamais vu en tenir un à la main.

Il serait bien le genre à trouver impoli d'être au téléphone au lieu de donner toute son attention à la personne qui le sert. Même si cette attention est froide et insensible.

Il est constant, et il vient toujours seul.

Un jour, je passe de ma table habituelle dans le coin à une table d'où je peux voir sa main gauche. Son annulaire semble nu. Évidemment, ça ne prouve pas qu'il ne soit pas marié. Ou dans une relation sérieuse. Beaucoup d'hommes ne portent pas d'alliance.

Je l'observe tous les jours. J'apprends sa façon de bouger, je sais qu'il est droitier, qu'il fait quinze pas jusqu'au comptoir. Qu'il vérifie toujours que le couvercle de son café est bien en place avant de pivoter pour sortir.

Je suis devenue le chien de Pavlov. Quand le carillon retentit à 8 h 02 tous les matins, je dois lever les yeux. Je ne peux pas m'en empêcher, même si j'essaie de toutes mes forces.

Quand je le vois passer la porte, je commence à fantasmer sur lui. Comment serait-il nu ? Comment son visage se déformerait-il pendant l'orgasme ? La sensation de ses doigts au fond de moi, me caressant profondément, me laissant mouillée.

Comment son baiser serait sérieux quand il écraserait ses lèvres contre les miennes ?

Je ne peux pas me dérober à mes pensées. Mes désirs. Mes fantasmes de culotte trempée.

Je songe à changer de café, car c'est en train de virer à l'obsession.

Je veux le toucher. Je veux le voir sourire. Je veux le faire rire.

J'imagine qu'il lui manque quelque chose. Par exemple, moi. Je peux résoudre tous ses problèmes. Je peux lisser son front quand il se fronce à cause d'une surcharge de travail. Je peux l'embrasser pour évacuer sa tension. Je peux lui murmurer des mots apaisants à l'oreille pour le distraire de toutes les tâches importantes dont il est responsable.

Le seul point positif de mon obsession, c'est qu'elle m'aide à écrire. Une fois que le carillon s'est tu et que la porte se referme derrière lui, mes doigts courent sur le clavier. Je ne souffre plus d'aucun blocage créatif. Les fantasmes se succèdent dans mon esprit, et je serre les cuisses l'une contre l'autre jusqu'à en avoir mal lorsque les mots se déversent sur l'écran.

Il est ma muse.

Mon inspiration.

Sa peau est très mate, mais je ne l'imagine pas se prélasser au bord d'une piscine. Il semble trop puissant pour une telle oisiveté. Ou trop impatient. Il n'a probablement pas le temps de s'amuser. Pour lui, vivre, c'est agir.

Donc, ce n'est pas du bronzage. Non, son teint semble naturel. Ses origines sont à l'origine de sa carnation. Sombre. Taciturne. Intense. Sa lignée recèle des secrets bien éloignés de l'Amérique moyenne. Même si sur son permis de conduire, il est considéré comme Caucasien, son arbre généalogique affirmerait le contraire.

Kane avec un K m'intrigue.

Je ne fais plus jamais de grasse matinée, sans même avoir besoin de mettre mon réveil. Mes yeux s'ouvrent tous les jours de la semaine à la même heure, ma tête est déjà tout entière tournée vers lui. Je m'assure d'être au café, à ma place habituelle avec mon ordinateur portable ouvert, mon thé chai fraîchement infusé et bien chaud devant moi à 7 h 50. Juste au cas où il serait en avance.

Il ne l'est jamais. Il est réglé comme une horloge. Il a une routine, et s'y tient.

Chaque. Matin. Sans exception.

Je veux connaître son nom de famille. Ce qu'il fait dans

la vie. Le genre de voiture qu'il conduit. Est-ce qu'il vient au café à pied ? Est-ce qu'il habite ou travaille dans le coin ?

Quand le carillon retentit, je lève la tête. Mes yeux redescendent rapidement vers l'heure dans le coin de mon écran : 8 h 02. Puis je les repose sur lui.

Aujourd'hui, il porte une veste par-dessus sa chemise bleue claire, et cette couleur fait ressortir celle de ses yeux. Sa cravate bleu foncé à motifs est parfaitement nouée, avec soin, tout contre son col. Ses manchettes dépassent de la veste jusqu'à ses mains. La longueur appropriée pour un homme qui sait s'habiller. Ses boutons de manchette en or scintillent au rythme des mouvements de ses bras.

Il est tellement trop bien pour moi qu'il ne jette jamais, jamais, un regard dans ma direction. Pas une seule fois.

Je ne comprends pas comment il ne ressent pas la chaleur de mon regard, la nature obscène et érotique de mes pensées.

Comment peut-il ignorer que je le déshabille ?

Chaque. Matin. Sans exception.

Il doit patienter ce matin. Deux personnes sont devant lui dans la file, et leurs commandes sont bien plus complexes que son habituel café noir allongé. Et le personnel est en sous-effectif. Son regard perçant balaie l'espace derrière le comptoir avant de saisir la situation. Il lève le bras et vérifie sa montre.

Il tape du pied. Probablement d'impatience, pas de la nervosité. Il pivote et examine la salle. Pour une fois, il remarque qu'il y a d'autres clients et d'autres éléments dans le café que lui, la serveuse et son grand café noir.

Je le sens, même s'il n'est pas tout près de moi, même s'il ne me touche pas.

À chacune de ses respirations, je perçois un léger mouvement de l'air. Je remarque chaque clignement de ses yeux.

Ses longs cils noirs s'ouvrent et se ferment comme deux éventails chinois.

Puis son regard se pose sur moi. Au lieu de glisser vers une autre cible, il s'arrête. Il se fige. Cet homme me fixe. Peut-être parce que je le fixe aussi. Peut-être parce que ma bouche s'ouvre et que je respire plus difficilement que de coutume.

Je me trémousse maladroitement sur la chaise en bois dur tandis que la chaleur me monte aux joues, et je suis mortifiée de ne pas réussir à détacher mon regard du sien.

Ses paupières se plissent et ses sourcils se froncent, assombrissant encore plus ses yeux. Ils me rappellent un océan agité et non un la paisible mer des Caraïbes.

Mon cœur bat la chamade à mesure qu'il étudie mes cheveux. Je lutte pour ne pas y passer la main en espérant être bien coiffée... parce que ce n'est souvent pas le cas. Je jure intérieurement quand son regard se pose sur ma bouche. Je me lèche les lèvres avant de fermer ma mâchoire, manquant de peu de me mordre la langue. L'inspection qu'il fait de moi est lente et minutieuse. Il passe en revue mon cou, puis son regard descend encore.

Je suis contente d'avoir enfilé un pull en cachemire à col en V ce matin et pas un vieux sweat-shirt. Jamais, dans mes rêves les plus fous, je n'aurais pensé qu'il me remarquerait.

Jamais.

Ses yeux se promènent doucement vers mon décolleté et s'arrêtent à nouveau. Une seconde, deux secondes, trois secondes. Le sang me monte à la tête, et je ne sais plus où me mettre. La chaleur s'accumule entre mes jambes et je me tortille sur mon siège.

Mon Dieu, rien que son regard me donne envie de jouir. Mon intimité palpite et j'ai envie de me toucher.

Tous ces fantasmes.

Si seulement il savait.

Il rirait probablement et penserait que je suis idiote. Qu'il est beaucoup trop bien pour moi ! Il n'accepterait jamais de fréquenter quelqu'un comme moi.

Mais je veux qu'il me touche. Je veux que ses doigts fouillent mes cheveux, qu'il me tire la tête en arrière. Je veux sentir ses lèvres, ses dents, le long de la puissante pulsation dans mon cou. Je veux qu'il caresse de ses pouces mes tétons durcis.

Je me sens étourdie et je me rends compte que j'ai arrêté de respirer. Je suis en train d'attendre. J'attends qu'il fasse un geste. Qu'il m'attrape la main, m'entraîne vers la porte, vers sa maison, sa voiture, son bureau, où il pourrait me baiser minutieusement et intensément jusqu'à me faire exploser en mille éclats.

Je veux grimper sur ses genoux et m'empaler sur sa queue, le chevaucher jusqu'à en être toute humide, en sueur, et me cramponner à sa peau du bout des ongles. Je veux sentir ses dents le long du galbe sensible de mes seins.

Je veux.

Je veux.

Je veux qu'il me touche.

J'ai besoin qu'il me touche.

J'ai besoin de ses doigts, de sa queue dure, en moi.

Et je suis aussi impatiente que lui.

J'en ai besoin maintenant.

Je le veux maintenant.

Maintenant !

Je crie en silence. Une voix que je ne reconnais pas comme étant la mienne hurle : « Touche-moi, bordel ! Touche-moi ! »

Je me rends alors compte que tous les clients ont les yeux rivés sur moi. Ces mots, cette supplication, n'ont pas été criés silencieusement dans ma tête.

Non.

J'ai prononcé ces mots à haute voix. Ma gorge éraillée en est la preuve flagrante.

Je repousse ma chaise qui grince avant de tomber par terre en fracas. J'attrape mon ordinateur portable, et je le referme brusquement. Je le glisse sous mon bras et me précipite hors du café.

Je laisse ma dignité derrière moi avec mon chai latte.

Mes joues sont encore brûlantes, mon cœur bat à tout rompre, mon estomac se noue. Je suis sur le point de vomir.

Je pousse la porte d'entrée et inspire une bouffée d'air frais, m'obligeant à bien gonfler mes poumons. J'inspire par les narines, j'expire par la bouche. Lentement, régulièrement. Je dois garder le rythme jusqu'à ce que la nausée disparaisse.

Le dos tourné vers la devanture du café, je fais face aux voitures qui défilent à toute vitesse, et dont les occupants ignorent tout de mon récent accès de folie. Ils ne savent pas à quel point j'ai eu l'air d'une folle en suppliant un homme, un parfait inconnu, dans le café derrière moi.

Mais moi, je le sais.

Et lui, il le sait.

Je dois m'éloigner avant que la porte ne s'ouvre, que le carillon ne retentisse et qu'il ne sorte sur le trottoir. Que nous serions contraints de partager.

Parce que pour l'instant, l'idée de partager quoi que ce soit avec lui est insupportable.

Je force mes pieds à bouger, mes jambes à fonctionner. J'avance sans réfléchir. Un pas après l'autre.

Puis un klaxon de voiture résonne, m'extirpant de ma torpeur. Et, tout à coup, je ne suis plus qu'une poupée de chiffon.

Disponible ici : https://mybook.to/ForeverHim-FR

Si vous avez aimé ce livre

Merci de votre lecture. Si vous avez apprécié ce livre, merci de publier un avis sur votre site de vente préféré et/ou catalogue en ligne de type Goodreads pour en informer les autres lecteurs. Les avis sont toujours très appréciés et quelques mots suffiront à aider énormément une auteure indépendante comme moi!

Livres en Français

Made Maleen: Un conte de fées moderne revisité

Endommagé

Série Des Frères en Uniforme :
Des Frères en Uniforme : Max (livre 1)
Des Frères en Uniforme : Marc (livre 2)
Des Frères en Uniforme : Matt (Tome 3) - comprend aussi
Teddy (Nouvelle 3.5)
Des Frères en Uniforme : Noël Chez la Famille Bryson
(livre 4)

La Série Dare Ménage :
Osez doublement (livre 1)
Proposition osée (livre 2)
Osez être trois (livre 3)
Un désir osé (livre 4)
Oser s'abandonner (livre 5)
Un voyage audacieux (livre 6)

Livres en Français

<u>Les Novellas Obsédées</u> :
Forever Him (livre 1)
Only Him (livre 2)
Needing Him (livre 3)
Loving Her (livre 4)
Tempting Him (livre 5)

La suite est à venir !

À propos de l'auteur

JEANNE ST. JAMES est une auteure de romances, dont les best-sellers sont en vente dans le monde entier et figurent au classement de *USA Today*. Elle adore mettre en scène des femmes fortes et des mâles alpha. Elle n'avait que treize ans quand elle a commencé à écrire. Son premier texte publié était une nouvelle érotique, dans le magazine *Playgirl*. Elle a écrit sa toute première romance en 2009. Depuis, elle est l'auteure de plus de cinquante romances contemporaines. Ses sujets de prédilection sont les histoires M/F et M/M, les trios M/M/F et les couples mixtes. Elle écrit aussi sous le nom de plume J.J. Masters. Envie de découvrir un peu plus ses œuvres ? Téléchargez un extrait gratuit en anglais : Book-Hip.com/MTQQKK

Pour ne rien rater de ses actualités et de ses parutions, consultez son site web www.jeannestjames.com ou inscrivez-vous à sa newsletter (en anglais): http://www.jeannestjames.com/newslettersignup

www.jeannestjames.com
jeanne@jeannestjames.com

Jeanne's Groupe de lecteurs: https://www.facebook.com/groups/JeannesReviewCrew/

TikTok: https://www.tiktok.com/@jeannestjames
Amazon.fr: https://www.amazon.fr/~/e/B002YBDE7O

facebook.com/JeanneStJamesAuthor
instagram.com/JeanneStJames
bookbub.com/authors/jeanne-st-james
goodreads.com/JeanneStJames
pinterest.com/JeanneStJames

Aussi par Jeanne St. James

Retrouvez mon ordre de lecture complet ici:

https://www.jeannestjames.com/reading-order

* Disponible en livre audio (anglais)

<u>Des livres qui se suffisent à eux-mêmes:</u>
<u>Made Maleen: A Modern Twist on a Fairy Tale</u> *
<u>Damaged</u> *
<u>Rip Cord: The Complete Trilogy</u> *
Everything About You (A Second Chance Gay Romance) *
Reigniting Chase (An M/M Standalone) *

<u>Brothers in Blue Series:</u>
<u>Brothers in Blue: Max</u> *
<u>Brothers in Blue: Marc</u> *
<u>Brothers in Blue: Matt</u> *
<u>Teddy: A Brothers in Blue Novelette</u> *
<u>Brothers in Blue: A Bryson Family Christmas</u> *

<u>The Dare Ménage Series:</u>
<u>Double Dare</u> *
<u>Daring Proposal</u> *
<u>Dare to Be Three</u> *
<u>A Daring Desire</u> *

Dare to Surrender *

A Daring Journey *

The Obsessed Novellas:

Forever Him *

Only Him *

Needing Him *

Loving Her *

Tempting Him *

Down & Dirty: Dirty Angels MC Series®:

Down & Dirty: Zak *

Down & Dirty: Jag *

Down & Dirty: Hawk *

Down & Dirty: Diesel *

Down & Dirty: Axel *

Down & Dirty: Slade *

Down & Dirty: Dawg *

Down & Dirty: Dex *

Down & Dirty: Linc *

Down & Dirty: Crow *

Crossing the Line (A DAMC/Blue Avengers MC Crossover) *

Magnum: A Dark Knights MC/Dirty Angels MC Crossover *

Crash: A Dirty Angels MC/Blood Fury MC Crossover *

In the Shadows Security Series:

Guts & Glory: Mercy *

Guts & Glory: Ryder *

Guts & Glory: Hunter *

Guts & Glory: Walker *

Guts & Glory: Steel *

Guts & Glory: Brick *

Blood & Bones: Blood Fury MC®:

Blood & Bones: Trip *

Blood & Bones: Sig *

Blood & Bones: Judge *

Blood & Bones: Deacon *

Blood & Bones: Cage *

Blood & Bones: Shade *

Blood & Bones: Rook *

Blood & Bones: Rev *

Blood & Bones: Ozzy *

Blood & Bones: Dodge *

Blood & Bones: Whip *

Blood & Bones: Easy *

Beyond the Badge: Blue Avengers MC™:

Beyond the Badge: Fletch *

Beyond the Badge: Finn *

Beyond the Badge: Decker

Beyond the Badge: Rez

Beyond the Badge: Crew

Beyond the Badge: Nox

9 781954 684614